Naviguer : c'est accepter les contraintes que l'on a choisies. C'est un privilège. La plupart des humains subissent les obligations que la vie leur a imposées.
Eric Tabarly (1931-1998)

La voile est un sport dans lequel la femme peut s'exprimer, avec sensibilité et ténacité.
Florence Arthaud (1957-2015)

Le navigateur solitaire jongle avec le hasard et la technique, le savoir et l'inconnu, l'inné et l'acquis.
Florence Arthaud (1957-2015)

Je dédie ce livre à mon oncle, décédé trop tôt, qui m'accompagne dans chacune de mes navigations.

PREFACE

Je déteste les préfaces ! Sous couvert d'hommage, leurs auteurs ne produisent souvent qu'une brillante explication de texte, surtout destinée à pérenniser leur propre renommée.

Ici, rien de tel. Prenant à bras le corps le piège du narcissisme exacerbé du premier livre, sa finesse et sa pudeur l'ont aidée à surmonter - sans le nier - l'obstacle. C'est en nous disant tout ce qu'elle n'est pas, qu'elle nous en dit le plus sur elle-même.

Ce petit navire n'avait peut-être jamais navigué, mais avec de telles femmes à la barre, la mer n'a plus qu'à bien se tenir !!

Frédéric MIQUET

PROLOGUE

Il était un petit navire (bis)
qui n'avait ja-ja-jamais navigué (bis)
Ohé ! Ohé !

Ohé ! Ohé ! Matelot, Matelot navigue sur les flots (bis)

Il partit pour un long voyage (bis)
Sur la mer Mé-Mé-Méditerranée (bis)
Ohé ! Ohé

Au bout de cinq à six semaines (bis)
Les vivres vin-vin-vinrent à manquer (bis)
Ohé ! Ohé !

On tira z'à la courte paille (bis)
Pour savoir qui-qui-qui serait mangé (bis)
Ohé ! Ohé !

Le sort tomba sur le plus jeune (bis)
Qui n'avait ja-ja-jamais navigué (bis)
Ohé ! Ohé !

On cherche alors à quelle sauce (bis)
Le pauvre enfant-fant-fant sera mangé (bis)
Ohé ! Ohé !

L'un voulait qu'on le mit à frire (bis)
L'autre voulait-lait-lait le fricasser (bis)
Ohé ! Ohé !

Pendant qu'ainsi l'on délibère (bis)
Il monte en haut-haut-haut du grand hunier (bis)
Ohé ! Ohé !

Il fait au ciel une prière (bis)
Interrogeant-geant-geant l'immensité (bis)
Ohé ! Ohé !

Mais regardant la mer entière (bis)
Il vit des flots-flots-flots de tous côtés (bis)
Ohé ! Ohé !

Oh ! Sainte Vierge ma patronne (bis)
Cria le pau-pau-pauvre infortuné (bis)
Ohé ! Ohé !

Si j'ai péché, vite pardonne (bis)
Empêche-les-les-les de me manger (bis)
Ohé ! Ohé !

Au même instant un grand miracle (bis)
Pour l'enfant fut-fut-fut réalisé (bis)
Ohé ! Ohé !

Des p'tits poissons dans le navire (bis)
Sautèrent par-par-par et par milliers (bis)
Ohé ! Ohé !

On les prit, on les mit à frire (bis)
Le jeune mou-mou-mousse fut sauvé (bis)
Ohé ! Ohé !

Si cette histoire vous amuse (bis)
Nous allons la-la-la recommencer (bis)
Ohé ! Ohé !

Chapitre 1

EN PLEIN ORAGE

Il fait nuit noire et le vent devient de plus en plus fort. De moins en moins d'étoiles se détachent sur le fond sombre. Je sais ce que cela signifie et ça n'aide pas à me rassurer. Avant que le grain ne me tombe dessus, je file au mât prendre les trois ris[1], maximum que m'autorise la grand-voile, réduis la voile d'avant à la taille d'un string et me prépare à ce qui va suivre.

Le vent devient rafaleux et la pluie s'installe, drue. Je file à l'intérieur m'abriter. A chaque bourrasque, le bateau m'envoie valdinguer. J'ai l'impression de rejouer des scènes de Matrix quand, accrochée à la table à cartes[2], la gîte[3] me fait lâcher prise, basculer en arrière et qu'essayant de résister à la gravité, je tente de m'y raccrocher dans un geste désespéré : mon mouvement reste comme suspendu dans le temps, le balancement du bateau compensant mon geste.

Soudain, un éclair au loin suivi presqu'immédiatement d'un fracas assourdissant :

BRAOOOOUMMMM !!!

---

[1] *Prendre un ris : réduire la surface de la voile en la repliant en partie.*

[2] *Table à cartes : table réservée à la lecture des cartes marines.*

[3] *Gîter : pencher, s'incliner.*

Je sens la peur monter en moi. Quelle est la bonne attitude à avoir en cas de foudre lorsqu'on est au milieu de la mer sur un bateau avec un grand mât métallique ? On risque d'être foudroyé ou … ? Je n'ai même pas le temps de finir de formuler ma pensée qu'un gros claquement se fait entendre. Le temps de réaliser ce que c'est, de la fumée se dégage de l'ordinateur de bord sur lequel est installé le logiciel de navigation. Je fonce le débrancher mais trop tard pour le sauver. Que faire sans cartes électroniques pour naviguer ? En pleine nuit de surcroît ?

Mon désarroi s'accroit quand je réalise que tout - je dis bien tout - ce qui est électrique à bord est hors d'état de fonctionner. Cela signifie plus de GPS, plus de sondeur, plus de VHF, même plus la moindre petite lumière sur le mât pour me signaler.

La panique commence à m'envahir. Des larmes coulent sur mes joues. Chez moi, en cas de stress important, c'est malheureusement la première réaction et ce depuis toute petite. C'est con mais c'est comme ça. Soudain, j'ai cette comptine enfantine qui envahit subitement mon esprit et tourne en boucle:

Il était un petit navire
qui n'avait ja-ja-jamais navigué
Il était un petit navire
qui n'avait ja-ja-jamais navigué
Ohé ! Ohé !

Qu'est-ce que je fous dans ce merdier ? Subitement, j'ai juste envie de retrouver mon petit chez-moi et mon confort quotidien. Je pense à la vie que j'ai quittée.

Chapitre 2
UNE VIE BIEN RANGEE

Moi, c'est Rébecca, « Becca » pour les intimes. Avant de me retrouver sur ce bateau, j'avais passé dix ans à travailler pour une grosse boîte d'expertise-comptable à Tahiti. Et oui ! Les gens bossent aussi à Tahiti, faut pas croire, hein ! On a même des bouchons tous les matins et tous les soirs, aux heures de bureau. Certes, rien de comparable avec ceux de la capitale mais tout de même, ce sont de vrais embouteillages...

Une décennie, donc, passée au paradis le nez sur un écran d'ordinateur, entourée de classeurs et de boîtes d'archives. Des délais à respecter, encore et encore... toujours... Le 15, c'est la TVA, du 25 au 30, ce sont les payes, le 30, ce sont les arrêtés de fin de mois. Et à la fin de l'année, les comptes annuels et les déclarations d'impôts à établir avant l'échéance fixée par l'administration fiscale. J'en ai passé des heures « sup » pour rendre tout en temps et en heure, et ce, même si le client m'avait donné ses justificatifs au dernier moment oubliant ainsi que - moi aussi - il m'arrivait de dormir quelques heures toutes les nuits. On est professionnel ou on ne l'est pas, n'est-ce pas ?

Moi qui, après cinq années de bons et loyaux services dans l'un des fameux « Fat Four » de l'audit et du commissariat aux comptes, avait quitté la métropole et sa capitale en me jurant que, plus jamais on ne m'y reprendrait, hé bien, à l'autre bout du monde, j'avais réussi, à retrouver le même rythme professionnel qu'à Paris ou presque…

Résultat, au bout d'une décade de labeur acharné, j'étais H.S. (Hors Service, pour les non-initiés). A la limite du burn-out. Mes relations sociales étaient proches du néant. Je pensais, je respirais, je dormais « comptabilité ». Excitant, je sais… Si, exceptionnellement, je m'accordais une soirée, dès que je répondais « comptable » à la sempiternelle question « Et toi, tu fais quoi dans la vie ? », je sentais instantanément se manifester un énorme désintérêt chez mon interlocuteur qui passait rapidement à un autre sujet de discussion… Remarquez, il y a pire dans la vie je pense…. Genre inspecteur des impôts… ou encore…. huissier… Pardonnez-moi, vous, comptables, inspecteurs des impôts et huissiers, mais avouez, honnêtement, était-ce le métier dont vous rêviez quand vous étiez petits ?

Au moins, grâce à ce job, j'avais pu acheter une petite maison avec deux chambres sur la route de la Pointe Vénus à Mahina au point le plus au nord de l'île de Tahiti, un site touristique connu. C'est dans cette baie de Matavai que certains fameux explorateurs se sont arrêtés comme William Bligh, commandant du navire « La Bounty[4] », célèbre pour sa mutinerie…

Le phare de la pointe a, lui aussi, toute une histoire. Hormis le fait qu'il soit le tout premier phare du Pacifique Sud, pendant la seconde Guerre Mondiale, les habitants l'avaient camouflé en y

---

[4] *Il faut dire la « Bounty » et non le « Bounty ». En effet, les anglais appellent leur bateau « she » (elle en français) et non « it » (ce ou ça en français).*

peignant sur toutes ses faces des cocotiers avec leurs palmes et leurs noix pour rendre le bâtiment quasiment invisible à l'ennemi japonais et il paraît, qu'à l'époque, même son propre gardien, quand il avait un peu bu, ne pouvait plus le retrouver et qu'il lui arrivait parfois de grimper à un cocotier en croyant gravir les marches du phare…

Célibataire (normal, vu mon rythme de vie), j'avais accueilli deux compagnons à poils courts, des bergers tahitiens comme on les surnomme ici. Contrairement à ce que l'on pourrait imaginer, ce n'est pas une race définie mais plutôt un « gloubi-boulga » de tous les types de chiens présents à la Pointe… Je n'avais aucune idée de l'âge de mes chiennes. Ce sont elles qui, un jour, ont décidé de me suivre depuis la plage où elles vagabondaient, jusqu'à chez moi, et n'en sont plus reparties depuis.

Aussi souvent que possible, je vivais en colocation avec des gens de passage rencontrés essentiellement sur un site internet de location saisonnière. Cela arrondissait bien mes fins de mois et payait mon crédit tout en me permettant de voir de nouvelles têtes. Tout bénéfice pour moi !

En dix années sur le Territoire, j'avais tout de même pris le temps d'apprendre à kiter correctement ainsi qu'à surfer. Heureusement, les spots étaient tous proches ! En dix minutes de voiture, j'étais sur celui de kitesurf et en quinze minutes, sur celui de surf ! Cela m'avait permis de progresser malgré mon manque de disponibilité. Désormais, je n'étais ni débutante, ni experte dans ces domaines. J'étais « passe-partout » dirons-nous… Suffisamment autonome pour ne pas me mettre en danger quelles que soient les conditions, mais pas assez bonne pour faire tourner la tête aux éventuels spectateurs du bord de plage. Mais dans cette vie bien rangée, je m'ennuyais…

Chapitre 3

UNE BELLE SURPRISE

∙∙∙

Et puis un jour, j'ai rencontré mon chéri grâce à ma colocataire de l'époque, Léa. Jamais je ne la remercierai assez pour cela. Ouverte, souriante et le cœur sur la main, vite, tout le monde avait appris à la connaître sur la pointe. Infirmière de profession, elle était venue s'installer en Polynésie Française pour travailler au principal hôpital de l'île.

Je me rappelle encore cette soirée-là. Léa avait organisé un petit apéro avec deux apollons, l'un brun et l'autre blond, rencontrés quelques jours auparavant lors d'une virée sur Moorea. Elle est comme ça, Léa, toujours prête pour une randonnée sur Tahiti ou son île sœur, un tour en bateau, une fiesta sur une pirogue ou une session de surf. Où qu'elle aille, elle rencontre de nouvelles têtes, lie de nouvelles amitiés ou passe tout simplement de bons moments avec des connaissances de passage. Et justement, peu de temps auparavant, elle avait croisé la route de Pat et Théo.

Ces deux-là faisaient la paire… Impossible pour une nana de ne pas tourner la tête en croisant ce duo. On avait, au choix, un grand brun aux yeux noirs avec de beaux cheveux longs comme ceux d'une fille, à la musculature fine et bien dessinée et un blondinet d'une taille un peu plus modeste, aux cheveux visiblement coiffés par la seule volonté du vent, avec un torse qu'on aurait dit sculpté par un tailleur de talent qui aurait pris soin de détailler et de faire ressortir tous les muscles qui peuvent attirer le regard d'une femme. Tous ces éléments m'avaient sauté à la figure la minute même où je les avais rencontrés car, comme à leur habitude, ils étaient venus, ce soir-là, vêtus de leur seul short de bain, faisant ainsi l'économie d'un tee-shirt...

Tous les deux vivaient depuis presque deux ans sur un petit voilier reconnaissable à sa coque bleue pétrole. Avec des amis, ils avaient quitté la France à bord d'un autre bateau, un peu plus grand qui les avaient emmenés jusqu'aux Iles Grenadines après des mois de navigation et d'aventures dans la mer des Caraïbes. Là-bas, le capitaine, tombé amoureux d'une femme et de l'endroit, avait donc décidé d'y rester avec le bateau. Pat, voulant continuer le périple autour du monde, avait trouvé une bonne opportunité, et s'était acheté son propre voilier, un peu plus petit mais prêt à partir. Théo, son ami d'enfance, l'avait accompagné dans l'aventure. Ils avaient suivi le parcours classique choisi par de nombreux navigateurs désireux de traverser le Pacifique : le canal de Panama en visitant sur la route le Vénézuela, la Colombie, le Panama et les îles San Blas, puis les Galapagos et enfin la Polynésie Française via les Marquises et l'archipel des Tuamotu. C'est ainsi qu'ils avaient abouti à Tahiti, dans la baie de Matavai, juste à côté de la maison, où leur bateau était ancré depuis déjà plusieurs jours.

Beaux gosses, belles gueules, tchatcheurs... Léa et moi avions des images plein la tête rien qu'à les écouter parler de leur voyage et de leurs aventures. Comme cette bouteille de vin rouge préservée jusqu'au passage de l'équateur et bue à une heure indue de 6h00 du matin pour fêter l'évènement. Cette rencontre brève, excitante et inquiétante à la fois avec un cachalot deux fois plus grand que le bateau. Des moments forts partagés avec les indiens « Kuna » des San Blas. Et bien d'autres encore… Des aventuriers des temps modernes, bien loin des personnalités que je connaissais.

L'alcool aidant à lier connaissance, surtout lorsque, comme moi, on n'en boit pas souvent, et bien… euh, je me suis rapidement rapprochée de Pat. D'ailleurs, ce soir-là, il n'est pas retourné sur le bateau, lui… Et les jours suivants non plus…

Chapitre 4
PAT

··

Pat, c'est à cause de lui que je me retrouve dans cette situation maintenant…

C'est un fan de sport depuis gamin. D'ailleurs, il n'a que ça en tête, c'est un hyperactif. Escalade quand il était plus jeune puis windsurf, kitesurf, surf. Tout ce qui glisse, il teste et, généralement, il adore. Le pire, c'est qu'il est bon dans tout ou presque. Et s'il ne s'estime pas assez bon, il va s'entraîner encore et encore. Parfois huit heures dans la journée s'il le faut, voire jusqu'au coucher du soleil. Pour peu que la lune soit est ronde et bien dégagée, il continuera encore jusqu'à ce que son corps réclame une pause.

Il a fait une fac de sport et a obtenu une licence avant de décider de faire un brevet d'état. Son idée initiale était de faire un BE d'escalade mais n'ayant pas trouvé le financement nécessaire, il a donc opté pour un BE de « glisse aérotractée » (kitesurf dans le langage courant) qu'il a réussi à se faire financer. Une fois diplômé, il a alterné aussi souvent que possible phases de travail et de vacances dans des endroits de rêve sponsorisé par une marque de kite qui l'avait repéré. Ses petites amies, elles aussi, ont toujours été des sportives de haut niveau. Il leur a toutes fait découvrir le kite d'ailleurs et elles ont rapidement eu un très bon niveau !

Trente ans sur sa carte d'identité. Mais quinze ans dans sa tête, revendiqués haut et fort. Ne veut ni contrainte, ni engagement. Tout ce qui le motive, c'est suivre ses passions. Et à l'heure actuelle, c'est la voile, le kitesurf et le surf.

Le surf, c'est moi qui lui ai fait découvrir. Il aime à dire que c'est moi qui le lui ai appris. C'est gentil, mais, à chaque fois, je rectifie : je lui ai fait découvrir ce sport, certes, mais ne le lui ai pas appris. Il est meilleur que moi alors qu'il en fait depuis quelques mois seulement ! Lorsque nous avons fait connaissance, je lui prêtais régulièrement une de mes planches de surf, un long-board, pour qu'il puisse m'accompagner. Au début, je riais un peu sous cape lorsque je le voyais s'escrimer à ramer de manière désordonnée sur la planche. J'ai ri un peu moins quand il a pris ses premières vagues très rapidement et encore moins quand il a commencé à engager des manœuvres sur celles-ci.

Moi, je tentais depuis dix ans de progresser sans beaucoup de succès : tout ce que j'arrivais à faire, c'était de me lever sur la planche et partir sur la gauche ou la droite de la vague, selon sa forme. C'était à peine si j'arrivais à l'exploiter avant de tomber. Lui, en quelques heures de pratique, il semblait déjà avoir compris le truc. Incroyable !

En même temps, je me rends bien compte de notre différence de comportement. Lui est buté et obstiné. Si quelque chose lui résiste, il s'entraine et recommence encore et encore, juste qu'à ce qu'il y arrive. Prendre des vagues sur la tête, etre roulé dedans comme on le serait dans le tambour d'une machine à laver ne le rebute pas. Tomber en avant, se prendre la planche sur la tête ou la dérive dans le crâne ne lui fait pas peur. Moi, tout cela me stresse et m'empêche de m'engager suffisamment dans le surf pour progresser. Quelques mauvaises expériences par le passé m'avaient suffisamment effrayée pour me faire arrêter ce sport quelques années. J'y avais repris goût, il y a quelques temps déjà, grâce à un ami tatoueur, un très bon longboardeur et paddle-surfeur, qui avait pris le temps de me rassurer en me poussant progressivement dans de petites vagues pour que je reprenne le goût de la glisse. Cette nouvelle initiation m'avait redonné l'espoir de progresser. Effectivement, depuis, j'ai amélioré ma glisse mais dès que les conditions sont un peu trop impressionnantes pour moi, des vagues de plus d'un mètre par exemple, je renonce à ma session. C'est pour ça qu'au bout de dix années de pratique « officielle », avec des phases de suspension plus ou moins longues, j'ai toujours un niveau basique.

Ces derniers temps, mon boulot me contraignait à très peu surfer. Y avoir initié Pat et le voir motivé m'encourageait à le suivre. Il y allait quel que soit le temps... Même lorsque, en période de forte pluie, les autorités locales déconseillaient de fréquenter les spots de surf aux embouchures de rivières. Un jour, le mauvais temps fut si important que des coulées de boues emportèrent les cochons et le bâtiment d'une porcherie proche de notre site de surf de prédilection. Pendant trois semaines, les autorités sanitaires veillèrent à interdire l'accès aux plages environnantes à quiconque de peur de la transmission d'une maladie grave et difficile à traiter, la leptospirose. Moi, qui croyait qu'elle n'était transmise que par les rats, j'appris quelque chose ce jour-là. Hé bien, qui bravait les interdits parce que justement : « Tu comprends, y a personne sur le spot ! J'ai les vagues pour moi tout seul ! »? Pat, bien sûr... Et quand il lui arrivait de se blesser, un coup de bétadine pour désinfecter et un petit sparadrap pour fermer la plaie et hop ! c'était reparti... J'eus du mal à le convaincre d'aller aux urgences se faire recoudre lorsqu'il revint d'une session l'arcade sourcilière bien ouverte par l'avant de la planche. Le sang coulait partout... D'abord, il ne voulut mettre que des stéristrips. Ensuite, quand il comprit enfin que la plaie était sans doute trop importante pour ça, il voulut que je le recouse moi-même ! Moi, une comptable qui n'avait jamais fait ça de ma vie ! J'ai presque dû le transporter de force dans ma voiture pour l'emmener chez le médecin. Jusqu'en dans sa salle d'attente, je l'entendais marmonner sans cesse : « Tu aurais pu le faire toi-même, on n'aurait pas perdu tout ce temps »...

Lui-même se définit lui-même comme un « imbécile heureux »... « Imbécile », non, loin s'en faut. C'est un pur autodidacte capable de miracles de ses mains. S'il ne sait pas faire quelque chose, il va réfléchir, tenter et finalement trouver. Mais uniquement si le sujet l'intéresse, sinon il n'y accorde pratiquement aucune attention. « Heureux », oui, tout le temps. Un rien l'enthousiaste. Un beau coucher de soleil, une magnifique lune ronde et pleine. De beaux sets de vagues le mettent en joie et il sifflote ou se met à chantonner. Vingt nœuds et il commence à sautiller d'impatience de gonfler son kite et d'envoyer des gros sauts bien posés dans les rafales.

Bref, tout le contraire de moi. Un pur insouciant qui prend le meilleur de la vie, qui la dévore d'où qu'elle se présente. Un acharné du sport qui ne s'arrête que quand il est épuisé et capable de s'endormir ensuite, sans s'en rendre compte, dans n'importe quelle position ou situation, se réveillant parfois en sursaut « Hein ? Oh… j'ai fait une petite sieste »… Il ferait presque penser à quelqu'un souffrant de narcolepsie…

Le seul bien matériel qu'il possède : son bateau et tout ce qu'il y a à son bord. Je pourrais parler de sa petite caisse de bord mais honnêtement, les trois francs six sous qui s'y battent en duel ne lui permettraient pas de se payer grand-chose. C'est un spécialiste du troc. Et quand le besoin s'en fait sentir, il se décide à travailler un peu…. Moniteur de kite, en ce moment, il travaille pour la plus grande école de Tahiti.

Chapitre 5
UN CHANGEMENT DE VIE RADICAL

Pat s'est posé quelques mois auprès de moi à la maison. Son coéquipier, Théo, le beau ténébreux, s'est installé également à terre, dans une colocation tout près de ma maison. Il a décroché un beau contrat avec une boîte de charter en tant que capitaine grâce à son BC 200 qui lui permet de s'assurer de bonnes fins de mois. Le bateau, lui, s'est retrouvé quelques temps hiverné dans la baie de Taravao sur la presqu'île de Tahiti en attendant la fin de la saison cyclonique.

Pat faisait régulièrement des allers-retours entre son bateau et ma maison, redoutant de laisser son bateau loin de lui alors que des dépressions tropicales étaient régulièrement annoncées. Il aurait bien voulu le laisser dans la baie tout près de la maison, mais cela faisait déjà plusieurs semaines que les journalistes locaux, de la presse et de la télévision, annonçaient un risque très important de cyclones. Les propriétaires de bateaux les amenaient donc en lieu sûr, certains les avaient même emmenés aux Marquises où le risque de cyclone semblait très réduit, d'autres les emmenaient seulement à l'autre bout de l'île dans la baie protégée de Phaëton et les plus inconscients les laissaient à leur lieu de mouillage habituel.

Pat avait pris le temps de se fabriquer un corps mort qui, à mon avis, aurait empêché même un paquebot de bouger. Il réfléchissait déjà à la meilleure technique, en cas de cyclone, pour protéger son bateau. Il avait échafaudé une idée saugrenue - d'après moi - selon laquelle il aurait tout intérêt à rester sur son voilier, accroché à son corps mort de mammouth, moteur allumé, prêt à slalomer pour éviter tous les autres bateaux susceptibles de glisser vers le sien. Je trouvais cette idée stupide et dangereuse car il ne pourrait pas faire grand chose en cas de vents violents. Son histoire d'éviter les autres bateaux me paraissait difficilement réalisable, et surtout, s'il changeait d'avis au dernier moment, toutes les routes seraient déjà impraticables ou coupées tout simplement, l'empêchant de venir se mettre à l'abri à la maison… Me laissant ainsi toute seule gérer les dégâts éventuels dans la maison (Léa ayant prévu d'aller s'abriter chez son petit ami plus haut en montagne).

Les propriétaires terriens, comme moi, n'étaient pas en reste, attendant l'arrivée imminente des cyclones annoncés. Sans pouvoir déplacer notre bien dans un endroit sûr, nous nous contentions d'attacher les toitures le plus solidement possible. D'ailleurs, les quincailleries furent littéralement prises d'assaut. Premiers arrivés, premiers servis et bientôt il ne restait plus de cordages à tarif raisonnable disponibles. Ils furent quelques chefs d'entreprise à avoir vu leur chiffre d'affaires exploser grâce aux ventes de cordes et autres matériels utiles… Avec ses connaissances acquises en escalade, Pat m'installa une jolie toile d'araignée tout autour de la toiture afin de me rassurer. Le toit de ma maison, atypiquement pointu pour la région, la rendait a priori moins sujette à une violente prise au vent susceptible de soulever toute la structure mais mieux valait prévenir que guérir.

Finalement, la saison cyclonique se déroula sans trop de dégâts. En lieu et place des cyclones attendus, nous subîmes quelques bonnes dépressions tropicales entraînant de fortes pluies mais rien de bien méchant. J'eus quand même à mettre quelquefois une pompe dans le jardin pour évacuer dans le caniveau de la route principale le trop plein d'eau qui le transformait en bassin géant. Mais cela était pratique courante durant la saison des pluies depuis que la route menant à la pointe avait été refaite, rehaussant son niveau au-dessus des terrains avoisinants…

Durant toute cette période, cela cogitait pas mal dans ma tête. Je m'entendais bien avec Pat et pourtant, depuis quelques années déjà, ce sentiment s'évaporait rapidement avec les hommes qui croisaient ma route. Lui m'obligeait à repousser mes limites. Il me sortait de ma routine quotidienne et cela me faisait du bien. J'avais peur qu'il ne finisse par repartir soudainement, du jour au lendemain, sans crier gare et que je reparte dans ma petite vie tranquille. La sédentarité, ce n'était pas son truc et c'est donc pour cela que je me suis mise à réfléchir à un plan… Après tout, depuis l'université, je m'étais jurée que je n'aurais pas *ad vitam aeternam* une vie monotone et bien rangée comme la plupart des gens que je voyais autour de moi. Se lever tous les matins à la même heure, se préparer, aller au travail, revenir, dîner, dormir… Recommencer le lendemain… J'avais déjà supprimé la contrainte du métro en fuyant Paris pour m'installer à Tahiti mais, malgré tout, j'étais retournée dans un train-train ordonné. La principale différence, néanmoins, c'était qu'ici, je pouvais aller travailler en jeans, boots et tee-shirt et pas en petit tailleur strict avec des talons hauts. Mais au fond, cela ne correspondait pas encore à ce que je recherchais et j'allais bientôt passer le cap de la quarantaine... Si je ne bougeais pas maintenant, je ne le ferais jamais...

J'avais toujours l'image, au fond de mon cerveau, de mon oncle, côté paternel, un beau gosse baroudeur, artiste, amateur de bons petits plats, voileux, toujours un grand sourire collé à son visage buriné. Il était décédé brutalement à 48 balais dans un accident de la circulation à cause d'un connard qui avait raté son virage... A l'époque, malgré la tristesse du moment, je me disais qu'il avait réussi à profiter à fond de sa vie, jusqu'au dernier jour. Et qu'une vie courte et bien remplie valait mieux qu'une longue et répétitive. Mon père, lui, avait véritablement subi plutôt que choisi sa vie professionnelle et ne s'éclatait réellement que depuis qu'il était à la retraite. J'avais donc l'image de ces deux frères au parcours opposé. L'un dont je suivais le chemin de vie et l'autre, dont le parcours me faisait rêver. Alors pourquoi ne pas suivre Pat ? Tenter d'adopter son mode de vie ? Vivre sur un petit bateau avec le minimum de confort pour pouvoir profiter d'un maximum de liberté. Peu de dépenses. Peu de contraintes. Une vie simple et saine à l'opposé de celle que je connaissais pour le moment. Un mode de vie qui me fait rêver car, pour moi, il rime avec aventures et découvertes. Et je veux pouvoir les raconter un jour à mes petits-enfants pourquoi pas. Je veux pouvoir dire « j'ai fait ça », « j'ai vécu ça ». Je veux avoir le temps de vivre, de ressentir et de partager... pas comme ces touristes qui, passant quelques jours à un endroit, se vantent de le connaître…

Cela faisait des années que je me demandais à quoi rimait ma vie tellement organisée : la semaine au boulot, le WE au surf ou au kite quand je ne repartais pas finir un dossier. Poser mes congés pour m'offrir quelques semaines off par année. Contrôler la dose de sucre ingurgitée quotidiennement à travers la machine à café qui me donnait l'énergie nécessaire à ma journée de travail. Fréquenter autant que possible une salle de sport pour faire disparaître les quelques bourrelets disgracieux qui s'installaient malgré moi autour de ma taille à force de rester le cul sur une chaise face à un ordinateur. Soigner les tendinites du poignet entraînées par l'utilisation intensive d'une souris.

Pourtant, j'étais convaincue d'avoir un corps fait pour un autre type d'activité. Des épaules larges (de famille), des muscles apparents dès que je trouvais la motivation et la constance nécessaire pour faire du sport. Au boulot, mon surnom, c'était « la surfeuse » ou la « kitesurfeuse », vu le faible nombre de comptables motivés par ces sports. Parfois, on m'arrêtait dans la rue en me demandant si je n'étais pas prof de sport. Cela me faisait plaisir de ne pas avoir le look d'une comptable. J'aurais rêvé faire le même genre de carrière que Jenna de Rosnay : sportive pro et femme d'affaires. Côté mannequin, j'ai mon charme mais je suis consciente de pas avoir le physique idéal. Mais nous avons au moins deux points communs alliants : blonde aux yeux bleus. Le reste, c'est une question de goût !

Finalement, Pat m'offrait sur un plateau ce que je m'étais toujours promis de faire sans jamais l'oser. C'était donc le moment ou jamais, non ? Je n'avais rien à perdre, au contraire… Au pire, réalisant que cette façon de vivre n'était pas faite pour moi, je pourrais revenir sereinement à la vie que j'avais quitté sans avoir de regret. Au mieux, je découvrirai une vie qui me correspondrait mieux et pour la suite, on verrait… Quoi qu'il en soit, je serai gagnante… J'en ai discuté avec quelques collègues et clients. Certains m'encourageaient :

- Tu as raison, il faut profiter de la vie avant la retraite. A soixante balais, tu ne feras plus ce genre de choses !

- Je t'envie. J'ai toujours eu envie de tout envoyer balader sans jamais oser. Mais maintenant avec les enfants, l'emprunt sur la maison, je ne peux pas.

D'autres me disaient :

- Te connaissant, hyperactive comme tu es, tu vas vite t'ennuyer et dans trois mois tu es de retour !

Ou encore :

- Comment ça, il n'y a pas de douche ? Mais comment tu vas faire ? Pas de cabine ? Comment ça ? Ah mais moi, hors de question, je ne pourrais pas vivre dans ces conditions !

Mon père, lui, qui m'avait pourtant toujours poussée dans ma vie conformiste - être une élève consciencieuse, bosser dur - avait bien pris ma décision soudaine de tout abandonner. Sans doute à cause du fait qu'il avait dû attendre la retraite pour en profiter, subissant sa vie professionnelle et ne commençant à en profiter que depuis qu'il était trop âgé pour faire toutes les choses dont il rêvait vraiment. Ma mère, elle, était inquiète pour mon avenir. Séparée de mon père depuis une vingtaine d'années, elle s'était battue comme une acharnée, pour retrouver son indépendance financière et se faisait du souci pour mon avenir professionnel.

Encore quelques semaines pour organiser ce projet. Ecrire ma lettre de démission. La transmettre à la DRH. M'assurer que Léa s'occuperait bien de ma petite maison en mon absence, trouver quelqu'un pour louer ma chambre (ben oui, plus de revenus, il faut bien payer ses emprunts !). Trier mes affaires pour savoir ce que j'emmenais et ce que je laissais. Et puis, enfin, j'ai emménagé sur le bateau.

Chapitre 6
EUREKA

Désormais, ma nouvelle demeure, c'est « Eureka ». C'est le cri poussé par Einstein mais aussi le nom du bateau de mon chéri. Vu son style, vous n'imaginez pas un yacht de 20 mètres de long n'est-ce-pas ? Hé bien, vous avez raison ! Car son crédo, c'est « Petit bateau, petits problèmes ». Son monocoque n'est donc effectivement pas très long : 8m34, soit 28 pieds dans le langage des marins. 2m50 dans la partie la plus large. C'est « cosy[5] » comme diraient nos amis les anglais. Par contre, contrairement à beaucoup de petits bateaux, on se tient très aisément debout à l'intérieur.

C'est un Laurin Koster, bateau légendaire en Suède. Un profil bas sur l'eau et forme ovale faisant presque penser à un œuf. C'est un bateau à quille longue[6] classique, en polyester, solide et fiable pour la navigation.

Le précédent propriétaire était un vieux danois célibataire d'une soixantaine d'années que Pat avait rencontré aux Iles Grenadines. Il avait acheté ce bateau neuf et l'avait entretenu avec soin pendant toutes ces années. Depuis qu'il était à la retraite, il passait la majorité de son temps à naviguer.

---

[5] *Cosy : confortable en français.*
[6] *Quille longue : la quille fait toute la longueur du bateau.*

Commençant avec un voyage au Spitzberg, une île de Norvège dans l'Océan Arctique, il avait enchaîné avec un tour complet du monde. Parti du Danemark, il était passé par le parcours classique : Panama, Australie, Afrique du Sud puis retour au bercail. Par la suite, il était redescendu de sa froide contrée dans les Iles Grenadines pour profiter de conditions idylliques pour faire du kitesurf. Oui ! A soixante balais !!! C'est là-bas qu'il avait pris des cours de perfectionnement avec Pat et ainsi qu'ils avaient fait connaissance. Ils avaient bien accroché ensemble. Pat était tombé amoureux de ce bateau atypique. Petit à l'extérieur mais grand et bien aménagé à l'intérieur. C'était l'époque où il cherchait un moyen de continuer son tour du monde. Au cours d'un apéritif offert par le propriétaire, il lui demanda sans détour s'il lui vendrait son bateau. Ce dernier prit quelques jours pour y réfléchir et, finalement, accepta afin de pouvoir s'offrir un bateau plus rapide. Ils convinrent d'un prix plus qu'avantageux pour Pat : 4.000 dollars. C'était presque toute sa fortune à l'époque. Je crois que l'enthousiasme et la jeunesse de Pat firent flancher le cœur du vieux viking qui souhaitait surtout que son bateau continue à voyager le plus longtemps possible sans risquer de le voir abandonné quelque part. Ils échangèrent leur adresse mail et encore aujourd'hui, échangent sporadiquement un message accompagné de quelques photos, les unes montrant du froid et de la glace, les autres montrant du soleil et une eau turquoise...

Ainsi, Pat devint l'heureux possesseur d'Eureka en seconde main avec tout ce qu'il y avait à son bord : jeu complet de voiles presque neuves, annexe et son moteur, régulateur d'allure[7] et pilote automatique[8]. Même les compartiments étaient encore pleins de nourriture. Pat aurait pu partir ainsi le jour même mais il décida de prendre le temps de faire quelques aménagements supplémentaires. Il commença par retirer tout l'équipement lié au chauffage : le poêle à diesel derrière le mât, la pompe et la tuyauterie qui parcouraient la coque. Il remplaça la cuisinière à alcool, nécessaire dans le froid, par une cuisinière à gaz, plus pratique au quotidien. Il fignola l'intérieur en rajoutant quelques rangements à des endroits stratégiques. Ensuite, il fabriqua une toute nouvelle structure en inox à l'arrière, lui permettant d'y installer plusieurs panneaux solaires générant toute l'énergie nécessaire pour recharger l'ensemble du parc de batteries. Puis, touche finale essentielle, il récupéra deux morceaux de mâts de windsurf en carbone qu'il adapta de part et d'autre de cette structure de manière à pouvoir s'en servir comme « écarteurs » de fils de pêche grâce à un système fait d'une poulie et de sandows. Avec tout cela, Eureka ressemblait de derrière à un sorte de monstre mi-voilier, mi-chalutier.

Désormais, dans la cabine avant, on trouve tout le bordel lié à l'activité professionnelle de Pat : une dizaine d'ailes de kite de tailles variées, des harnais, des gilets, des casques, des pads, des straps, des poignées, des planches et même des chaussons en

---

[7] *Régulateur d'allure : système permettant de gouvernant automatiquement le voilier grâce au vent sans recours à l'électricité.*
[8] *Pilote automatique : système électrice permettant de gouverner automatiquement le voilier.*

néoprène pour les petits pieds délicats de ses stagiaires... Le tout tassé avec force pour occuper le moins d'espace possible. Ensuite, des rangements sur les côtés de la coque au niveau du mât. De quoi accueillir quelques vêtements et les vestes de quart. Dans le carré[9] qui est d'ailleurs plus rectangulaire que carré, on trouve deux couchettes de 80 cm de large et une table sur pivot.

Annexés à ces banquettes, la table à cartes côté tribord[10] et la gazinière (deux feux s'il vous plaît !) et l'évier côté bâbord[11]. La trappe verticale masquant le compartiment réservé au moteur possède deux marches qui permettent d'accéder au cockpit[12], à l'extérieur.

Je n'ai pas parlé de salle de bain, ni de toilettes, vous avez remarqué ? C'est normal. Tout d'abord, il n'y a pas de place pour une salle d'eau... même minuscule. Quant aux toilettes, il y en a. Elles sont juste derrière le mât, à la limite de la cabine avant. Mais pour les faire fonctionner, il faut ouvrir une vanne située dans une trappe, au milieu de cette cabine avant, c'est-à-dire sous tout le

---

[9] *Carré : lieu de réunion de l'équipage, à la fois salle à manger, salon et dortoir. C'est souvent le seul endroit du bord où l'on trouve une table et où l'on peut s'asseoir confortablement.*

[10] *Tribord : partie située à droite pour un observateur placé dans l'axe du bateau et regardant vers l'avant. Opposé à bâbord (partie gauche).*

[11] *Bâbord : partie située à gauche pour un observateur placé dans l'axe du bateau et regardant vers l'avant. Opposé à tribord (partie droite).*

[12] *Cockpit : l'espace creux (sur l'arrière ou au centre du bateau) où se tient le barreur et d'où l'on peut effectuer un certain nombre de réglages de voiles.*

bordel consciencieusement entassé là-dedans. Ce qui signifie qu'il faut être très motivé pour vouloir les utiliser... Tout simplement impossible de creuser un tunnel jusqu'à la vanne magique. Il faut déplacer un à un tous les éléments qui gênent sur les banquettes du carré, puis ouvrir la trappe, manipuler la vanne, faire ses petites affaires dans les toilettes, puis pomper, pomper, pomper jusqu'à ce que toute trace disparaisse (et croyez-moi parfois, y a de la résistance !), ensuite refermer la vanne, remettre la trappe en place, re-basculer les affaires à l'avant, les re-tasser. Et là, c'est comme avec les valises en fin de vacances... Ce qu'on avait réussi à y placer en début de séjour ne rentre plus !!! Alors on s'énerve. Ça finit par un martelage utilisant pieds et mains disponibles en espérant que tout trouve une place et y reste !!! Vous me direz : « Pourquoi ne pas tout simplement laisser la vanne ouverte ? ». Hé bien, oui... Ce serait le plus simple... Mais, dans ce bateau, pas de col de cygne empêchant le niveau de l'eau de monter. Non... La structure des toilettes et de ses tuyaux est telle que si la vanne est ouverte, le niveau de l'eau continuera insidieusement de monter... encore et encore... Il paraît que le propre père de Pat a manqué faire couler le bateau de son fils en oubliant de fermer cette fameuse vanne. Du coup, j'ai interdiction formelle, ou presque, d'utiliser les W.C.... J'ai donc appris à faire mes besoins dans un seau spécialement réservé à cet effet. Classe, n'est-ce pas ? Voire directement par-dessus le bastingage en fonction de la présence ou non de voisins indésirables. J'ai développé de véritables instincts d'équilibriste quand je le fais en pleine navigation, le bateau gité sur un côté.

Pour la douche, j'ai dû apprendre à innover. Pat, lui, se contente d'utiliser le pulvérisateur de jardin de 10 litres qu'il a fixé à l'extérieur du bastingage. Avec ses cheveux courts, pourquoi pas. Moi, ce n'était pas suffisant. J'ai donc dû apprendre à me laver les cheveux avec une bouteille d'1,5 litres. L'eau douce étant une denrée rare sur un bateau sans dessalinisateur[13], cela m'a rapidement motivée à me couper les cheveux jusqu'aux épaules. Moins de nœuds, moins de shampoing, moins d'eau.

Sur le pont du bateau, on retrouve divers accessoires nécessaires à la vie telle que la voit Pat : des paddles, des planches de kite et un kayak. Incroyable n'est-ce pas de trouver autant de choses sur un si petit bateau ?

Et enfin, il ne faut pas oublier l'annexe[14] et son moteur tenus bien sagement en laisse derrière le bateau lorsque ce dernier est stationné quelque part et qui doivent également trouver leur place quelque part en navigation ! Le dinghy[15], lui, est posé à l'envers entre le mât et le cockpit à la façon d'une tortue de mer échouée. Quant au moteur, c'est un peu plus complexe. Lui, son lieu d'entreposage, c'est à l'intérieur du bateau, à côté du mât, face aux toilettes rendues ainsi encore plus inaccessibles, même pour quelqu'un de très motivé…

---

[13] *Dessalinisateur : équipement permettant de fabriquer de l'eau douce à partir de l'eau de mer.*

[14] *Annexe : canot rigide ou pneumatique, à rames ou à moteur, utilisé par l'équipage d'un voilier au mouillage pour se rendre à terre ou à quai. Aussi appelée dinghy (terme anglais).*

[15] *Dinghy : terme anglais désignant une annexe.*

Chapitre 7
LE GRAND DEPART

....

Pat a stoppé son contrat avec l'école de kite, ma maison est entre de bonnes mains et nous vivons ensemble à bord d'Eureka depuis déjà quelques semaines. Notre projet est de rejoindre l'archipel des Tuamotu[16] au plus vite et d'y visiter le plus d'îles possible.

Une bonne fenêtre météo s'ouvre sur deux jours. Nous en profitons pour larguer les amarres, direction la passe de Teahupo'o[17], célèbre pour sa vague légendaire attirant des surfeurs du monde entier. Le ciel est couvert mais c'est maintenant ou jamais. En arrivant près du fameux spot de surf, au niveau de la passe, je vois de bonnes, de très bonnes vagues... Et yaaaalaaaaa ! Nous y sommes !!! Le bateau est tellement chargé par l'avant que chaque fois qu'il descend une vague, son nez pique sous l'eau puis remonte. C'est comme

---

[16] *Archipel des Tuamotu : un ensemble de 76 atolls faisant partie de la Polynésie française et se trouvant à l'est de Tahiti. « Tuamotu » signifie en tahitien « les îles du large ». Les habitants des Tuamotu sont les Paumotu, mot qui désigne également leur langue.*

[17] *Teahupo'o : commune se situant sur la presqu'île de Tahiti. Son spot de surf est mondialement célèbre pour ses gauches, des vagues régulières parmi les plus larges, les plus épaisses mais aussi les plus dangereuses au monde. Chaque année, une compétition internationale, la Billabong Pro Teahupo'o s'y déroule.*

concourir dans des sauts d'obstacles avec un cheval qui se casse la gueule après chacun d'entre eux. En plus de cela, la pluie arrive. J'ai juste le temps d'enfiler mes derniers « investissements » à terre : une bonne veste de quart et le pantalon assorti. Au moins, je suis au sec et même bien au chaud malgré la pluie battante.

Là, soudainement, une première nausée… Et baaaam ! Une partie des pâtes chinoises du repas du midi part à la mer. Maudite veste de quart avec le col qui, scratché, remonte jusqu'au-dessus du nez. J'ai à peine eu le temps de l'ouvrir et je l'ai baptisée malgré moi… Pat m'aide gentiment à la nettoyer mais c'est peine perdue, elle va conserver une vilaine petite odeur bien caractéristique.

Ce n'est que le début d'une longue série. J'assure mes quarts tant bien que mal persuadée que mon malaise s'arrêtera maintenant que la mer est plus douce et la pluie moins forte. Mais rien n'y fait. A force de hoqueter, cherchant ma respiration à chaque fois que l'envie de vomir me reprend, je lâche l'affaire. A minuit, je réveille Pat et le supplie de bien vouloir partir en expédition dans la cabine avant bourrée à craquer afin de retrouver la pharmacie et dans celle-ci un patch miraculeux, le Scopoderm[18]. Vive son inventeur !!! Ça se colle discrètement derrière l'oreille et après quelques heures d'application, plus de

---

[18] *Scopoderm : médicament appartenant à la famille des antiémétiques (contre les nausées et les vomissements). Il s'applique en patches, la substance active étant absorbée dans le sang à travers la peau.*

mal de mer. Ça transforme la vie ! Vraiment ! Enfin… seuls ceux qui connaissent le mal de mer comprendront…

Je découvre ce que signifie naviguer d'un archipel à l'autre. Cela représente plusieurs jours de voile de jour, comme de nuit. C'est la première fois pour moi que je navigue si longtemps sans pouvoir poser le pied à terre. Le bateau marche au près[19] ce qui n'est ni l'allure la plus rapide, ni la plus confortable. Nous avançons à une moyenne de 3 à 4 nœuds[20]. Sachant qu'un nœud, c'est 1 mille marin par heure, soit 1,852 kilomètres par heure, cela veut dire que nous frôlons les 6,5 kilomètres par heure. Qui dit mieux ?

Le temps passe lentement pour moi… trop lentement. J'ai du mal à m'occuper. A terre, je fonçais d'un rendez-vous à un autre, généralement en scooter, pour ne pas perdre de temps. Parfois j'utilisais ma voiture si le temps était pluvieux. Et là, déjà, je râlais au volant chaque fois qu'il me fallait tourner pour trouver une place ou que je me trouvais coincée dans des bouchons, somme toute, tout à fait supportables. Je ne pense pas une seule fois être passée en-dessous des 15 ou 20 kilomètres par heure de moyenne, même par un de ces temps pourris où l'eau envahit les

---

[19] Près : allure la plus rapprochée du vent. Un voilier au près fait route contre le vent, étrave pointée vers la direction du vent, avec un angle aussi faible que possible. On dit qu'il « remonte au vent ».
[20] Noeud : unité de mesure de vitesse en navigation. Un noeud équivaut à un mille nautique (1,852 kilomètres) parcouru en une heure.

bas-côtés et oblige les véhicules à circuler sur une seule voie au lieu des deux habituelles.

Je m'ennuie donc lorsque je suis sur le pont[21] alors que Pat court à droite et à gauche pour régler la grand-voile[22] et le génois[23]. Parfois, il borde[24] l'une des écoutes[25] de quelques centimètres seulement. Il est à l'affût du moindre défaut dans la forme de la voile qui signifierait une nouvelle intervention de sa part. J'ai du mal à suivre, moi. Je ne les vois pas ces changements presque imperceptibles, ne comprends pas l'intérêt de border 5 centimètres d'écoute de grand-voile pour gagner 0,1 nœud... Dans mon esprit, à l'allure de tortue à laquelle le bateau se déplace, le jeu n'en vaut pas la chandelle... Si c'est pour gagner une heure sur un trajet de plusieurs jours, franchement, ça ne me motive pas réellement...

Pouvoir rentrer à l'intérieur et ouvrir mon ordinateur. Faire un peu comme à la maison quand je glandais parfois sur des pages internet trouvées au hasard. Parfois intéressantes, parfois complètement inutiles. Ou regarder un film. Mais mon oreille interne continue à me jouer des tours. Lorsque je rentre dans le bateau, c'est pour m'y coucher directement. Au moindre

---

21 *Pont : plancher sur lequel on se déplace à l'extérieur du bateau.*

22 *Grand-voile : voile envoyée le long du mât.*

23 *Génois : grande voile d'avant de forme triangulaire.*

24 *Border une voile : reprendre de son écoute pour la raidir. Contraire : choquer (relâcher de son écoute pour relâcher la tension dans la voile).*

25 *Ecoute : cordage permettant le réglage d'une voile selon la direction du vent.*

mouvement, comme retirer un de mes vêtements, de suite, je sens un malaise. Saleté d'oreille interne… Comment pourrais-je, seule, arriver à me faire à manger sur le bateau ? Je me laisserais sûrement mourir de faim. Coincée à l'intérieur avec les odeurs de bouffe, cela me paraît inenvisageable. Pat me rassure en me disant que c'est juste une question d'habitude et que, bientôt, je n'y penserai même plus.

Ouais, hé bien, j'ai hâte de ne plus y penser…

Il aimerait que je partage son enthousiasme sur la navigation mais je n'arrive pas à m'esclaffer parce que nous avançons trop lentement à mon goût, que le bateau roule[26] un peu et qu'on voit la mer à perte de vue. Certains seraient sous le charme, mais moi non. J'ai juste hâte d'être arrivée, ne pouvant rien faire d'autre qu'être sur le pont, inoccupée, lorsque je suis éveillée. J'ai bien emmené une liseuse mais d'une part, je n'ai pas la place pour m'allonger sur le banc du cockpit, trop court, et d'autre part, avec la gîte du bateau, il faut constamment s'accrocher avec une main ou se retenir avec une jambe au banc d'en face sans quoi, c'est la dégringolade assurée par terre. Du coup, je m'ennuie ferme… J'ai l'habitude d'être hyperactive à la maison. Quand ce n'était pas du boulot que j'avais ramené, c'était un site internet que j'essayais de développer, une vidéo que je montais ou un coup de peinture que je passais. Mon cerveau gérait plusieurs plans. Au premier plan, j'étais concentrée sur la tâche que j'étais en train de réaliser, au second, j'écoutais vaguement un film ou une

---

[26] *Rouler : être sujet à un mouvement d'inclinaison transversale plus au moins prononcé d'un bord sur l'autre.*

musique et au troisième, je pensais déjà à la prochaine étape...
Subitement, là, blocage ! Même écrire ce qui me passe par la
tête sur une simple feuille de papier m'est difficile. Mon corps ne
s'adapte pas au déplacement du bateau et il me le fait ressentir.
A part penser, je ne peux rien faire d'autre. Ce brusque
changement dans mes habitudes quotidiennes me perturbe
profondément. Je ne suis pas certaine d'aimer le bateau après
tout...

Chapitre 8
UN PEU DE PECHE

Heureusement, la pêche me divertit un peu. Derrière Eureka traînent en permanence quatre lignes. Tout d'abord, deux cannes à pêche classiques accrochées à hauteur d'homme à la structure en inox qui supporte en hauteur les panneaux solaires. A celles-ci, Pat a rajouté des écarteurs de fils de pêche « faits maison » grâce aux demi-mâts de windsurf en carbone suspendus de part et d'autre de cette même structure. Il double ainsi ses chances de ramener du poisson.

Le système est simple. Ainsi, si un poisson mord à l'appât, le fil de pêche se tend d'abord, puis c'est au tour du gros élastique (attaché par une extrémité au fil de pêche et par l'autre au balcon arrière du bateau) de se tendre, sans que le reste du rouleau puisse se dévider. Ce système permet, d'une part, d'amortir le choc lorsque le poisson mord, d'autre part, de laisser le temps à Pat d'enfiler d'épais gants de pêche avant de tirer vers lui le fil de pêche jusqu'à atteindre le poisson. Ce n'est pas sans danger. Je suis chargée d'enrouler rapidement l'excédent de fil sur le rouleau en plastique afin qu'aucun doigt de pied ou de main ne se voie piégé par une boucle qui traînerait au fond du bateau. Un instant d'inattention, le poisson qui résiste et c'est le fil qui se tend à nouveau. Malgré toute la force physique de Pat, je vois qu'il souffre lorsqu'il ramène le poisson ferré avec son écarteur.

Il lui faut régulièrement utiliser un taquet[27] pour bloquer le fil parfois, tellement la pression est forte. Un thon, cela peut peser 10, 20 ou 30 kilos et cela ne se laisse pas faire ! Le ramener à bord avec, juste dans les mains, des gants et un fil de pêche de 2 millimètres, c'est déjà du sport... même si le fil, lui, résiste à un poids allant jusqu'à 250 kilogrammes ! Et un sport dangereux... Tous les soirs, nous rangeons ce matériel pour ne pas avoir à gérer un poisson en pleine nuit.

Le premier soir où j'ai été chargée d'enrouler le fil, j'ai eu la chance, ou la malchance, d'avoir une prise en pleine manœuvre. Bien que surprise, je n'ai pas lâché, réussissant à coincer le fil sur le bastingage[28] du bateau pour libérer un peu de pression dans mes mains. Mais le fil, lui, n'a pas résisté et il s'est brisé net à côté de moi. L'extrémité la plus proche m'a fouetté le visage juste à côté de l'œil. Je ne portais pas de lunettes de soleil, et un instant, j'ai eu peur de m'être blessée sérieusement. J'ai porté mes mains à mon visage pendant que Pat lui se désolait bruyamment que je lui avais fait perdre son hameçon... Sur le coup, ses priorités m'ont rendue perplexe... Quant à moi, heureusement, j'en fus quitte pour une légère balafre qui était déjà en train de cicatriser...

En journée, ces quatre lignes multiplient nos chances de chopper du gros. Par contre, j'avoue que, chaque fois que je

---

[27] *Taquet : pièce d'accastillage sur lequel on fixe un cordage pour le tenir sous tension.*
[28] *Bastingage : rempart autour du pont d'un bateau, ici, on parle du balcon arrière en réalité.*

passe au-dessus du bastingage pour soulager un besoin naturel, je fais extrêmement attention à la manière dont je me positionne et je m'agrippe bien fort pour ne pas tomber. Si cela devait m'arriver, je ne sais pas comment je ferais. Imaginez des hameçons de la taille de votre pouce ! Faut-il nager un instant comme une folle avant de plonger ensuite le plus profondément et le plus longtemps possible en espérant qu'ils passent au-dessus de la tête ? Ou alors, nager le plus rapidement possible sur le côté en espérant que la dernière ligne soit suffisamment longue pour arriver à traverser saine et sauve le champ de mine ? Encore faut-il que Pat assiste à ma chute pour qu'il puisse venir me chercher, sinon…

Pat choisit méticuleusement chacun des appâts qu'il met au bout des lignes. Il en a de toutes les couleurs et de toutes les tailles. Les meilleurs, d'après les locaux et lui ? Les longs poulpes blancs… Ceux-là attirent même les oiseaux ! Imaginez notre réaction lorsqu'une fois, nous avons vu le fil d'une des cannes s'élever vers le ciel ! Il a fallu un instant pour comprendre ce qui se passait. C'était un fou (à ne pas confondre avec l'adjectif… quoique si en fait) qui avait cru faire une bonne affaire pour son dîner et qui avait volé notre appât. J'avais rembobiné le fil et avais vu l'oiseau se rapprocher de nous, au fur et à mesure, le poulpe toujours dans le bec, l'hameçon coincé.

Étrange cette vision d'un volatile au bout d'une canne… Je me souviendrai de ces images toute ma vie. Pat avait pris la relève, se saisissant du cou de l'oiseau pour pouvoir lui retirer l'hameçon et récupérer le butin mal acquis avant de le relâcher. Le fou était reparti, sûrement un peu choqué, et avait continué à voleter un instant autour de nous. J'ai cru qu'il n'avait pas retenu la leçon et qu'il allait recommencer. Finalement, sans doute pris d'un doute, il abandonna la partie et reprit sa route.

Parfois la pêche est bonne, mais il faut réagir vite ! Sinon, ce n'est pas nous qui en profitons mais le premier squale aux dents rudement bien aiguisées qui n'hésite pas à se servir une part de lion dans le repas qui passe sous son nez. A l'appétit des requins, nous avons ainsi sacrifié une belle loche. Bien gentils, ils nous avaient quand même laissé la tête…

Au fur et à mesure des prises, j'apprends à gaffer correctement un poisson. Pat rembobine le fil, il fatigue le poisson. Une fois celui-ci près de bateau, un bon coup de gaffe derrière les ouïes et on le fait basculer dans l'habitacle. La phase suivante est un peu cruelle à mon goût mais nécessaire si on veut manger. Il s'agit de le tuer rapidement avec quelques bons coups de manivelle de winch[29] bien placés. J'avoue que si j'avais dû, à chaque fois que je faisais mes courses chez Carrefour, zigouiller moi-même mon poisson ou mon poulet, je serais sans doute devenue végétarienne…

Pat me montre également comment faire de beaux filets avec les poissons remontés à bord. J'ai beaucoup de mal à l'imiter. Il m'explique et montre en détail toutes les étapes mais il possède une dextérité que je ne peux pas égaler. Heureusement qu'il se

---

[29] *Winch : sorte de treuil comportant une seule poupée pour étarquer différents cordages à bord, notamment les écoutes et les drisses.*

montre patient avec moi quand je m'énerve de ne pas réussir à bien plaquer le couteau le long de l'arrête principale, quand le poisson me glisse entre les doigts ou lorsque le couteau m'échappe et que je manque me blesser avec. Franchement, j'ai désormais un autre regard sur les pêcheurs qui vident et découpent en deux-deux leurs prises. Mes filets sont très loin d'être parfaits et j'y laisse même quelques arêtes sans le vouloir, voire des morceaux de peau ou d'écailles, mais comme le dit le dicton : « C'est en forgeant qu'on devient forgeron !».

Nous en mangeons une partie fraîche et, avec le reste, Pat fait des boîtes. C'est son truc à Pat, les boîtes… Lorsque nous étions encore chez moi, il m'avait parlé à plusieurs reprises de l'utilité des cocotte-minutes qui permettent de faire des conserves sous vide sans imaginer pourtant y consacrer une partie de son budget. J'avais donc fait tous les magasins de Tahiti afin de trouver LA cocotte adaptée à la taille de la gazinière de son bateau. On n'imagine pas - avant de devoir chercher - la difficulté de trouver une cocotte de 24 centimètres de diamètre maximum !!! Spécialement à Tahiti, où le nombre de magasins proposant ce genre d'articles est réduit… J'avais même trouvé des bocaux en verre parfaits pour faire des conserves sous vide, ceux avec le gros joint orange bien pratique…

Après chaque prise, le bateau se transforme donc en usine à faire des conserves. On stérilise d'abord les bocaux en les mettant une première fois dans l'eau bouillante de la cocotte. Pendant ce temps-là, il faut découper le poisson cru en petits morceaux et émincer quelques oignons. Une fois les bocaux prêts à être utilisés, on entasse à l'intérieur les lamelles de poisson avec les tranches d'oignon, on rajoute quelques épices, du sel et du poivre et on complète avec un peu d'huile d'olive pour le goût. Là, on referme le tout. Puis, on fourre quatre par quatre les bocaux dans la cocotte-minute pleine d'eau jusqu'à ras-bord et on lance le feu. Une fois que le sifflet commence à se faire entendre, il faut compter 1h30 de cuisson avant de pouvoir réitérer l'opération. Pendant ce temps-là, bien évidemment, le bateau se transforme une véritable étuve et il est presque impossible de rester à l'intérieur… Mais au final, on obtient de bonnes conserves de poisson !!!

Chapitre 9
LES PREMIERS QUARTS DE NUIT

Les conditions de navigation, hormis les premières heures en quittant Teahupo'o, nous sont, somme toute, très favorables. Grâce à mon patch magique derrière l'oreille qui continue à faire son effet, bien remise de mon mal de mer de début de traversée, j'ai donc pu assurer mes quarts dès la première nuit même si le début de celle-ci a été très chaotique. Chaque quart fait trois heures. Les créneaux proposés par Pat sont les suivants : 18h-21h, 21h-24h, 00h-03h, 03h-06h. A chaque fois, à ma demande, c'est moi qui commence. J'aime prendre le premier quart car Pat est généralement encore debout pendant une grande partie de celui-ci, du coup, c'est toujours un peu moins de temps toute seule pour moi.

La nuit, tout paraît plus menaçant car je me retrouve seule, soi-disant en charge, dans un environnement où je ne maîtrise rien et où on n'y voit pas grand-chose. Je me sens comme un enfant qu'on force à dormir dans sa chambre la porte fermée et sans veilleuse alors qu'il a peur du noir et imagine qu'un monstre est tapi tout près de lui... J'avoue que dès que le soleil disparait à l'horizon, je commence à ressentir cette forme d'angoisse. D'autant plus intense que la nuit est noire. En guise de monstre, je pense à une déferlante ou encore un bon coup de vent qui ferait gîter subitement le bateau sans qu'on puisse s'y préparer… Heureusement, la lune, lorsqu'elle est là, apporte un léger éclairage sur l'environnement qui me fait du bien. Le simple fait de pouvoir distinguer les crêtes des vagues me rassure déjà un peu.

Mes quarts de nuit se déroulent beaucoup trop lentement à mon goût. Heureusement, le régulateur d'allure remplit bien son office et je n'ai pas besoin de prendre en charge la barre[30] ayant déjà beaucoup de mal à analyser les informations tout autour de moi : la direction du vent, la route que nous suivons par rapport à lui… L'essentiel de mes tâches durant mes quarts consiste à vérifier toutes les vingt minutes qu'on ne voit pas de lumières autour de nous signalant un autre bateau dans les environs et à surveiller que nous cheminons le long de la route tracée par Pat sur le logiciel de navigation. J'essaye de jouer la bonne élève mais, sans maîtrise réelle, me sens très mal à l'aise. Je réveille parfois Pat plusieurs fois dans la nuit au cours de mes vigies. Au moindre changement de cap conséquent, je ne me sens pas - seule - en mesure de régler les voiles comme il le faudrait, ou même, d'agir sur le régulateur d'allure. J'ai l'impression d'être un bébé totalement dépendant de sa maman et je déteste ce sentiment, moi qui ai toujours tenu les commandes dans ma vie… jusqu'à présent, en tout cas.

Je tente d'occuper mon temps libre en observant la voie lactée bien visible dans cette partie du globe, et encore plus en voilier,

---

[30] *Barre : pièce de commande du gouvernail.*

en l'absence de pollution électrique. J'ai l'impression de la découvrir pour la première fois car j'ai du temps pour l'admirer, plein de temps ! J'essaye de reconnaître les constellations les plus connues parmi toutes les étoiles qui scintillent dans le ciel, mais en réalité, je n'en reconnais aucune, pas même la croix du Sud, c'est dire ! J'en viens à me demander comment faisaient ces navigateurs des anciens temps pour se repérer grâce aux étoiles. Pour moi, elles se ressemblent toutes. J'admire aussi la danse du plancton fluorescent dans le sillage tracé par le bateau. Le reste du temps, je fais de micro-siestes pour que ça passe plus vite.

Soulagée lorsqu'arrive l'heure de la relève de Pat, je me hâte alors de rentrer dans le carré pour pouvoir enfin réellement dormir, je me déshabille rapidement, le mal de mer me guettant si je tarde trop à m'allonger.

Trop chaud ! Vite me déshabiller !

Me caler dans la banquette contre la toile anti-roulis !

Où est l'oreiller ? Sous ma tête, vite !

Si le roulis me gêne trop, je dors parfois directement par terre, au centre du bateau. Le plancher est tellement étroit que j'ai juste de quoi caler mes épaules. C'est parfait pour amortir les mouvements saccadés du bateau. Ensuite, faire abstraction du bruit environnant : parois qui travaillent et qui craquent, verres mal calés qui s'entre-choquent, objets non identifiés dans les rangements sous la couchette qui semblent rouler créant ainsi comme de minuscules ondes de choc, bruits des manœuvres de Pat, winch qui « wi-wi-wi-wiiiiiiii », voiles qui « flap-flap » et j'en passe… Malgré la fatigue, j'ai toujours beaucoup de mal à m'endormir dans ce nouvel environnement. Lorsqu'enfin je me sens partir, c'est déjà l'heure de mon prochain quart.

Que de changements par rapport à mes nuits tranquilles dans le lit king-size d'une maison douillette et silencieuse ! Rien à voir non plus avec les nuits dans le lagon de la presqu'île de Tahiti. Je souffre de plus en plus du manque de sommeil.

En dehors de l'obscurité, de la fatigue et du manque de confiance en moi, l'autre aspect compliqué de mes quarts, c'est de faire pipi tout simplement. Nous, les filles, nous n'avons pas de service trois pièces si pratique qui nous permette juste de nous pencher légèrement en avant du balcon pour satisfaire nos petits besoins naturels. Non ! Nous, c'est bien plus compliqué !!! Vive la technique du seau ! C'est tellement… pas pratique du tout (soupirs…). Déjà, il faut le décrocher de l'extérieur du bastingage où est suspendu ce fameux seau. Ensuite, ou avant, l'ordre des étapes n'étant nullement important à ce stade, je dois retirer le bas pour ne pas être gênée ou contrainte en cas de roulis[31] intempestif au moment où je me retrouverais accroupie au-dessus du seau en train de faire ma petite affaire. J'ai déjà fort à faire de nous retenir - le seau et moi - de part et d'autre du cockpit avec les bras ! Si, avec un peu de chance, j'arrive à saisir le tuyau du pulvérisateur pour me rincer rapidement, il me reste encore à vider le seau dans la mer en espérant ne pas perdre l'équilibre pendant la manœuvre. En plus, il faut le balancer du

---

[31] *Roulis : mouvement d'inclinaison transversale plus au moins prononcé d'un bord sur l'autre.*

bon côté ! Je n'ai fait qu'une seule fois l'erreur... Bien sûr, après, il faut rincer le seau. Pour ça, j'enroule par deux fois autour de ma main le bout de corde qui y est accroché pour être sûre de ne pas le lâcher. Avec de la chance, j'embarque juste assez d'eau pour le rincer, sinon, complètement rempli en une fraction de seconde, je dois utiliser toute ma force pour ramener ce poids-mort vers moi, le vider puis le remettre en place... L'autre technique, c'est de passer directement au-dessus des filières et de s'accroupir sur le rebord extérieur du bateau, les fesses au-dessus de l'eau. Je le fais facilement en journée lorsque Pat est à côté de moi. En dehors de la disparition de tout mystère entre lui et moi, je suis plutôt en confiance. Il sait gérer parfaitement l'exercice de l'homme à la mer si je lâche mes prises par inadvertance. Toutefois, en pleine nuit, je me sens moins sereine sur sa capacité à se réveiller brutalement et à réagir au quart de seconde. Il faut déjà qu'il entende le bruit de ma chute dans l'eau... J'ai été tentée un moment de mettre un baudrier autour de la taille dans ces moments-là mais cela se révèle encore moins pratique que les autres solutions car il me faut de toute manière retirer mon bas et donc, pour cela, retirer en plus le baudrier... A moins que je ne me balade à poil avec le baudrier... Bref, j'ai renoncé à cette sécurité.

> *Ce n'est pas sérieux, je sais... Mais en attendant qu'il me pousse un pénis, franchement, je ne vois pas comment faire !*

Le meilleur moment de la nuit pour moi, c'est quand elle se termine et qu'enfin je vois poindre la belle luminosité du matin. Le simple fait de pouvoir voir clairement le bateau, les voiles et l'environnement suffit à me ragaillardir et j'attends avec une impatience croissante de voir le soleil apparaître en grand dans le ciel. L'inquiétude qui m'habite la nuit disparaît avec le lever du jour et cela me fait toujours un bien fou.

Les nuits succèdent aux jours et la vie passe doucement sur le voilier. Je découvre un nouveau rythme de vie auquel je tente de m'adapter. Honnêtement, changer de vie si radicalement n'est pas aussi facile que je l'aurais imaginé. Lorsque je racontais mon projet, mes amis, ma famille et même mes clients s'enthousiasmaient en m'imaginant déjà vivre une vie de pacha à bord d'un luxueux voilier avec double cabine, salle de bain etc... Ils ne se rendaient pas compte de la taille du voilier sur lequel j'avais embarqué même si je la leur avais précisée. Comment pourraient-ils imaginer que je dors avec Pat sur une couchette de 90 centimètres de large, et donc que si l'un veut bouger, l'autre doit se déplacer ? Que mes vêtements tiennent maintenant dans un tiroir de 40 par 60 centimètres ? Le bateau, est en effet rempli d'un bordel organisé, plein à craquer d'objets divers : pièces de rechange pour le moteur, matériel de pêche, tout l'équipement nécessaire pour l'école de kite de Pat mais aussi ses jouets et les miens : deux paddles, deux bouteilles de plongée et leurs gilets et détendeurs et bien sûr nos kites personnels. Cela fait beaucoup pour un bateau de cette taille. Et nous avons également les coffres pleins de nourriture ayant fait le plein avant de partir. Cela signifie que si l'on veut quelque chose, n'importe quelle chose, il faut en déplacer plusieurs autres avant de les remettre en place dans la foulée pour ne pas encombrer l'espace de vie quotidien. Ma maison, mon salon, ma chambre, ma salle de bain et mes toilettes me manquent !

Au bout de plusieurs jours de mer, tout est humide et salé. Ma peau me démange. Au toucher, des petits boutons rouges se devinent sur mes fesses… Normal ! Elles sont constamment mouillées. Le changement d'environnement est tellement brutal : elles ont trouvé le moyen de se venger !

Pat, lui, a trouvé la solution. Il est constamment à poil sur le pont. Ou presque. Parfois, à la tombée de la nuit, il enfile une petite laine sur le dos… et un bas… Il m'encourage à faire de même mais ça m'est difficile. D'une part, je n'ai pas l'habitude de faire du nudisme et je me vois mal m'agiter sur le bateau nue comme un ver, ça me paraît bizarre. D'autre part, je n'ai pas envie qu'il voie mes fesses et leur constellation rougeâtre en relief… J'ai envie de me sentir sexy.

Quoique… Tout de même, difficile de me trouver attirante à l'heure actuelle. Je ne vomis plus, c'est déjà un bon point me direz-vous ! Mais je me sens poisseuse. Ça fait plusieurs jours que je porte les mêmes fringues, sans avoir pris de douche, ni même de bain d'eau de mer (enfin un vrai !), mes cheveux commencent à se « rastafarier ». Bref, je me sens au summum de mon pouvoir de séduction. Pat est dans le même état, mais ça ne lui fait ni chaud, ni froid, au contraire, il adore…

Du coup, question intimité, on oublie. Non pas que ça déplairait à Pat mais moi, ça ne m'effleure même pas l'esprit. Déjà, si on avait de bons draps sentant le propre et le frais au lieu de ceux qui habillent la couchette que nous occupons à tour de rôle : ils sont tellement gorgés de sel qu'ils pourraient presque tenir debout tous seuls. De toute manière, à l'intérieur, je risquerais d'être malade rapidement à tenter de faire quoi que ce soit d'autre que dormir. Et dehors, hé bien, y a pas de place… Le cockpit est minuscule et à tenter d'aller ailleurs, on finirait sûrement par-dessus bord à cause de la houle et de la gîte du bateau. Non, mieux vaut rester tranquille, les conditions ne me paraissent pas idéales pour faire des galipettes…

A l'aube du quatrième jour, nous voyons enfin apparaître les contours d'une île.

Chapitre 10

FAAITE

· ·

Nous sommes enfin arrivés près d'une terre ! Je n'ai qu'une hâte, celle de débarquer ! Pat et moi - enfin surtout Pat - avons bataillé durant tout le trajet pour atteindre un atoll plus au nord, mais le vent en a décidé autrement. C'est ainsi que nous avons atteint les abords de Faaite [32] et de son unique passe, dite de « Teporihoa », creusée à l'ouest près du village principal, Hitianau.

Je connais déjà la réputation de cette île sans même y avoir mis les pieds. Faaite, c'est un tout petit atoll de 9 km2 de terres émergées sur lesquelles vivent 400 personnes. A la fin des années 80, plusieurs personnes ont été jetées dans un bûcher par sa population persuadée que ces dernières étaient possédées par le démon. Ce comportement serait lié au passage de trois prêtresses venues sur l'atoll prêcher le « Renouveau charismatique ». Aujourd'hui, heureusement, cette histoire n'est plus qu'un passé que tout le monde cherche à oublier.

Pat, qui connait déjà les lieux, me raconte que c'est aussi une passe connue pour le courant impressionnant qui la traverse. Par courant sortant, des catamarans ont été vus faisant du sur-place,

---

[32] *Faaite : atoll situé dans l'archipel des Tuamotu. A prononcer « Fa-i-té ». Il est situé à 418 km au nord-est de Tahiti.*

moteurs à fond, abandonnant par la suite leur tentative, pour aller attendre sagement en dehors de la passe, à la cape[33], un moment plus propice.

Serons-nous chanceux ou pas ? Pas d'internet, pas de téléphone portable depuis que nous sommes partis de Tahiti. Il est 8h00 du matin, j'ai hâte de pouvoir descendre à terre, aussi je croise les doigts pour que le sens du courant nous soit propice.

Nous approchons enfin de la fameuse passe et y entrons tranquillement. Le courant semble être absent. Notre bonne étoile nous a permis d'arriver pile au moment de l'étale[34]. La marée est au plus haut et me permet d'attraper sans problème la bouée du seul corps-mort[35] de la passe.

C'est mon premier « gaffage[36] » de bouée. Avec ce que m'avait raconté Pat, je m'en étais fait tout un monde. Je connais toute la théorie mais pas la pratique. Se tenir à l'affût à l'avant, la gaffe dans une main, le corps bien tendu en direction de l'objectif,

---

[33] *Cape : méthode de sauvegarde d'un bateau dans le mauvais temps pour se protéger, réduire sa dérive ou tout simplement se reposer : avec voilure réduite et barre amarrée sous le vent (cape courante) ou sans voilure (cape sèche).*

[34] *Etale de marée ou renverse : moment entre deux marées où le courant est nul.*

[35] *Corps-mort : solide mouillage constitué soit d'une grosse ancre et d'une chaîne de fort diamètre, soit réalisé avec un bloc de béton ferraillé et chaîné*

[36] *Gaffe : perche d'une certaine longueur portant en son bout un croc et une pointe arrondie, idéale pour attraper la bouée d'un corps-mort lors d'un mouillage. Verbe : gaffer (crocheter avec une gaffe).*

attraper le dessous de la bouée avec la gaffe, tirer rapidement vers soi sans perdre l'équilibre. Avec un peu de chance, le « bout[37] » du corps mort est suffisamment long pour l'attacher directement à un des taquets de l'avant, le temps de préparer correctement les amarres[38] du bateau, sinon, on doit attacher directement une amarre préalablement préparée... Heureusement pour moi, c'est le cas le plus simple qui se présente. Moi qui étais déjà persuadée que je n'allais pas réussir à attraper la bouée avec le courant décrit par Pat ou que j'allais la laisser s'échapper ou faire tomber la gaffe à l'eau ! Bref, beaucoup de doutes dans ma tête. En même temps, c'est normal, c'était ma première fois ! Mon chéri m'aide à finir d'amarrer le bateau.

Avant même de penser à nous reposer ou à aller à terre, nous devons plonger pour aller contrôler l'état du corps mort. Ce n'est donc pas le moment de se reposer. Je suis Pat comme un caneton suivrait sa maman. J'ai décidé d'apprendre à faire tout ce qu'il sait faire. Je pense que la clé pour que je me sente plus à l'aise sur le bateau, c'est de devenir autonome et comme je n'y connais rien, je dois apprendre et vite !

Nous profitons de l'absence de courant pour démêler les différents cordages que d'autres bateaux ont fixé au corps mort existant. Il y a des « bouts » partout. Difficile de trier les bons des mauvais. Nous enchaînons apnée après apnée pour réussir à

---

[37] Bout (à prononcer « boute ») : tout morceau de cordage sans utilisation particulièrement définie est un bout pour un marin.
[38] Amarre : cordage utilisé pour immobiliser un bateau.

résoudre ce mikado. Ne reste bientôt qu'à trancher les cordes inutiles couvertes d'algues et de coquillages. J'utilise pour la première fois mon couteau de plongée acheté pour ce voyage et je découvre rapidement à quel point les deux côtés de la lame sont bien tranchants! C'est fou comme je suis maladroite sortie de mon petit bureau. En tentant de couper une corde d'une main, en me retenant de mon autre main trop près de la zone dangereuse, je me fais une bonne estafilade le long de l'index. Le sang se met à couler sans discontinuer même si c'est superficiel. Je ne peux m'empêcher de me demander si cela risque d'attirer un requin. Je remonte sur le bateau pendant que Pat finit le travail seul avec toute la dextérité dont je n'ai pas su faire preuve.

Pas grave, c'est le premier essai et on apprend avec l'expérience, n'est-ce pas ?

Le bateau est mouillé, le corps mort sécurisé et le courant, commence à apparaître. Vite, il devient impressionnant : vu les ondulations de l'eau le long de la coque, je suis certaine qu'il en faudrait peu pour faire du wakeboard derrière le bateau. N'ayant jamais vu ça de ma vie, j'admire le travail de la nature.

Maintenant, descendre à terre ? Mais non ! Ce n'est pas encore le moment car le spot de surf est à quelques dizaines de mètres de là, à la sortie de la passe. Quelques locaux en bodyboard se risquent sur les vagues du récif. Pat ne peut pas résister à cet appel silencieux.

A peine un bisou échangé, il saute à l'eau avec son paddle-board et sa rame dans les mains. Il s'éloigne de suite poussé par le courant et je me dépêche de l'imiter. Les remous de l'eau m'entraînent aussitôt. Impossible de me tenir debout pour ramer, le clapot m'en empêche. Je rame donc allongée sur ma planche, la rame coincée sous mon corps, comme le fait Pat. Il va droit devant comme s'il voulait traverser la passe dans sa largeur au lieu de viser directement le spot de surf. Une fois encore, je l'imite. Il a bien calculé son coup car le courant nous emmène directement vers celui-ci. J'avoue que, même s'il n'est pas loin, j'appréhende un peu de traverser la passe dans sa partie la plus profonde. J'ai beau savoir que les requins sont plus intéressés par les poissons que par la chair humaine, la série de films des « Dents de la mer » a dû laisser quelques traces chez moi. Dès que je ne vois pas le fond de la mer, je commence à flipper sans réussir à me raisonner. Alors que j'adore observer les requins ! Plonger en leur compagnie, c'est un privilège que j'apprécie énormément. Mais autant je me sens en sécurité sous l'eau avec une bouteille de plongée et mon masque car je les vois bien, autant je n'aime pas les savoir autour de moi sans pouvoir surveiller leur comportement. Pourquoi, je ne sais pas, mais c'est comme ça !

Nous rejoignons enfin le spot de surf. Les trois autres locaux, qui y sont déjà, viennent spontanément nous accueillir :

        - la orana[39], moi, c'est Tehau.

    –   - Et moi, Raihei.

        - Moi, c'est Paul.

_____

[39] la Orana : bonjour en tahitien. A prononcer « ia-o-ra-na » en roulant le r !

Cela me fait toujours drôle de rencontrer des locaux avec de bons vieux prénoms bien français. Je trouve la langue tahitienne tellement belle que je suis toujours étonnée que des parents choisissent des prénoms passés de mode depuis bien longtemps en France. Mais peut-être que pour eux, de tels prénoms, sont signes d'exotisme en quelque sorte, comme lorsque des expatriés, qui ne restent sur le Territoire que quelques années, décident de baptiser leur enfant d'un prénom qui leur rappelle les années vécues au paradis.

Ils nous interrogent en s'adressant tout d'abord à Pat :

- Et toi, c'est comment ?
- Et ta madame ?

Nous nous présentons mutuellement. C'est fou cette propension qu'ont les hommes à se parler entre eux et donc à s'adresser à ton mec plutôt qu'à toi directement pour savoir comment tu t'appelles… quand ça les intéresse… parce que parfois, tu n'existes même pas. Cela m'énerve ces petites attitudes machistes. Je commence à peine à m'y habituer après plus de dix ans sur le Territoire et pourtant je devrais l'être. J'ai acheté ma maison et ai presque tout fait refaire à neuf. J'ai même fait tomber la toiture qui fuyait pour la remplacer entièrement par une charpente et des tôles neuves et j'en ai eu des mésaventures avec des professionnels qui, parfois, s'adressaient à mon maître d'œuvre plutôt qu'à moi car ils ne concevaient pas qu'une femme puisse donner des ordres ! Je me rappelle encore de cet agent

EDT[40] qui était venu pour déplacer le compteur : je n'ai jamais réussi à lui faire s'adresser à moi directement. Il s'adressait les yeux dans les yeux à l'un des professionnels présents sur les lieux qui avait beau lui dire que, lui, était employé par moi, que c'était moi la femme, la propriétaire, qui était la « boss »… Rien à faire… J'étais invisible à ses yeux… Et pourtant j'étais bien là, juste devant lui… Raaaaaahhhhhhhh, que pouvais-je y faire ?

Pat commence à prendre quelques vagues. Cela fait moins d'un an que je lui ai fait découvrir le surf et il s'en tire maintenant pas mal du tout. Il a tout mis en œuvre pour surfer aussi souvent que possible pour progresser rapidement. Moi, avec mon boulot, cela a été plus difficile de libérer du temps. Et j'avoue aussi que je n'ai pas mis pas la même motivation à sauter dans ma voiture pour aller m'entrainer. Désormais, le résultat est là devant moi : lui surfe aisément des vagues de reef[41] et pas moi… Mais maintenant que j'ai tout mon temps devant moi, je suis motivée à y arriver. Le seul problème, c'est qu'il faut que j'arrive à faire abstraction du récif et sur cette question, ce n'est pas gagné.

Je passe quelques heures avec les gars sur le spot mais je me contente de tenter de saisir l'épaule des vagues, histoire de ne pas risquer de me faire enfermer par l'une d'entre-elles sur le récif.

Je finis par les laisser entre hommes pour retourner au bateau.

---

[40] EDT : Electricité De Tahiti.
[41] Reef : Récif.

- Pat ! Comment je fais pour retourner au bateau ? T'as vu le courant ?

- C'est facile. Tu longes la passe en direction du quai. En restant le long du bord, tu verras qu'il y a un contre-courant qui t'aidera. Arrivée à la petite mise à l'eau, juste avant le quai, tu sors à pied avec le paddle sous le bras, marches jusqu'au bout du quai et là, tu te jettes à l'eau. Fait bien attention à ramer comme si tu voulais traverser la passe en largeur. Le courant devrait te ramener pile poil au bateau. Le rate pas sinon tu recommences le tour complet.

Facile ? Mais il est grave, lui !!! Y a encore peu de temps, j'étais encore derrière mon bureau, bien tranquille. Pour aller d'un point A à un point B, je prenais ma voiture ou mon scooter. Là, j'ai l'impression de jouer à Indiana Jones. Et puis, il aurait pu me raccompagner, non ? Goujat... Ok, hé bien, je n'ai plus qu'à y aller maintenant... En jouant la fille ultra cool et ultra débrouillarde que je ne suis pas pour rentrer au bateau. Je commence à ramer à genoux sur le paddle pour avoir plus de stabilité face au faible courant qu'on trouve le long du rivage. Je dépasse petit à petit la zone de surf pour rentrer tout à fait dans la passe. Je tente de longer le plus possible le petit muret le long des maisons construites avec une vue imprenable sur la passe. Facile, facile, il en a de bonnes lui ! Le ressac remue le sable, du coup, l'eau est très trouble et je n'arrive pas à voir les patates de corail. Et les vagues un peu plus loin derrière moi forment tout de même de bonnes petites vaguelettes qui me poussent plus que généreusement en avant. Or, avec les ailerons à l'arrière de ma planche, il y a de quoi se faire arrêter net par surprise par un corail un peu près de la surface ou par mon leash[42] qui traîne trop à mon goût dans l'eau. J'espère qu'il ne lui viendra pas à l'idée d'aller se coincer sournoisement quelque part. Enfin la première étape est validée. J'arrive à une minuscule plage de sable blanc avec une petite descente idéale pour mettre un bateau à l'eau. J'y mets pied à terre, prends ma rame et mon paddle sous le bras et monte sur la route. Longeant le grand bâtiment qui abrite l'énorme osmoseur[43] qui fournit de l'eau - payante - à toute l'île, j'atteins le quai.

C'est celui où s'arrime habituellement le Cobia, une goélette comme les locaux appellent encore ce genre de bateau, en réalité, un navire à moteur essentiellement utilisé pour le fret. Ils sont énormes ces espèces de pare-battages d'une taille adaptée à celle d'un paquebot. Ce sont des gros cylindres en épais caoutchouc noir qui doivent mesurer 1 mètre de long sur 60 centimètres de diamètre. Enfilés sur de la chaîne avec des maillons gigantesques, ils forment comme des colliers sur la paroi du quai. Arrivée au bout du quai, je monte sur un de ces gros boudins noirs, mon paddle et ma rame dans les bras, puis je saute à l'eau en tenant le tout fermement. J'aurais préféré être

---

[42] *Leash : sorte de « laisse » attaché au pied du surfeur, le liant à sa planche pour éviter de la perdre.*
[43] *Osmoseur : dispositif permettant de produire de l'eau considérée comme pure, à partir d'eau salée, selon le principe de l'osmose inverse. Il débarrasse l'eau de la majeure partie de ses solutés tels que les chlorures, les sulfates, les phosphates, etc...*

accompagnée par Pat pour cette dernière étape histoire de pouvoir copier ses faits et gestes plutôt que de le faire toute seule. Malheureusement, il ne m'a pas laissé le choix. Je me sens un peu comme Kathleen Turner dans « A la poursuite du Diamant Vert », cette femme bon chic-bon genre entraînée malgré elle dans une jungle inhospitalière par un Mickaël Douglas rodé à l'aventure. Ok, je pousse sans doute la comparaison un peu loin mais c'est véritablement ce que je ressens. Sauf qu'à l'heure actuelle, Kathleen Turner se trouve seule face à une rivière en crue... Sans crocodile peut-être ! Mais avec des requins.

Vite, je monte ou plutôt je saute sur ma planche et me mets à ramer à genoux malgré le clapot qui menace mon équilibre. Je procède comme à l'aller : je vise un point droit devant moi comme si je cherchais à traverser la passe en largeur.

Rapidement, je vois ma planche déraper avec le courant et le bateau se rapprocher. Encore quelques coups de rame pour arriver dix mètres devant le bateau et dans son axe. Je n'ai plus qu'à me laisser tranquillement porter par le courant jusqu'à lui. Je suis fière de moi et de ma petite victoire ! Un peu comme si Kathleen avait trouvé le trésor sans l'aide de Mickaël !

Chapitre 11
DU COURANT ET DES REQUINS

··

Pat me rejoint peu après, heureux de m'annoncer qu'un de ses nouveaux potes du spot de surf, pêcheur, lui a promis de nous ramener du poisson. Effectivement, dans l'après-midi, il passe au bateau avec sa pirogue après la pêche et nous dépose un beau perroquet avant de s'éloigner.

Le perroquet, c'est un poisson avec de puissantes mâchoires qui ressemblent à un bec avec de solides petites dents qui lui permettent de s'attaquer aux coraux. Il les broie, avale ces petits bouts de récif, en extrait de minuscules morceaux de nourriture et en expulse le reste par voie naturelle, dira-t-on, sous forme de sable. D'après ce que j'ai lu dans une revue scientifique, un poisson perroquet peut produire cent kilogrammes de sable par année ! Presque plus que tout autre procédé naturel ! Il joue également le rôle d'un jardinier des mers en broutant le corail mort recouvert d'algues. Sans son intervention, celles-ci finiraient par étouffer l'ensemble du récif. Merci donc à vous, chers poissons perroquet, en plus, vous êtes excellents à manger !!!

Pat le nettoie et en lève les filets. Un petit sachet de congélation pour envelopper le tout et hop ! au frigo. Ce sera parfait pour le dîner du soir-même. Avec le reste de la carcasse du perroquet dans le cockpit, un petit jeu lui vient à l'esprit. Il s'empare d'un vieux morceau de corde, y enfile la carcasse en la faisant passer à travers le bec, puis les ouïes et fait ensuite un joli nœud bien solide pour pouvoir la suspendre dans le vide. Tout en gardant l'extrémité de la corde dans la main, il lance ce drôle d'appât dans l'eau, aussi loin que possible du bateau.

Il le promène quelques dizaines de secondes, un peu comme s'il s'agissait d'une laisse. Et rapidement, nous voyons arriver des masses brunes dans l'eau turquoise. Ce sont des requins gris, attirés par l'odeur du poisson. Les locaux les appellent des « raira[44] ». On les reconnaît à leur dos tout gris et à leur ventre blanchâtre. Ils ont également la bordure postérieure de la queue et l'extrémité de la face interne des pectorales noires. Habituellement, ces requins sont curieux mais restent à distance. Toutefois les locaux s'en méfient. S'ils se sentent menacés, ils changent d'attitude très nettement en ondulant exagérément leur corps latéralement, les nageoires pectorales descendues vers le bas. Si l'on observe sous l'eau un tel comportement, mieux vaut s'en écarter rapidement ! Ils sont également très sensibles aux stimuli alimentaires donc si on flèche un poisson, il faut le sortir vite de l'eau et éviter de le tenir près de soi pendant la remontée au risque de se faire choper un bout de chair en même temps que le poisson.

D'abord, deux s'approchent. L'un essaye de s'emparer du squelette mais Pat tire sur la corde au dernier moment pour lui

---

[44] *Raira : appellation du requin gris en tahitien. A prononcer « raye-ra » en roulant le r. Il se reconnaît entre tous les requins par la présence d'un liseré noir vertical à la fin de la queue, systématiquement présent. 2 mètres environ. Très sensible aux stimuli alimentaires.*

faire rater sa proie. Il sort un instant le poisson hors de l'eau et le projette plus loin, toujours en jouant avec la corde, donnant un semblant de vie à la carcasse. D'autres requins viennent aux nouvelles. Ils sont bientôt sept ou huit autour du bateau et commencent à montrer un comportement frénétique. Ils s'entrechoquent. C'est impressionnant à voir depuis le pont. Je les regarde tourner autour du bateau, fascinée. L'un d'eux réussit à happer le bout de poisson et « clac-clac-clac », en trois bouchées, il engloutit la tête. Pat essaye de lui faire lâcher prise en le hissant vers lui et en secouant la corde pour essayer de lui faire ouvrir la mâchoire. Rien à faire. Le requin, bien que suspendu hors de l'eau, le corps frottant contre la coque du bateau, ne desserre pas les dents. C'est finalement le nœud de la corde qui cède. Lorsque nous le récupérons, il est coupé net à sa base. J'espère tout de même que le requin arrivera à digérer sans problème ce qu'il venait d'ingurgiter. En même temps, s'il a été capable d'avaler d'un coup toute la tête du poisson y compris son bec, le morceau de corde ne devrait pas être un problème…

Ce petit jeu me fait penser à un manège pour enfants, celui où on s'asseyait dans des véhicules de différentes formes qui tournaient autour d'un axe central avec un pompon actionné par le gérant du manège. Ce dernier faisant danser le pompon devant nos yeux, c'était le plus rapide ou le plus rusé qui réussissait à le décrocher pour gagner un tour gratuit.

Chez les requins, même s'il y a déjà eu un gagnant, le nombre de candidats continue de croître. A la fin du jeu, ils sont une quinzaine autour du bateau.

- T'as envie faire un petit plouf, Becca ?

- T'es sérieux là ?

Devant ma tête déconfite, Pat pouffe de rire et part dans le carré commencer à nous préparer un bon petit dîner que nous avalons rapidement afin de nous écrouler de sommeil dans les bras l'un de l'autre.

Chapitre 12
TEL UN AQUABOULEVARD

....

A peine réveillée, je presse Pat pour partir à terre. Il enjambe le bastingage et m'interpelle :

- Allez, saute dans le dinghy !

Il nous faut toute la puissance du moteur pour réussir à remonter le fort courant de face. Pendant les premières secondes, malgré la marche avant enclenchée, nous faisons même du sur-place. Étrange sensation que celle d'avoir l'impression d'avancer alors qu'en réalité nous restons à la même hauteur que le bateau.

Cinq minutes après, nous atteignons enfin le quai et y attachons le dinghy. Je suis heureuse de découvrir enfin le village. Nous passons tout d'abord devant le grand entrepôt qui abrite l'osmoseur derrière lequel je suis passée la veille avec mon paddle sous le bras. Nous continuons à suivre l'unique route en béton qui traverse le village.

Amusée, je note que toutes les maisons ou presque sont cernées d'un petit muret en béton sur lequel trônent de jolies balustrades, elles aussi en béton, toutes faites, vraisemblablement, dans le même moule ! L'un des habitants a dû lancer l'idée et tout le monde a décidé de l'adopter !

Quelques centaines d'habitants seulement mais il y a une poste ouverte deux heures par jour, deux commerces d'alimentation, un dispensaire, une église, une boulangerie et même une école et un bus de ramassage scolaire ! Si, si ! Pour que les enfants du village les plus éloignés n'aient pas à y aller à pied même si cela ne représente pas plus de 500 mètres. Il y a aussi cet incroyable gymnase un peu excentré du village, abrité dans un grand bâtiment en tôle, et où se retrouvent généralement tous les sportifs du coin pour une partie de futsal, une sorte de football en intérieur. J'allais oublier également la présence de l'aéroport un peu plus loin.

Je suis rentrée un instant dans chacun des deux magasins, sûrement un réflexe de mon ancienne vie de terrienne dans laquelle pas un jour ou presque ne passait sans je ne m'arrête faire une course. Hé bien, ceux de Faaite n'ont rien à voir avec ceux de Tahiti. Une pièce unique de quelques dizaines de mètres carrés avec quelques étagères en bois quasiment vides. Le Cobia, la goélette censée amener les vivres est prévue le surlendemain, c'est pour cela que les réserves sont épuisées m'explique l'une des gérantes en réponse à mon air surpris. Il semble que la notion de gestion des stocks soit mal maîtrisée ici...

Au cours de notre promenade, nous avons dû refuser poliment plusieurs invitations à boire un café car étions déjà attendus chez l'un des surfeurs rencontrés la veille. C'est fou ce que ça fait plaisir de ne voir que des gens souriants et aimables qui vous invitent chez eux comme ça, juste pour le plaisir de partager un moment avec vous. A Tahiti, ce n'est pas aussi naturel qu'ici...

Nous retournons bientôt sur nos pas afin d'honorer l'invitation acceptée. Nous arrivons devant une petite maison le long de la route principale, ou plutôt une maison à plusieurs niveaux. Car le fils, Teva, notre ami, vit dans une sorte de cabane construite en hauteur au-dessus de la terrasse principale de la maison, devant la toiture en fait. Sa mère, elle, vit au rez-de-chaussée. Ce concept est assez étrange et me fait presque penser à une cabane dans les arbres. Teva nous fait visiter rapidement les lieux, nous présente sa maman et nous entraîne au fond voir son jardin. Petit mais prolifique. Il est fier de nous montrer ses papayes, ses ananas, ses piments et les plantes décoratives qu'il a fait pousser pour sa maman. Quant à lui, il s'est réservé un petit carré de terre pour une autre type de plante aromatique à fumer… Je ne parle pas du tabac bien sûr mais de « pakalolo[45] » ou de « bonbon » comme c'est surnommé là-bas.

Retournés à l'intérieur, nous nous voyons offrir de l'eau chaude et du café instantané par sa maman qui est déjà attablée, en train de finir son déjeuner qu'elle arrose copieusement de ce breuvage. Je m'en verse une dose dans un bol, rajoute de l'eau et commence à boire.

Arghhhhhh !

J'ai mal dosé, c'est infect à boire. Je m'oblige tout de même à tout avaler ma décoction histoire de ne pas passer pour une malpolie. Pendant ce temps-là, Teva et Pat discutent de surf et de surfeurs. J'écoute distraitement.

---

[45] *Pakalolo : cannabis en français.*

En repartant, nous faisons un nouvel arrêt à la boulangerie. Celle-ci pourrait être confondue avec une simple maison d'habitation avec une vulgaire inscription sur une feuille scotchée à la fenêtre coulissante. Le boulanger vit sur place avec sa famille. Il nous apprend qu'il faut prévoir la quantité de pains souhaités la veille pour le lendemain et passer chercher sa commande avant 6 heures du matin. Rien de plus simple. Pas de perte. Tout fonctionne sur la confiance.

Nous rejoignons enfin le dinghy et rentrons sur le bateau.

Un peu plus tard, nous repartons à terre pour profiter de la connexion internet à la poste du village, autrement dit le « Vinispot » de l'OPT[46]. Pat télécharge sur son ordinateur la météo des prochains jours tandis que je consulte mes mails et jette un coup d'œil à mes réseaux sociaux. Nombreux sont mes amis qui s'inquiètent de savoir comment s'est déroulée ma première vraie traversée. Je les rassure, omets de leur parler de mon mal de mer carabiné, de mes doutes d'être vraiment faite pour ça et insiste sur les aspects les plus sympathiques et drôles de l'expérience. Bref, je fais comme on fait tous en ligne : je ne parle que du meilleur !

Lorsque nous retournons vers l'endroit où nous avons laissé le dinghy, nous voyons un véritable attroupement au niveau du pont. Le courant est fort et la marée haute, aussi enfants et adultes se sont rassemblés ici afin de profiter de ce toboggan

---

[46] *OPT : Office des Postes et Télécommunications, l'équivalent de la Poste en France.*

naturel. Pat et moi, nous nous arrêtons un instant pour regarder le spectacle. Sauts et saltos se succèdent depuis le pont, le courant entraînant alors les volontaires à toute vitesse sous les arceaux du pont, les rejetant aux abords de la passe dans un espace où un contre-courant leur permet de rejoindre le rivage.

Attention à ceux qui se laisseraient entraîner trop loin car ils risqueraient de finir au large. Nous nous laissons prendre au jeu. Avant de tenter de sauter depuis le pont, je me mets à l'eau une dizaine de mètres à son amont, là d'où les enfants les plus jeunes commencent. Sans doute mon esprit de comptable qui prend inconsciemment le dessus et m'encourage à ne pas sauter de n'importe où. Ils sont tout autour de moi à m'encourager. Plusieurs d'entre eux sautent à l'eau devant moi. Je les suis en sautant à leur suite les pieds joints.

Ahhhhh, mais ce n'est carrément pas profond ici !!!

Mes pieds viennent de toucher le fond rocailleux. Cela m'apprendra à sauter au même endroit que les enfants de dix ans ! Je nage quelques brasses en travers du courant afin d'être entraînée avec certitude entre deux piliers et non pas sur un des piliers (une analyse du risque telle qu'on peut l'attendre d'une comptable) et je sens le courant m'aspirer sous le pont. Mon corps disparaît un instant dans l'eau, j'ai juste le temps d'aspirer une goulée d'air avant d'être entraînée. L'instant suivant, je ré-émerge, pour voir passer le coin du mur signalant l'entrée de la passe. Je n'ai que quelques instants pour nager vers le rivage sans quoi je risque d'être entraînée vers le centre de la passe puis vers le large. Il ne faut pas non plus nager trop rapidement vers le rivage car il existe un contre-courant qui, un peu comme un tourbillon, ré-aspire les candidats malchanceux vers le coin du mur, les rejetant ainsi dans le courant principal. Et hop ! Nouvelle partie !!!

Je recommence encore et encore. A chaque fois, je prends un peu plus d'assurance. Je finis même par sauter du pont mais toujours à pieds joints, n'osant pas imiter Pat dans ses saltos.

Nous finissons par rejoindre le bateau. Reposés, douchés à l'eau de mer, le mal de mer n'était plus qu'un lointain souvenir, nous profitons d'un réel moment d'intimité. Ça fait tellement de bien de pouvoir enfin se détendre malgré l'étroitesse du couchage que nous partageons. Impossible de s'allonger côte à côte sur le dos sans que celui qui soit près du vide ne risque à tout moment de tomber ! Et une hauteur sous plafond entre 60 centimètres et 1 mètre selon l'endroit où on est allongé. A cela, rajoutez l'effet de la houle sur le mouvement du bateau ! Imaginez ce que c'est que de faire des câlins dans de telles conditions ? Ça relève plus de la souplesse et de l'acrobatie et autre chose. Mais peu importe, lorsque l'un d'entre nous se cogne la tête, se coince un pied, ou encore, chute de la banquette, c'est l'occasion de bonnes parties de fous-rires qui n'entament nullement notre enthousiasme.

Le lendemain matin, nous partons tôt en direction de notre prochaine destination.

Chapitre 13
UN PARADIS TERRESTRE

La passe sud de Fakarava[47] est distante de seulement 13 milles nautiques de Faaite. C'est donc une navigation courte même avec notre vitesse de croisière moyenne.

La seule chose à laquelle il faut penser, c'est l'horaire de la marée montante : tenter de rentrer dans la passe avec un fort courant de face est une chose difficile, à moins de réussir à longer les bords de la passe afin de profiter du contre-courant qui s'y crée.

Pat s'est renseigné pour pouvoir rentrer avec la bonne marée. L'idée est de mouiller près des Sables Roses, un lieu d'expédition bien connu des prestataires locaux qui y emmènent leurs touristes faire un peu de snorkeling. Les Sables Roses, c'est un ensemble de petits « motu[48] » couverts de cocotiers posés au milieu d'un lagon bleu turquoise et saupoudrés de grains de sable rosés, d'où le nom de la zone.

L'un d'entre-eux est parfait pour faire décoller nos kites. Pat connaît cet endroit pour s'y être déjà arrêté plusieurs semaines à son arrivée en Polynésie.

---

[47] *Fakarava : atoll situé dans l'archipel des Tuamotu. Il est situé à 450 km au nord-est de Tahiti.*

[48] *Motu : îlot de sable corallien. A prononcer « motou ».*

Pour atteindre cet endroit merveilleux, il faut dépasser la passe puis faire un large arc de cercle à l'intérieur du lagon pour rejoindre la zone voulue tout en évitant les nombreuses patates de corail qui affleurent à la surface. Mieux vaut donc un temps au beau fixe pour les identifier facilement. Il est courant de voir les équipages désigner une vigie à l'avant chargée de donner les instructions au barreur à l'arrière. Une bonne paire de lunettes polarisées aide bien à la tâche d'ailleurs pour identifier toutes les zones bleues très claires ou vertes à l'horizon et éviter de faire route droit dessus.

C'est la deuxième passe que je franchis avec Pat à bord d'Eureka. Celle-ci me parait déjà moins impressionnante que celle de Faaite, néanmoins c'est toujours Pat qui tient la barre lorsque nous la franchissons. Je ne l'aide que dans les manœuvres incluant les voiles.

Une fois la passe franchie, il nous faut faire un grand tour pour rejoindre la zone visée par Pat. Cette fois-ci, pour la dernière partie, je prends sa place à la barre pendant qu'il monte aux barres de flèches pour voir les écueils de haut. Pour me faciliter les choses, il a pris soin de rouler le génois et d'affaler la grand-voile. Je n'ai donc plus que le moteur à gérer sous les instructions qu'il m'indique depuis le haut du mât. Heureusement d'ailleurs parce que je découvre une manette des gaz récalcitrante à mon doigté. Le plus difficile pour moi est d'embrayer avec ce foutu bouton au bas de la poignée qui me résiste parfois. De la douceur, de la douceur ! me répète Pat, anxieux, depuis son perchoir, qui a rarement laissé maltraiter ainsi son Volvo Penta

2002. J'avoue, avec le recul, qu'il est de bonne composition de me laisser ainsi me faire les griffes sur son bateau auquel il tient par-dessus tout. Il y met du sien pour me familiariser avec le bateau.

Nous finissons par rejoindre notre objectif. Depuis peu, il est interdit d'y mouiller l'ancre afin de préserver les coraux environnants. De généreux prédécesseurs nous ont heureusement gentiment laissé un corps mort auquel nous pouvons accrocher le bateau. Deuxième gaffage de bouée de ma vie réussi !

Nous sautons ensuite tous les deux à l'eau pour vérifier la solidité du corps mort en question. Cela serait dommage de se voir dériver en pleine nuit et finir bêtement échoués sur une des patates environnantes. Heureusement, avec une bonne chaîne de 10 et un morceau de corail bien ancré au sol, il ne devrait pas nous jouer de mauvais tour.

Ce jour-là, peu de vent. Pas de kitesurf aujourd'hui. Nous mettons donc le dinghy à l'eau afin de profiter de la montée des eaux pour pouvoir rejoindre la passe via un petit raccourci que Pat connait qui nous autorise à passer quasiment en ligne droite de là où nous sommes vers la pension installée au bord de la passe. Lorsque l'eau est haute, cela passe partout aisément en annexe, mais lorsqu'elle commence à baisser, le niveau est tellement bas par endroit qu'on risque de s'y échouer. Dans ce cas de figure, il est nécessaire de faire le grand tour, presque le même que celui des voiliers.

Nous rejoignons ainsi la pension de famille « Tetamanu » et son centre de plongée installés de l'autre côté de la passe, y abandonnons notre dinghy au ponton principal et, sandales en plastique aux pieds, nous partons découvrir l'intérieur de l'île. Devant nous, une sorte de grande « rue » bordée de pierres de corail nous emmène aux tombes d'un petit cimetière, aux vestiges d'anciennes maisons et même d'une minuscule prison de la taille d'une chambre de bonne parisienne. Surprenant, déjà, de voir une prison dans un lieu si isolé et, qui plus est, si petite !

Seule l'église a bien résisté au temps. Pourtant, c'est l'une des premières églises catholiques construites en Polynésie Française au XIXe siècle. Des messes y sont encore régulièrement dites, un prêtre se déplaçant spécialement depuis Tahiti.

J'apprendrai plus tard avec étonnement que ce village, presqu'à l'abandon, était auparavant l'ancien chef-lieu de l'atoll. Aujourd'hui, une bonne partie de ses habitants est partie au Nord et ne restent guère que cinq ou six familles vivant ici tout au long de l'année. Presque autant que de clubs de plongée s'y faisant concurrence, la passe Sud étant réputée pour la densité de son mur de requins gris et pour le spectaculaire rassemblement de mérous et de loches lors de leur reproduction en juillet de chaque année.

A la fin de notre petit tour sur terre, arrive le bateau des pêcheurs qui se chargent de fournir la pension en poissons. Leur butin sorti du bateau, ils vident les poissons et jettent les entrailles dans la petite piscine naturelle autour de laquelle la pension a construit son ponton et son restaurant.

Plusieurs requins « pointe noire[49] », les plus communs dans la région, sont déjà là et profitent de ce repas facilement acquis. Ce type de requin est connu pour être curieux mais craintif. Il est donc considéré comme très peu dangereux. Ceux de Tetamanu semblent presque apprivoisés. Il faut dire qu'ils sont nourris ici tous les jours, ce qui ne les empêche pas de se bousculer violemment pour se disputer un morceau d'intestin. Je vois que certains touristes n'hésitent même pas à mettre leurs doigts de pied au centre de la mêlée… chose que je ne recommanderais pas personnellement. Comme lorsqu'un chien se chamaille avec un autre, si on reste trop près, un accident est vite arrivé…

Un véritable ballet aquatique se joue ainsi devant nous. En attendant la fin du repas des requins qui sonnera également l'heure du retour sur le bateau, nous en profitons pour commander une petite bière bien fraiche que nous dégustons sur le ponton de la pension.

---

[49] *Requin pointe noire : appelé « mauri » en tahitien (à prononcer « mao-ri »). Rencontré habituellement à l'intérieur des lagons et plus rarement à l'extérieur. Dépassant rarement 1,5 mètres, reconnaissable à la couleur noire à l'extrémité de son aileron dorsal, son dos est plutôt gris brun avec un ventre blanchâtre. Totalement inoffensif.*

Chapitre 14
RETROUVAILLES

En attendant le retour du vent, nous faisons connaissance avec nos voisins de mouillage. Vraisemblablement, le monde des marins est tout petit car Pat connait déjà deux de ces quatre voiliers. Il y a Antoine, un navigateur solo sur son Waukiez Gladiateur de 32 pieds. Il y a également les Garfunkel, une petite famille bien sympathique sur un ketch en acier, un Petit Prince de 43 pieds : Thomas et Eloise accompagnés de leur petite Emma qui a 3 ans et demi. Les deux autres bateaux sont des catamarans appartenant à des américains de passage dans la région qui se ressemblent comme deux gouttes d'eau, si ce n'est la bande anti-UV orange qui borde les voiles de l'un d'entre eux.

Tous les français se réunissent autour d'un petit rhum de retrouvailles sur le plus grand des voiliers. Thomas et Eloïse ouvrent pour l'occasion l'une des dernières bouteilles qu'ils ont ramenées de Panama. La famille y a fait là-bas des provisions importantes et a su gérer sagement son stock afin qu'il dure le plus longtemps possible. Pat et Antoine, au contraire, tous deux bons vivants, n'ont rien conservé de leur passage là-bas. Il faut préciser pour leur défense, que leurs bateaux, plus petits, ne permettent pas d'y mettre des stocks conséquents de bouteilles !

Pat a rencontré les Garfunkel à la Marina Taina de Tahiti lorsqu'il s'y était posé quelques semaines l'année précédant notre rencontre. Antoine, lui, il l'a rencontré au Panama.

Tous ont un point en commun : ce sont des navigateurs venus de France. Ils ont donc tous traversé le fameux canal de Panama et je réalise alors être la seule à ne pas avoir vécu ce moment. Bien évidemment, je le connais de nom ce canal mais n'ai véritablement aucune idée de ce à quoi il ressemble. J'en profite pour poser des questions. Tous se lancent alors dans la description de leur traversée de ce couloir séparant l'Océan Atlantique de l'Océan Pacifique. Je bois leurs paroles : pour moi, traverser le canal est synonyme d'aventure, de voyage initiatique, bref dans mon esprit de voileuse débutante, cela distingue les vrais navigateurs de ceux du dimanche.

Chacun rajoute sa petite anecdote. Il en ressort que tous ont été anxieux à l'idée de le traverser pour la première fois, notamment en raison des histoires de ponton. Certains avaient entendu parler d'un voilier qui aurait fini aplati entre deux remorqueurs. D'autres, d'un bateau broyé en morceaux par les hélices d'un super-cargo. C'est pourquoi, souvent, avant de faire traverser son propre bateau, le skipper décide de se faire une idée en aidant un autre bateau à traverser. C'est ce qu'ils ont tous fait afin de démystifier le passage.

Facile de monter sur un autre bateau car les autorités du canal exigent la présence du capitaine à bord mais également de quatre « hand-liners », un à chaque taquet aux quatre coins du bateau : des équipiers chargés des manœuvres d'aussières dans les écluses. Ainsi, tous les équipages inférieurs à cinq personnes doivent trouver du renfort, soit parmi des volontaires plus ou moins aptes, soit parmi des professionnels à rémunérer à la traversée.

Chacun y a vécu des aventures différentes. Antoine se rappelle d'un des employés du canal qui avait raté son jet de touline, ce filin qui doit atterrir sur le pont du bateau afin que les « hand-liners » puissent y attacher une extrémité de l'amarre et que le lamaneur[50] ramène à lui pour la fixer à une bitte[51] d'amarrage. S'en était ensuivi des rires et des moqueries bon enfant en espagnol des autres employés du canal de part et d'autre de l'écluse.

Pat, lui, avait clairement vu le pont d'un des bateaux se soulever tant la pression imposée aux taquets était forte ce qui l'avait fortement inquiété pour la traversée d'Eureka. Mais, heureusement pour lui, ses taquets furent jugés inaptes à supporter la force nécessaire par le pilote, ce fut donc le voilier au milieu du « trimaran » et non le sien, pourtant à une des extrémités, qui fut amarré à l'écluse…

La conversation dérive ensuite sur les dernières histoires de fortunes de mer entendues par les uns et les autres.

---

[50] *Lamaneur : personne chargée des opérations d'amarrage ou d'appareillage des navires.*
[51] *Bitte d'amarrage : pièce de bois ou métallique verticale solidement fixée autour de laquelle on tourne des cordages, notamment des amarres ou des aussières.*

Antoine, navigateur solitaire, plaisante sur la mésaventure d'un ami dont le bateau a manqué couler en Martinique à cause des vannes des toilettes laissées ouvertes par un coéquipier distrait. L'équipage complet ayant quitté le bord pendant toute une journée pour faire une longue randonnée, l'eau avait eu le temps de s'infiltrer un peu partout. En rentrant, ils avaient eu la désagréable surprise de trouver le voilier gitant sur un côté. Leur soirée avait été consacrée à l'évacuation de l'eau de mer et au nettoyage des dégâts. Tout le monde en rit de bon cœur, les problèmes de vannes ou de passe-coques étant des sujets récurrents sur les bateaux.

Toutes les histoires ne sont malheureusement pas aussi cocasses. Les Garfunkel nous font part d'un récit sordide qui concerne un couple de retraités partis ensemble pour leur première Transatlantique sur un beau 45 pieds. Arrivés à quelques centaines de milles de la Martinique, l'homme tomba à l'eau en tentant de changer une voile à l'avant. Sa femme le vit chuter mais ne sachant pas manœuvrer le bateau, celui-ci continua sa route, sous pilote automatique, s'éloignant toujours un peu plus de son skipper. Elle réussit à contacter des secours quelques jours après grâce à la VHF, fut récupérée par un cargo et le bateau abandonné. Celui-ci finit échoué à Tobago[52], près de Trinidad. L'homme ne fut, bien sûr, jamais retrouvé.

---

[52] *Tobago : île de la mer des Caraïbes située au sud des Antilles. L'une des deux îles principales de la République de Trinité-et-Tobago, à 130 km au sud-est de l'île de Grenade.*

Sur le même thème, Pat enchaîne sur l'exemple d'un autre couple dont l'homme avait trouvé la mort en haut du mât, brutalement emporté par une crise cardiaque, attaché à une drisse [53] . Encore une fois, sa femme, sans connaissances nautiques, avait laissé le bateau naviguer ainsi, l'homme toujours suspendu dans le vide jusqu'à atteindre la terre…

Trop souvent, aux dires des uns et des autres, les femmes à bord n'en savent pas autant que les hommes. Soit elles manquent de confiance en elles et s'en jugent incapables, soit elles se contentent de suivre leur mari dans leur rêve, plus projet individuel que réelle décision de couple.

Toutes ces histoires macabres renforcent mon intention d'insister pour que Pat me montre un maximum de choses sur son bateau histoire de ne pas reproduire ce genre de comportement !

Ce soir-là, partie me coucher, des images plein la tête des aventures racontées par les uns et les autres, je rêve de ce canal de Panama si connu et pourtant si mystérieux encore à mes yeux. Un jour peut-être, je le traverserai moi-même à bord d'un voilier.

---

[53] *Drisse : cordage servant à hisser une voile.*

Chapitre 15
UNE PARTIE DE CHASSE

....

Le lendemain, nous passons proposer à tous les bateaux du mouillage de se réunir le soir même sur le petit motu juste à côté pour y partager un bon barbecue. Tout le monde accepte, enthousiaste. Les Américains proposent de venir avec diverses salades pour accompagner le poisson que nous nous sommes engagés à ramener.

Maintenant, il s'agit d'aller chasser si on veut avoir un peu de poisson. Antoine, très bon chasseur et apnéiste, nous propose de nous emmener. Nous sautons sur l'occasion et convenons de nous retrouver dans la demi-heure qui suit à son bateau le temps de rassembler nos affaires. Nous filons sur Eureka.

> - Becca, sors les combis de l'avant s'il te plaît et prépare masques, tubas, palmes et plombs. Je m'occupe des harpons.

J'entame une partie de Tétris[54] à l'avant. C'est « fiu[55] » comme disent les Polynésiens ici. Il faut déplacer tout ce qui encombre l'entrée de la pointe avant pour pouvoir s'y glisser. J'arrive enfin

---

[54] *Tétris : jeu électronique de puzzle mondialement connu.*
[55] *Fiu : être en proie à une grande lassitude, en avoir assez. Ce mot polynésien qui se prononce « fiou » apparaît depuis 2015 dans le dictionnaire du Petit Larousse.*

en me contorsionnant à atteindre le bac où les combinaisons de plongée sont rangées. Heureusement, le mouillage est calme, car une telle situation aurait pu échapper à mon contrôle. J'attrape le reste de l'équipement dans le coffre arrière. Pendant ce temps-là, Pat, lui, s'occupe des fusils. Il détache les flèches et les scrute attentivement pour vérifier qu'elles sont bien droites. Il ré-assemble le tout et me tend l'un des harpons.

- Tiens ! Tu pourras utiliser celui-ci. Tu devrais réussir à l'armer.

C'est la première fois que je vais utiliser un tel instrument. Je regarde comment c'est fait. Ok, ça ne devrait pas être trop difficile. Je vois comment la flèche est placée à l'intérieur, les deux crans apparents, l'ardillon vers le haut, comment le fil circule sur le harpon. Je tente d'armer le fusil en posant la crosse sur mon ventre et en tirant sur le caoutchouc que je suis censée tendre et bloquer sur l'un des crans.

- Iiiiiiiiiiiiiiiiiiiiiiiii. Purée Pat !! J'y arrive pas. C'est quoi ce truc ? J'arrive même pas à atteindre le premier cran !!! »

Pat se moque gentiment de moi.

- Faut prendre des forces, poulette ! Hahaha !

- Grrrrrr, t'es nul de te moquer de moi comme ça. C'est franchement pas cool… C'est facile pour toi, Monsieur Muscles !

- Allez, gentil garçon comme je suis, je vais te donner quelques astuces.

Pat me file une petite tape sur les fesses en souriant, moqueur, m'embrasse et me reprend le fusil des mains.

- Regarde. Pour tendre le caoutchouc, bloque bien la crosse sur tes abdos. Contracte-les et tire fort vers toi le caoutchouc. Tu atteins d'abord le premier cran. Tu le bloques là et tu te reposes un peu. C'est plus facile ensuite pour le retendre et atteindre le deuxième cran.

En même temps, il me fait la démonstration. Concentrée, je ne réponds pas et réessaye...

Facile, facile qu'il me dit...

Quelques éléments importants semblent lui avoir échappé. D'abord, je n'ai pas les mêmes abdominaux que lui. Je suis à quelques crans au-dessous de lui. Loin de sa tablette de chocolat, plutôt une sorte de crème du même nom qui aurait figé au réfrigérateur et qu'une petite cuillère aurait facilement pu transpercer. Ensuite, au bras de fer, j'ai toujours perdu : le harpon risque, lui aussi, de gagner la partie. Je fais part de mes réflexions à Pat. Il s'esclaffe avant de rajouter :

- Ok, ok... J'ai une autre solution. Enfile ta combi et mets ta ceinture de plomb. Tu as trois plombs, ok ? Place-les sur ton ventre. Bien, tu vois maintenant, il te suffit de bloquer la crosse du fusil sur l'un des plombs pour que tu n'aies plus besoin de forcer. Essaye un peu.

- Iiiiiiiiiiii ! Yes !!!!! j'ai réussi à atteindre le premier cran !!! Iiiiiiiiiiii…. Euh, par contre, rien à faire pour le deuxième, c'est toujours impossible pour moi.

- T'inquiète pas ! Ça va venir à force. Promis ! Pour aujourd'hui ça suffira.

L'annexe une fois chargée, nous fonçons vers le voilier d'Antoine. Ce dernier est déjà prêt à partir. Nous basculons nos affaires dans son dinghy et partons à la recherche d'une grosse patate de corail bien poissonneuse un peu plus loin dans le lagon. J'ai hâte de me mettre à l'eau pour vivre ma première expérience de chasse sous-marine.

Les deux garçons en sélectionnent une qui paraît prometteuse. L'embarcation ancrée, tout le monde enfile combinaison, ceinture de plomb, palmes, gants, masque et tuba et bascule doucement dans l'eau fusil en main. Nous nous donnons comme instructions de rester groupés pour nous surveiller les uns les autres : les eaux dans lesquelles nous sommes grouillent de requins. Le simple bruit d'une flèche décochée suffit à les attirer. Ainsi, si l'un de nous sonde pour tenter sa chance au harpon, les autres resteront en surface pour l'aider à ramener le poisson sans que l'un de ces voleurs dentés ne s'en empare au passage.

Antoine et Pat enchaînent apnée sur apnée. Ils descendent bien mieux que moi atteignant 15 ou 20 mètres de profondeur sans difficulté, capables de rester en agachon[56] pendant plus d'une

---

[56] *Agachon : technique de chasse sous-marine à l'affût.*

minute. Quant à moi, je suis déjà heureuse de réussir à atteindre 5 ou 6 mètres et je n'ai que quelques dizaines de secondes devant moi pour y descendre en faisant passer les oreilles[57] qui me gênent un peu avant que la sensation de manque d'air ne me fasse revenir à la surface. Dans ces conditions, autant dire qu'il me faut être chanceuse pour réussir à ramener du poisson.

Antoine est, quelques mètres sous moi, immobile, planqué derrière un gros morceau de corail. Un banc de carangues nage tranquillement dans sa direction, inconscient du danger. Je le vois tendre son bras et soudain un poisson se tord dans tous les sens ! Il l'a eu !!! Vite, il le remonte vers la surface tout en tirant sur le fil pour ramener la flèche à ses mains. Pat plonge vers lui pour lui servir de garde du corps car déjà un requin gris file droit vers la carangue qui se débat encore. Il menace le requin du bout de son fusil. Ce dernier s'éloigne un instant permettant à Antoine de sortir sa flèche de l'eau telle une épée brandie vers le ciel, le poisson lui servant de garde. J'accompagne à mon tour Antoine jusqu'au dinghy pour l'aider à y ramener son butin entier. Heureusement, à part le gris dont les ardeurs semblent s'être calmées, seuls deux petits requins pointe noire traînent autour de nous sans présenter aucune velléité particulière.

Soudain, Pat apparaît derrière nous : au bout de la flèche qu'il tend vers le ciel, un beau perroquet à bosse. Il n'a pas voulu attendre notre retour pour flécher un de ces individus tout verts qui passaient à proximité de lui. Du coup, il a décidé d'y aller tout

---

[57] *Faire passer les oreilles : décompresser.*

seul malgré les consignes données. Étonnant le connaissant, pensé-je sarcastique.

Avec ces deux belles prises et le nombre croissant de requins qui nous entourent, nous décidons de changer de spot. Tout le monde ré-embarque sur l'annexe et nous partons à la recherche d'une nouvelle zone d'eau verte clair signalant l'existence d'une patate à proximité de la surface.

Cette fois-ci, je suis déterminée à ramener, moi aussi, un poisson ! Pour le moment, j'ai fait plus de figuration qu'autre chose… Je saute à l'eau et ô miracle, juste en dessous du dinghy à environ 5 mètres de profondeur, je vois une belle loche marbrée en train de me regarder devant son rocher. Doucement, je plonge vers elle, tends mon bras, tire ! Et… Rien ne se passe…

Hein ? Pourquoi ? C'est quoi ce bordel ?

Je suis verte de rage ! Je remonte à la surface et j'harangue Pat. Ah oui, la sécurité… Cet idiot, il aurait pu m'en parler avant ! Ce n'est pas comme si j'étais familière avec ce genre d'engin…

J'étais comptable dans ma vie précédente, je te le rappelle mon chéri, pas comme toi !

C'est nouveau tout ça pour moi !

Ok. Je fais sauter la sécurité et je replonge. Elle est toujours là, la loche. Mais son regard me semble plus méfiant. Je tends le bras, tire et… je l'ai ! Touchée, elle se tortille dans tous les sens et la flèche ressort de son corps sans que l'ardillon ne se soit relevé. Elle part aussitôt se cacher dans les creux du rocher, juste avant que trois requins ne se pointent attirés par ses signaux de détresse. Autant dire que maintenant, elle va être difficile à récupérer cette loche... Je n'ai pas spécialement peur des requins lorsque j'ai la tête sous l'eau, mais je n'ai pas non plus envie d'aller les défier sur leur terrain. Dépitée, j'abandonne ma proie aux prédateurs des lieux. Nous nous éloignons de l'endroit où j'ai manqué pêcher le premier poisson de ma vie...

Antoine et Pat continuent à sonder régulièrement à la recherche d'une belle prise à ramener. Soudain, une ombre assez grosse se profile à une vingtaine de mètres de nous. Mazette ! C'est un requin aux reflets jaunes dont je devine l'espèce : c'est un « citron[58] » bien plus balaise que les gris et les pointes noires que l'on voit habituellement. Qu'est-ce qu'il fout là ? Branle-bas de combat général ! Tout le monde ressort de l'eau. Deux gros poissons, c'est sûrement assez. Les autres ramèneront également des choses pour le barbecue de ce soir.

Nous repartons en direction du mouillage. L'ayant atteint, nous nous débarrassons de nos équipements sur nos bateaux respectifs, récupérons couteaux, planche à découper et marmites et rejoignons la plage où Antoine et Pat veulent vider les poissons, loin des bateaux.

---

[58] *Requin citron : appelé « arava » en tahitien. Se reconnait à ses deux ailerons dorsaux qui ont quasiment la même taille et sont bien recourbés. Se reconnait aussi à ses dents qui sortent en permanence même quand il a la bouche fermée, ce qui lui confère vraiment une « sale gueule ». Fait couramment de 2 à 3m. C'est un requin dont il faut particulièrement se méfier si on transporte du poisson sur soi.*

Il est presque 17 heures lorsque nous rejoignons le motu où le barbecue est prévu. Thomas est déjà en train de s'affairer pour rassembler un beau tas de palmes de cocotiers et de branches bien sèches près du futur foyer. Il a également pris le temps de récolter quelques cocos qui serviront à faire du lait pour le menu du soir. Nous lui confions notre marmite avec les poissons préparés et repartons nous changer.

Chapitre 16
BARBECUE SUR LA PLAGE

••

Ôter la combinaison, enfin ! Je me rince rapidement et enfile des affaires sèches. Pat fait de même. Il se lance ensuite dans la cuisson d'un paquet de riz. Une fois prêts, nous ré-embarquons sur l'annexe avec tout ce qu'il faut pour le barbecue : râpe à coco, machette, ouvre-coco, curry, riz, sel, poivre et bien évidemment assiettes, verres et couverts sans oublier un linge propre qui servira pour le lait de coco.

Tout le monde est déjà sur la plage lorsque nous arrivons. Le feu est allumé et de grandes flammes s'en dégagent grâce aux palmes de cocotiers bien sèches rassemblées par Thomas. Les braises seront parfaites.

Pat s'installe sur un vieux tronc de cocotier effondré par terre, transformé pour l'occasion en véritable banc de fortune. Il sort son ouvre-coco en inox fait maison, le plante dans le sable, la pointe aiguisée vers le haut, puis attrape un coco et le balance violemment sur l'ouvre-coco qui le poignarde profondément. Ensuite, il appuie fortement sur l'enveloppe extérieure du coco comme s'il voulait le faire rouler sur lui-même. Un morceau de bourre apparaît. Pat l'arrache et recommence son manège. Il sait tellement bien y faire qu'en cinq coups il a réussi à retirer toute la bourre du coco. Ne reste que la noix dans sa main. Prenant alors sa machette et il m'explique comment faire pour l'ouvrir :

- Tu vois, tu la tiens gentiment dans ta main et puis tu tapes fermement avec le dos de la lame sur le haut de la noix. Tu la fais tourner sur elle-même dans ta main et tu recommences, comme si tu voulais taper sur un trait qui fait tout le tour. Tu la vois se craqueler ?

Et effectivement, je vois la coque se fendiller légèrement.

- Maintenant, il faut réussir à l'ouvrir complètement sans perdre toute l'eau qui s'y trouve. Regarde !

Un dernier coup de machette et la coquille se brise en deux morceaux retenus adroitement bien à plat dans sa main par Pat. Il me passe l'une des moitiés pour que je puisse boire l'eau qui s'y trouvait et fait de même avec l'autre moitié.

Ensuite, il s'attaque à l'intérieur de la noix, s'installe sur le banc rudimentaire que nous a offert la nature et coince sa râpe à coco sous ses fesses, une bassine à ses pieds. Prenant l'un des morceaux de coquille, il en frotte l'intérieur sur sa râpe. C'est une question de dextérité pour râper rapidement et proprement un coco. La bassine se remplit petit à petit. Je le regarde fascinée. C'est la première fois que je vois comment faire. Je tente de le remplacer un moment mais abandonne rapidement. Je me rends compte à quel point c'est un travail laborieux de râper une noix de coco entière. Mes gestes sont hésitants, mon « râpage » n'est pas uniforme ce qui crée des reliefs à l'intérieur de la noix qui stoppe mon élan. Je suis contente d'avoir essayé mais suis heureuse de rendre sa place à Pat.

Il ne lui reste plus qu'à presser le coco râpé dans le linge propre que nous avons ramené pour en extraire le lait qu'il verse ensuite dans la casserole contenant le riz. Il rajoute un peu de curry, du sel, du poivre, mélange le tout et hop ! nous offre un beau riz curry-lait de coco digne des meilleurs restaurants. Impressionnante sa capacité à faire de bons plats avec si peu d'ingrédients achetés en supermarché. C'est tellement loin de ce que j'ai connu jusqu'à présent…

Pendant ce temps-là, les flammes ont fait place à de belles braises. Antoine a placé les poissons sur une grille ressemblant étrangement à ce qu'on trouve au dos des réfrigérateurs. Elle a dû être amenée ici par des locaux désireux de recycler une partie de leur équipement ménager. En tout cas, c'est bien pratique d'avoir ça pour nous, les adeptes de barbecue.

L'un des couple d'Américains, Tim et Jessie, du catamaran avec les voiles bordées d'orange est venu avec du marlin qu'il a en quantité énorme dans ses deux congélateurs. Ils invitent d'ailleurs toutes les personnes présentes à venir dès le lendemain les voir à leur bord afin de leur en distribuer quelques kilogrammes pour faire un peu de place.

L'équipage du catamaran jumeau, Ben et Mary, quant à lui, a apporté diverses petites salades. Mary semble être un cordon bleu. Nous nous régalons d'une petite purée de carottes aux épices et d'une salade de quinoa à l'assaisonnement alléchant.

Tout ce petit monde fait connaissance et chacun raconte des anecdotes sur le trajet qui l'a mené jusque-là. Quant à la petite

Emma, elle dort tranquillement allongée, non loin du feu, sur un petit matelas que ses parents ont pris le soin d'apporter.

Tim s'adresse soudainement à moi :

- Tu sais à quoi ça sert une bouteille de rhum sur un bateau ?
- Euh… A boire l'apéro ?
- Haha ! Non, pas seulement. Vous pêchez ?

Pat acquiesce.

- Comment vous tuez le poisson que vous attrapez ?
- C'est Pat qui s'en occupe. Il utilise un couteau.
- Tu sais qu'il existe une méthode plus douce ?
- Laquelle ?
- Tu verses un peu de rhum dans les ouïes du poisson. Ça le tue presque instantanément.

Intéressant à savoir. Je trouvais la méthode de Pat un peu barbare et sanglante. Celle-ci me paraît moins traumatisante. Pour le poisson comme pour moi. Ne reste plus qu'à trouver du rhum quelque part !

Soudain, Tim éclate de rire. Il est hilare. Les effets de l'alcool se font sentir. Il a les larmes aux yeux quand il nous raconte une petite histoire vraie sur sa belle-sœur pendant que Jessie, amusée, tente sans succès de le bâillonner :

- On venait de pêcher cette belle daurade. J'étais en train de la maîtriser sur le pont du bateau quand j'ai demandé à ma belle-sœur, en vacances sur le cata, d'aller me chercher la bouteille de rhum. Un instant plus tard, elle me rejoint. J'ai le dos tourné, je me débats avec l'hameçon avant de tendre le bras vers elle sans la regarder (…)

Libéré de l'emprise de sa femme, il continue en mimant la scène :

- (…) et soudain, je vois un pied à côté de moi et l'ombre d'un bras qui brandit une bouteille telle un gourdin ! J'ai juste le temps d'arrêter son geste avant qu'elle ne l'éclate sur la tête de la bête ! Elle pensait sincèrement que ça servait à ça, la citadine ! (…)

A ce seul souvenir, Tim se roule de rire par terre et continue :

- (…) et là, je lui ai dit : « Hep, pas si vite ! ». J'ai débouché la bouteille, en ai bu une lichée en déclamant : « Une gorgée pour le marin et le reste pour la daurade ! » Vous auriez vu la tête de sa sœur !!!

Les talents de conteur de Tim provoquent l'hilarité générale.

La soirée se poursuit ainsi tranquillement autour du feu de bois que j'entretiens régulièrement. J'adore regarder les palmes de cocotier s'enflammer soudainement projetant de grandes flammes éphémères. J'y balance quelques noix de coco vides dont l'intérieur a été dévoré par des crabes ou des rats. Rêveuse, je les vois se transformer en braises rougeoyantes maltraitées par le feu, me rappelant les citrouilles façonnées pour Halloween, avec leur sourire édenté.

Je me sens bien sur cette plage au milieu de nulle part. Ma vie d'avant me paraît tellement loin… Les jours suivants passent, sans vent. De la pêche sous-marine, quelques plongées ou des apnées dans la passe suffisent à nous occuper.

Chapitre 17
DIRECTION LE NORD

C'est Mike, un pote de Pat, surfeur, actuellement à la passe Nord, qui l'avertit d'un bon train de houle prévu la semaine suivante sur Apataki[59]. Pat est surexcité. Il attend cela avec impatience ! En plus, pas assez de vent pour lui pour kiter en ce moment. S'il peut au moins profiter de bonnes vagues, il est partant !

Il décide alors qu'il est temps de monter au nord de Fakarava à travers son lagon avant de prendre la direction d'Apataki. Le temps est clément. Le vent est léger mais bien orienté. La navigation sera un peu longue et nous devrions arriver avant la nuit en partant tôt le lendemain matin.

Fakarava est un atoll bien plus grand que celui de Faaite, c'est même le deuxième plus grand atoll de Polynésie avec 60 kilomètres de longueur et 21 kilomètres de largeur maximales pour seulement 16 km2 de terres émergées abritant environ 800 habitants.

28 milles séparent la passe du Sud, la passe Tumakohua (dite aussi Tetamanu) de celle du Nord, la passe Garuae, que nous allons emprunter en partant. Avec les 10 km/heure de vent enregistré bien travers, nous devrions rejoindre la passe nord en

---

[59] *Apataki : atoll situé dans l'archipel des Tuamotu. Il est situé à 380 km au nord-est de Tahiti.*

6 heures environ. Cette fois-ci, nous mettons un réveil. A 8 heures du matin, nous avons fini de préparer le bateau pour la navigation. Le temps de lâcher le corps mort, nous voilà partis.

Je reste à l'avant une bonne partie de la navigation pour avertir Pat des patates et des bouées de pêcheurs qui encombrent la route. Nous nous faisons doubler par deux beaux bateaux bien plus grands sur le nôtre. Dans l'après-midi, nous voyons enfin le mouillage du Nord apparaître.

A peine arrivés, nous descendons rapidement à terre en kayak pour nous dérouiller un peu les jambes. Comme il est hors de question de gonfler le dinghy juste pour quelques heures, je dois me glisser entre les jambes de Pat à l'intérieur du kayak prévu pour 1 personne (!!!) afin de pouvoir partir à terre avec lui. Très, très pratique cette position... Spécialement pour s'y glisser et s'en extirper sans chavirer... J'attends la chute à tout moment... Finalement, nous arrivons à bon port et au sec ou presque (posées au fond du kayak, mes fesses ont forcément baigné dans un peu d'eau).

Ici, j'ai l'impression de rêver : il y a de vrais magasins d'alimentation !!! Rien de comparable avec les supermarchés de Tahiti mais bien plus fournis que ceux de Faaite. Je vais enfin pouvoir racheter un petit pot de pâte aux noisettes à tartiner même si, ici, c'est hors de prix. Miam miam !!! Et réapprovisionner également un peu le bateau en produits de première nécessité. Ainsi qu'aller un peu sur internet car ici la connexion en données mobiles semble fonctionner relativement bien contrairement au sud. La fin d'après-midi passe donc rapidement. Ce soir, nous sommes attendus sur le catamaran de Mike et de sa copine Lisa.

Nous y arrivons avec quelques bières achetées l'après-midi. Pat est heureux de revoir son vieux pote surfeur. Nous le voyons venir nous accueillir sur la jupe[60] arrière en traînant la patte : une simple piqûre d'insecte, à l'origine, qu'il a grattée et qui s'est infectée... Nous commençons à boire l'apéro et Mike nous montre sa jambe à la lumière crue du néon au-dessus de la table. Franchement, pas très beau à voir ! Le genou est particulièrement enflé, sa jambe entière est train de virer au rouge et il nous décrit des douleurs semblables à des palpitations. Il a attendu quelques jours avant de prendre des antibiotiques qu'il a à bord mais depuis, il ne voit aucune amélioration.

Mon médecin de père m'a briefée au téléphone avant mon départ en mer sur les meilleurs antibiotiques à prendre en fonction du problème à traiter. Je me permets donc de demander à Mike ce qu'il prend. Il s'agit d'un produit américain que je ne connais pas mais dont la notice montre un spectre d'action réduit. Je l'encourage donc à tester l'amoxicilline bien plus efficace. En ayant sur le bateau, il peut donc commencer son nouveau traitement le soir même. Par contre, vue la taille de son genou, antibiotique ou pas, il semble qu'il y ait une grosse infection à résorber rapidement.

---

[60] *Jupe : prolongement de la voûte arrière du bateau au ras de l'eau.*

Pat convient de revenir le lendemain matin avec l'un des scalpels que nous avons dans la pharmacie de bord afin d'inciser pour laisser s'échapper le pus qui s'y est accumulé. Mike est incapable de le faire lui-même tant la zone infectée le fait souffrir et ni Lisa, ni moi, ne nous sentons capable de le faire.

Le lendemain matin, comme promis, nous revenons sur leur catamaran. Mike s'installe confortablement sur la banquette intérieure et Pat déploie son équipement sur la table : scalpel, compresses stériles, bétadine. Il se nettoie consciencieusement les mains, enfile des gants et commence l'opération. Il repère l'endroit où la peau semble la plus tendue, presse légèrement la lame du scalpel dessus et cela suffit pour faire éclater le dôme. Le pus gicle, arrosant au passage le tee-shirt de Pat, avant de couler doucement le long de la jambe du blessé. Lisa joue le rôle d'assistante et moi, j'observe. Pat appuie ensuite doucement sur la peau autour de la blessure pour évacuer le reste. Il semble que cela ne s'arrêtera jamais ! Finalement, la peau se détend et Mike reprend quelques couleurs. Pat nettoie consciencieusement la plaie puis y appose une dernière compresse imbibée de bétadine avant de lui bander la jambe.

Il semble un peu soulagé. Mais ce n'est pas fini. Le lendemain matin, ce sera au tour de Lisa de presser la blessure pour vérifier qu'elle ne s'est pas ré-infectée. Dans quelques jours, si tout va bien, le bon antibiotique devrait avoir fait son effet et ils pourront nous rejoindre à Apataki. En l'état actuel, Mike est incapable de gérer le bateau. Mieux vaut qu'il se repose. De toute manière, tant qu'il n'ira pas mieux, il est aussi privé de surf...

Nous déjeunons ensemble tardivement sur leur bateau laissant le temps s'écouler. A 17h00, nous sommes encore avec eux. Nous qui voulions partir le soir même, il nous faut maintenant agir vite. Un adieu, des accolades, encore quelques anecdotes échangées et nous sommes enfin de retour sur notre voilier. Le temps de monter le kayak à bord, de ranger quelques affaires qui trainent et de sécuriser l'ensemble des objets qui pourraient bouger, il fait déjà nuit noire lorsque Pat commence à remonter l'ancre.

Chapitre 18
SATANES BANCS DE POISSONS

Pat démarre le moteur du bateau puis me passe les commandes. Il me demande de mettre un peu de marche avant pour l'aider à libérer l'ancre bloquée à 15 mètres de profondeur, sans doute sur une patate. Aucune envie de devoir plonger pour la dégager, il espère que quelques actions sur le moteur suffiront. Je me bats quelques instants avec la manette des gaz pour alterner marche avant, marche arrière, point mort accéléré à la demande de Pat. Encore un petit coup de marche arrière, puis à nouveau une petite marche avant et enfin l'ancre se libère !

Pat se débat à l'avant pour faire rentrer la chaine dans la baille[61] à mouillage : craignant qu'elle ne se bloque à nouveau quelque part, il s'était contenté de la balancer sur le pont plutôt que de la faire pénétrer mètre après mètre dans son compartiment. Je me retrouve ainsi aux commandes d'un voilier au moteur en train de dériver dans une nuit presque noire. Et je n'aime vraiment pas cela !

Je sais qu'il y a plusieurs bateaux tout autour de nous, mais le nôtre a tourné un peu sur lui-même lors de la remontée de l'ancre. Sur l'instant, je n'y ai pas fait réellement attention mais réalise maintenant que l'information est importante. Or, je

---

[61] *Baille à mouillage : endroit où sont rangés l'ancre et sa chaîne.*

n'arrive plus à me repérer dans l'espace, ni à me rappeler combien de bateaux exactement il y a autour de nous et où ils sont les uns par rapport aux autres. Je commence à paniquer. D'autant plus qu'ils n'ont pas tous mis leur feu de mouillage. Ben oui ! Personne n'arrive ou ne part d'ici en pleine nuit… Personne, sauf Pat… J'ai peur de provoquer une collision.

- Paaaaaat ! Viens m'aider ! Viiiiiite ! Je n'y vois rien, je ne sais pas où je suis et je ne vois pas les autres bateaux !

- Ralentis ! Tourne autour des bateaux, débrouille-toi un peu, je finis de m'occuper de l'ancre, chérie !

- Paaaaaaaat ! Viens ici s'il-te-plaît ! J'aime pas ça, j'aime pas çaaaa ! Je m'occupe de ranger l'ancre et la chaîne, ok ?

- Ok si tu veux, j'arrive.

Là, en pleine nuit, j'avais l'impression de conduire avec un bandeau sur les yeux… Nous échangeons nos tâches. Il part prendre la barre et moi je passe à l'avant pour finir de rentrer la chaîne de l'ancre. Je suis soulagée de ne plus être responsable de la direction que prend le voilier. Mieux vaut être couverte de rouille des pieds à la tête plutôt que de risquer de rentrer en collision avec un autre bateau…

Pat veut faire un dernier coucou à Mike et Lisa mais reconnaissant qu'on n'y voit réellement pas grand-chose, il change d'avis et joue la sécurité en visant la passe à quelques milles de là.

Nous leur passons donc un dernier message via la VHF[62]. Nos amis sont en compagnie d'un des moniteurs de plongée du coin connaissant bien la passe qui nous fait quelques recommandations, semblant s'inquiéter du mascaret[63] qu'on risque d'y rencontrer. L'étale de basse mer est prévue à 19h45, il est 18h00 et on a environ 5 milles à parcourir. Le vent est monté et nous profitons d'un bon 15 nœuds de trois-quarts arrière.

J'ai une confiance aveugle en Pat. C'est pour cela que je le suis sans trop poser de questions. Mais ce soir, la luminosité est tellement faible que j'ai besoin d'être rassurée.

- T'as déjà traversé cette passe de nuit ? Tu la connais ?

- Non, c'est la première fois.

- Euh (gloups)… T'as entendu ce qu'a dit le moniteur de plongée ? Il n'avait pas l'air hyper zen !

- Non, mais c'est bon. T'inquiète, ça va bien se passer !

La peur m'envahit à nouveau. Ne rien voir autour de moi m'inquiète. Au loin, je distingue le clignotement vert d'une

---

[62] VHF : appareil permettant de facilement communiquer en phonie mais à courtes distances. Abréviation de Very High Frequency (ondes de 155 à 165 mHz).

[63] Mascaret : vague déferlante produite par la rencontre du courant descendant du fleuve et du flot montant de la mer.

bouée sans pouvoir évaluer la distance qui nous en sépare encore. Je ne sais pas encore lire correctement toutes les informations données par le logiciel de navigation utilisé par Pat, sinon, je pense que j'aurais eu ma réponse. Mon chéri me laisse la barre en main pendant qu'il « tangonne[64] » le génois et pose une retenue [65] de bôme [66] afin d'éviter un empannage [67] intempestif de la grand-voile mais j'ai beaucoup de mal à voir la girouette, fluorescente, qui indique d'où vient le vent. Sans m'écarter de la direction que m'a demandé de suivre Pat, j'ajuste au mieux la course du bateau à travers la houle quand soudain, j'ai l'impression que le vent a tourné et qu'il entraîne désormais le voilier droit sur une balise délimitant le chenal. Mon cerveau semble s'arrêter de fonctionner. Je me contente de paniquer un bon coup ne sachant plus quoi faire. J'appelle Pat à la rescousse. En quelques secondes, il achève ses tâches et vient à mon secours en me traitant de dinde parce que j'ai paniqué pour rien : j'ai juste fait n'importe quoi avec la barre. Il reprend donc les commandes.

---

[64] *Tangonner : utiliser un tangon (espar) monté transversalement au mât et destiné à déborder le génois.*

[65] *Retenue de bôme : simple cordage permettant de bloquer la bôme pour parer à un empannage intempestif.*

[66] *Bôme : espar perpendiculaire au mât qui tend le bord inférieur d'une grand-voile.*

[67] *Empannage : manœuvre involontaire durant laquelle le bateau aux allures du vent portant reçoit brusquement le vent sur l'autre bord, ce qui fait basculer brutalement la bôme et les voiles d'un bord à l'autre. Très dangereux pour le gréement si non maîtrisée. Peut-être réalisé volontairement.*

Nous arrivons enfin près de la passe, toujours dans le noir presque absolu. Je ne distingue même pas les contours de la terre que nous sommes supposés longer maintenant. Pat me prévient que cela risque de secouer, me conseille de m'accrocher et ferme hermétiquement l'accès au carré du bateau pour empêcher l'eau d'y rentrer en cas de mini-déferlante. Je m'accroche au balcon arrière du bateau.

J'ai le regard fixé sur les informations données par l'ordinateur de bord et par le sondeur. Tous deux me donnent des données contradictoires. Mes yeux s'écarquillent. Je lis 6 mètres de profondeur sur le sondeur alors qu'on est censé être au milieu d'une passe profonde. 6 mètres ? Loin du bord ? Je vois ensuite s'inscrire 5 mètres, puis 4 mètres… Je ne comprends pas. Mon estomac se serre, mon cœur s'accélère. Je n'ose pas poser de questions à Pat, concentré sur la navigation et le franchissement délicat de la passe. Nous finissons enfin par en sortir et nous nous faisons rouler quelques instants dans les vagues d'un petit mascaret.

J'ose enfin interroger Pat sur ce que j'ai vu. Il me répond simplement qu'il s'agit sûrement de bancs de poissons passant sous le bateau, trompant ainsi le sondeur incapable de faire la distinction entre le relief sous-marin et un groupe de poissons, m'occasionnant ainsi une bonne montée d'adrénaline…

Pourquoi me sens-je si démunie en bateau ? Sûrement par le fait de me sentir si petite dès que la houle est un peu forte ou dès que le vent forcit. J'ai ce sentiment qu'un voile mystérieux entoure tout ce qui touche à la navigation et que cela me dépasse. Je ne me rappelle pas qu'apprendre à conduire une voiture ou même une moto m'ait posé autant de problème...

Une fois la pleine mer atteinte, je rouvre l'accès au carré. Lors de notre traversée de la passe, la rébellion des objets m'apparaît dans toute sa splendeur. La boîte en verre contenant le café a littéralement explosé par terre, le téléphone de Pat a rendu l'âme de la même manière, ses pièces éparpillées et un hasard désordonné a ré-agencé l'intérieur du placard de la cuisine. Forte de mon bon droit, j'entame les représailles, m'attaquant au café et aux petits bouts de verre qui traînent partout. Pas question de le laisser maculer définitivement le sol. Tout ce qui en est imprégné est énergiquement frotté. Une légère nausée s'empare de moi mais j'arrive à la contrôler. J'espère que le mal de mer me laissera tranquille cette fois-ci. Je retrouve des petits bouts de la coque du téléphone que je mets de côté en espérant réussir à le rafistoler...

Chapitre 19
DIRECTION APATAKI

Il est presque 20h30. Encore cachée, la lune ne nous laisse distinguer que les étoiles. Par trois-quarts arrière, nous filons à la vitesse incroyable de 8 nœuds. Trop rapide d'après Pat qui a calculé que mieux vaut arriver le lendemain vers 8h à Apataki pour rentrer aisément dans la passe. Il affale donc la grand-voile et laisse juste un peu de génois pour ralentir le bateau au maximum. Mais, même avec si peu de toile, le bateau continue à avancer à une vitesse de 5 nœuds ! Le vent est en train de forcir et les étoiles qui disparaissent de notre vue nous avertissent de la proximité d'un grain.

Je prends le premier quart, avec comme instruction de ne pas hésiter à mettre un peu plus de génois si je vois le vent baisser. Une seule voile à gérer, ça me facilite les choses, mais j'appréhende tout de même de le déployer un peu trop et de ne pas réussir à le réduire en cas de besoin. Ce foutu enrouleur[68] me demande tellement de force que même lorsqu'on fait abattre[69] un peu le bateau, Pat vient généralement à ma

---

[68] *Enrouleur : système mécanique pivotant fixé autour de l'étai et permettant d'enrouler totalement le génois.*

[69] *Abattre : manoeuvrer pour quitter sa route en s'éloignant du lit du vent.*

rescousse. Cette nuit, je sais que le vent est déjà trop fort pour m'autoriser à enrouler le génois seule.

Inlassablement, la même routine se répète : debout dans le cockpit, regarder devant si je vois la lumière d'un autre bateau, puis sur chacun des deux côtés, puis derrière moi. Ensuite, j'allume la lampe frontale, en permanence sur ma tête, pour jeter un coup d'œil à l'aspect du génois. Je contrôle notre incidence, c'est-à-dire la direction du bateau par rapport à la direction du vent grâce à la girouette fluorescente en haut du mât, et bien sûr, vérifie que nous suivons la route prévue sur le logiciel de navigation. Le régulateur d'allure jouant son rôle à la perfection, je n'ai besoin que de faire parfois un petit clic pour l'ajuster dans la direction souhaitée. Volontairement, je ne touche pas au génois. J'aurais sûrement dû, parfois, pour gagner un peu de vitesse mais ne me sens pas de le réduire seule. Je ne me sens absolument pas en maîtrise du bateau. Parfois même, je sens le bateau gîter fortement sans avoir pu m'y préparer et j'appréhende ces moments-là. Peur de tomber à l'eau ? Que le bateau gîte jusqu'à se retourner ? Je ne sais pas exactement ce que signifie cette appréhension. Ma frontale n'éclairant pas très loin, je ne peux que, parfois, deviner un relief plus menaçant qu'un autre.

Dans ces conditions, me soulager quand j'ai envie de faire pipi, c'est encore pire… Réussir à attraper le bon seau accroché à un taquet à l'extérieur du bateau, pisser dedans, le vider par-dessus bord sans se laisser surprendre par une gîte plus forte, le rincer puis enfin le ranger. Et tout ça bien sûr avec le bas du corps totalement dénudé car j'ai juste assez de mains pour m'accrocher moi à quelque chose et à retenir le seau... C'est tellement compliqué que naturellement mon corps semble se constiper tout seul. Jamais de grosse commission en navigation, merci bien !!!

A la fin de mon premier quart, c'est avec soulagement que je le réveille. Il me propose de faire à manger mais, pas au meilleur de ma forme, je pars me coucher sur l'une des banquettes. J'ai beau tenter de me caler contre la toile anti-roulis[70], mon corps ne cesse d'être brinquebalé à gauche et à droite, accompagnant tous les mouvements du bateau. C'est infernal ! Je suis crevée, j'ai besoin de dormir et je n'y arrive pas ! En plus, quelque chose de métallique se balade dans l'un des rangements sous mon matelas dont le déplacement semble résonner dans mon corps.

J'ai l'impression d'avoir dormi à peine quelques minutes quand Pat me demande déjà de le remplacer. En maugréant, je repars à l'extérieur. Le pauvre, il est trempé ! Dès qu'il a pris son quart, il a commencé à pleuvoir et il s'est pris plusieurs grains d'affilée alors que moi, tout au long du mien, j'ai été bien au sec ou presque, seulement prise en traître par l'écume de quelques vagues.

Me voici donc en train de rempiler pour mon deuxième quart sans joie, ni bonne humeur. A 1h du matin, je serais bien mieux au fond d'un lit douillet plutôt que dehors avec des rafales à 25

---

[70] *Toile anti-roulis : fixée à la couchette, elle empêche le dormeur d'en tomber en navigation.*

nœuds sur une mer dont on ne distingue rien. Mon second quart passe doucement, très doucement et toujours dans le même stress pour moi. Puis, c'est la libération ! J'appelle Pat pour qu'il prenne ma place. Il a aussi peu dormi que moi et tire sa tronche des mauvais jours.

Je file me coucher, non sur la banquette cette fois-ci, mais sur le plancher du bateau, bien coincée entre les deux pans de la coque. Ici, le roulis se fait plus discret. Par contre, Pat a dû déplacer quelque chose dans le compartiment au-dessus de la gazinière car j'entends des verres s'entrechoquer bruyamment. Pas la force de me lever pour résoudre le problème moi-même. J'appelle Pat à la rescousse qui, du haut du cockpit, réussit à ré-agencer le rangement et à supprimer le bruit. Enfin, je peux m'endormir doucement. Soudain, je suis réveillée en sursaut par divers objets qui me tombent littéralement dessus. C'est l'un des compartiments sur le côté qui a laissé s'échapper une partie de son contenu. Mon livre des Glénans, un étui de lunettes, un cahier sur lesquels je porte des notes. Énervée, je balance le tout sans réfléchir dans la couchette juste au-dessus de moi, derrière la toile anti-roulis et me rendors tant bien que mal... Pour recevoir 5 minutes après ma veste de quart sur la tête après qu'elle ait glissé depuis l'autre couchette...

Malgré tout, j'ai réussi à somnoler suffisamment. A mon réveil, nous ne sommes plus qu'à quelques milles d'Apataki. Pat a sorti le matériel de pêche pendant son quart en espérant ferrer du poisson mais sans succès. Il le range pendant que je tiens la barre et que nous approchons de l'entrée de la passe. Il est 7h passés lorsque nous tentons notre approche. Plus tôt que prévu par les plans de Pat mais le courant semble être faiblard. Il nous laisse nous approcher de la petite marina dans laquelle nous entrons sans difficultés avec le bateau. Apataki, nous voici !!!

Chapitre 20

LA PROPOSITION

Le jour même de notre arrivée, à peine ancrés dans la petite marina du principal village au sud de l'atoll, Pat reçoit un coup de téléphone de son ancien employeur, Moana, lui-même moniteur de kite. Après quelques échanges de politesse, ce dernier en vient au cœur du sujet.

Il vient d'être contacté par Teva, un tahitien se définissant lui-même comme un concierge de luxe. Pas le style de ceux qu'on rencontre dans les petits immeubles parisiens, non... du style de ceux qu'on rencontre dans les palaces, habitués à satisfaire les désirs les plus exubérants des millionnaires qui le contactent. Teva est bien connu de la jet-set internationale qui fréquente les îles de la Polynésie Française et il a tous les bons contacts pour répondre aux diverses demandes qui lui sont faites.... Normalement... Sauf que cette fois-ci, il a un client qui planifie de prochaines vacances sur son yacht dans les Tuamotu et qui a décidé d'apprendre à faire du kite avec toute sa famille par la même occasion. Il veut donc un moniteur particulier de kitesurf disponible pour une durée totale de 2 mois et prêt à le rejoindre sur son bateau afin d'être disponible 24 heures sur 24. « Les clients sont rois » dans ce monde. Le client a exigé que le moniteur soit seul à le rejoindre, ni femme, ni enfants autorisés à bord hormis sa propre famille et l'équipage habituel. Un contrat très bien payé : 500 euros par jour, nourri, logé, blanchi.

Moana est un tout jeune papa et c'est d'ailleurs pour cette raison qu'il a préféré renoncer à cette proposition en or. Mais il a pensé à Pat, qu'il apprécie beaucoup, et a même déjà donné son nom à Teva. Ce dernier devrait sûrement le contacter sous peu. Moana transmet à Pat le numéro de téléphone du concierge. Sans plus de détails à lui fournir.

Dès qu'il a raccroché, Pat me briefe rapidement sur le contenu de la conversation.

- 500 euros, tu te rends compte ? C'est énorme ! Et tout ça pour le coacher un peu tous les jours. Je ne peux pas laisser passer ça !

- Tu plaisantes ? Et moi, je fais quoi ? Je rentre chez moi ?

- Ben non. Je te prête mon bateau. Amuse-toi avec, fais des petits tours. T'es assez grande non ? Après tout, quand j'ai acheté mon premier bateau, je n'y connaissais rien et je suis parti directement à l'aventure...

Sur le coup, je reste un peu interloquée. Je ne m'attendais pas à ce qu'il m'abandonne comme ça sur son propre bateau. En même temps, je comprends qu'il n'ait pas envie de passer à côté d'une telle aubaine. Mais moi, je n'ai pas envie de faire le pied de grue ici en attendant qu'il revienne. Apataki, c'est bien joli, ses habitants sont accueillants, mais j'ai envie de visiter d'autres atolls. Peut-être qu'après tout, cette offre tombée du ciel me permettra de me filer le coup de pied aux fesses qui me manque pour m'y coller vraiment à la gestion du bateau. Après tout, j'ai fait des études, ne suis pas plus bête qu'une autre... Je devrais y arriver, non ? Par contre, consciente que je suis loin d'être une autodidacte et manquant profondément de confiance en moi dans le domaine de la navigation, je décide donc de passer mon propre contrat avec Pat :

> - Peut-être que, toi, tu as réussi à faire ça mais, moi, je suis comptable à la base ! Toujours dans la maîtrise des choses ! Et là, le bateau je ne maîtrise pas, mais alors pas du tout... Mais j'ai pas envie de rentrer chez moi... Ni rester deux mois au même endroit. Alors si tu remportes le contrat, tu me promets de me faire une vraie formation que je puisse naviguer en sécurité. Deal ?
>
> - Deal !

J'espère tout de même secrètement que l'affaire n'aboutisse pas. J'ai essayé de la jouer un peu cool mais franchement, l'idée de me retrouver seule sur le bateau ne m'enchante pas vraiment. D'un autre côté, au vu des conversations avec d'autres navigateurs, tous semblaient unanimes sur le fait que, pour apprendre à faire du bateau, le mieux était d'en acheter un pour ne plus avoir d'autre choix que de se lancer. Ce sera peut-être la bonne opportunité pour moi ?

Sur ce, nous partons à terre pour faire le tour du village, Niutahi, qui rassemble la majorité des 350 habitants d'Apataki. J'y trouve, à mon grand bonheur, un magasin d'alimentation capable de me fournir en pâte à tartiner ! Ah le Nutella, mon péché gourmand… En suivant Pat sur son bateau, j'ai déjà réussi à renoncer à pas mal de confort, mais ce type de petites douceurs sucrées, j'ai vraiment du mal à m'en passer. Et comble de joie, il y a même une boulangerie susceptible de nous fournir en petits pains deux fois par semaine. Là aussi, il faut commander à l'avance si nous voulons être servis et en plus de cela, nous l'avons appris à nos dépens, il faut se présenter les mardis et vendredis à 5h30 du matin si nous voulons réceptionner nos pains. Sans quoi, ils sont revendus au premier venu…

Le plus surprenant pour moi sur cette île, c'est de voir la plupart des habitants, enfants comme adultes, se déplacer en tricycle, un peu comme ceux que j'avais connu enfant sauf que là, il s'agit de vrais vélos avec une roue à l'avant et deux roues à l'arrière au-dessus desquelles se trouve un panier grillagé parfait pour transporter des colis depuis le magasin, le quai ou l'aéroport.

A notre retour, le téléphone de mon chéri affiche un appel en absence. C'est le numéro que Moana nous a donné qui apparait sur l'écran. Pat rappelle aussitôt. Teva lui précise quelques points. Il s'agit bien d'un contrat de deux mois au tarif indiqué par Moana, commençant début juillet à la date d'arrivée de la richissime famille en Polynésie. Trois membres la composent : John, 43 ans, le chef de famille à la tête d'un florissant business, Susanna, sa femme, 36 ans, et leur unique enfant, Cindy 15 ans.

Teva interroge ensuite Pat sur son parcours. Il lui récapitule son curriculum vitae en insistant sur l'obtention de son BPJEPS

(Brevet Professionnel de la Jeunesse, de l'Éducation Populaire et du Sport) mention glisse aérotractée, sur les 8 années d'enseignement qu'il a déjà derrière lui - que ce soit au sein de divers clubs ou par lui-même en tant qu'entrepreneur individuel -, ainsi que sur les 3 années au cours desquelles il a été sponsorisé par une des plus grandes marques de kite. Il rajoute qu'il parle également couramment l'anglais, l'espagnol et l'allemand. Cela finit d'enthousiasmer Teva car l'homme d'affaires est américain, sa femme argentine et qu'il est certain qu'ils seront ravis de pouvoir converser et prendre des cours dans leur langue natale avec Pat. Le marché est conclu rapidement. Teva lui promet de lui envoyer rapidement par mail un contrat récapitulant les données de l'accord et la date précise d'arrivée de la famille dans les Tuamotu.

Pat raccroche le sourire aux lèvres tandis que moi je sens mon estomac se contracter... ça veut dire que je vais vraiment devoir apprendre à gérer seule le bateau. La réalité me frappe soudain en pleine face !

Chapitre 21
DES NOTIONS THEORIQUES

Ma formation commence dès le lendemain avec de la théorie car le crédo de Pat, c'est : « La navigation, c'est 50% d'analyse de la route et de la météo pour 50% de manœuvres ».

Première étape, savoir lire la météo pour bien préparer son départ, car en cours de route, l'accès à l'information est nettement plus difficile et il va falloir que je renonce à consulter les sites habituels de météo, trop lourds généralement pour les faibles connections internet des atolls environnants. Il m'apprend donc à lire les « GRIB[71] », un format de fichier de données météorologique très compact et donc beaucoup plus facile à télécharger.

Insistant lourdement sur l'importance de la météo et de son évolution, il m'encourage à choisir le meilleur créneau possible, quitte à avancer ou reculer un départ de quelques jours pour bénéficier des meilleures conditions. Bien regarder la direction du vent afin de prévoir la meilleure des routes possibles entre un point A et un point B, fonction des obstacles à contourner sur la route, comme des atolls, sa force déterminant la voilure qu'on utilisera au cours de la navigation.

---

[71] GRIB : signifiant GRIdded Binary en anglais.

Après ce point sur les données météorologiques, Pat continue son laïus sur les spécificités géographiques environnantes : les atolls, avec ou sans passe et les courants qu'on y trouve. En effet, les Tuamotu, ce sont 78 atolls répartis sur une zone de 1.500 kilomètres du nord-ouest au sud-est sur une largeur de 500 kilomètres d'est en ouest, le plus grand groupe corallien du monde ! Surnommé « l'archipel dangereux » en raison du peu de visibilité qu'offrent les îles hautes de quelques mètres seulement au-dessus du niveau de la mer. Plusieurs bateaux s'y échouent chaque année. Ils s'en tirent parfois avec juste quelques égratignures mais parfois, c'est plus grave.

La plupart de ces atolls n'ont aucune passe. D'autres sont si peu profondes que seules des embarcations avec très peu de tirant d'eau[72], comme des pirogues par exemple, peuvent y pénétrer. D'où l'importance de bien planifier sa route et d'identifier les passes praticables. Ne pas hésiter à interroger les autres voiliers et les locaux pour obtenir de plus amples informations !

Certaines des passes praticables en voilier développent quelquefois un courant très fort pouvant empêcher d'y entrer même avec le moteur à fond lorsqu'il est contre nous, l'idéal étant d'y pénétrer à l'étale de marée haute ou de marée basse. A défaut d'informations, observer la passe à l'aide de jumelles pour tenter de déterminer le sens du courant : « entrant » (l'eau du large entre dans le lagon) ou « sortant » (l'eau du lagon se vide dans la mer).

---

[72] *Tirant d'eau : hauteur entre la flottaison et le point le plus bas de la quille.*

D'autres facteurs que la marée influencent également la force de ce courant : le force du vent et la taille de la houle. Le pire des cas étant vent contre-courant qui entraîne alors l'apparition de vagues statiques, désordonnées et violentes dans la zone de conflit. D'après Pat, certaines d'entre elles peuvent faire jusqu'à deux mètres et couler un bateau. Il est donc important d'éviter de s'y faire piéger...

Pat me précise une petite astuce. Sur chacun des bords d'une passe existe un léger contre-courant s'opposant au sens du courant central. Avec un bateau à faible tirant d'eau tel qu'Eureka, il est donc facile de les longer pour pénétrer tranquillement dans une passe malgré des circonstances défavorables. A condition, évidemment, de surveiller les informations du sondeur, histoire de ne pas finir échoué sur une patate de corail plus haute qu'une autre !

Ma formation s'interrompt brutalement lorsque Pat s'aperçoit que les vagues se sont levées au loin au niveau du spot de surf ! Il est impatient d'en profiter. Cela fait déjà quelques heures qu'il me briefe sur la théorie et il semble avoir atteint sa capacité maximale de concentration. Un petit tour à l'eau lui permettra de relâcher un peu de pression. Plusieurs locaux passent à ce moment précis près du bateau lui faire un petit signe de la main pour lui signaler qu'ils y allaient, eux. Il file donc illico presto rejoindre ses potes, me laissant seule, plongée dans mon carnet de notes et mes réflexions.

Le lendemain, le temps a tourné à la grisaille. Des grains se succèdent les uns aux autres. Dérouler le récupérateur de pluie au-dessus du pont du bateau nous permet de remplir nos réservoirs d'eau à ras bord. Nous nous octroyons même une bonne douche d'eau douce sous le coin de la gouttière cassée de l'entrepôt de la mairie abritant le groupe électrogène et les engins de chantiers de la commune d'Apataki.

L'eau chutant d'une hauteur d'environ 8 mètres, il faut se placer avec précaution sous le jet d'eau sinon, c'est un coup à perdre son maillot de bain en deux temps trois mouvements. Plusieurs enfants nous ont rejoint pour l'occasion. Nous ne sommes donc pas les seuls à profiter de cette douche improvisée.

Le vent est rafaleux et rend impraticables les vagues encore présentes sur le spot de surf. Le moment est idéal pour continuer mon apprentissage : l'utilisation du logiciel de navigation.

Pat utilise un vieil ordinateur tout pourri qui connait à peine internet. Il ne le connecte jamais de peur d'attraper un foutu virus qui rendrait inutilisable son outil de navigation. Il y branche seulement un petit GPS[73] portable qui permet d'utiliser Open CPN[74]. Grâce à mon ami internet, j'ai appris que cela signifie « Open Source Chart Plotter Navigation Software ». Au moins une chose que j'aurais enseigné à Pat qui pensait que CPN voulait dire « Capitaine » !

---

[73] *GPS : système de localisation par satellite permettant de déterminer les coordonnées géographiques d'un point. Signifie Global Positioning System en anglais.*
[74] *Open CPN : logiciel libre de navigation. Il est utilisé pour planifier une route et pour visualiser sa position en temps réel.*

- Becca, prête ?

- Oui, oui.

Je me concentre. Une carte s'affiche, semblable à celles que j'ai déjà vu au cours des navigations précédentes. A l'époque, c'était Pat qui avait tout paramétré. Lors de mes quarts, je me contentais juste de vérifier que la route réelle du voilier ne s'éloignait pas de la route théorique que nous étions supposés suivre. Cette fois-ci, je vais enfin connaitre l'envers du décor !

Je le regarde faire des démonstrations, prends ensuite les commandes et fais plusieurs tentatives. Pat me laisse manipuler le logiciel à ma guise pendant une bonne partie de la matinée. J'apprends à déplacer les points de repère, à en supprimer, bref à faire tout ce qui est nécessaire à tracer une belle route indiquant la direction à suivre. Je prends le temps également de commencer à consulter des guides nautiques en version numérique qui prodiguent des conseils pratiques sur les différentes passes des îles des Tumaotu. Bien utiles !

Après un bon déjeuner, nous reprenons la formation. Cette fois-ci, Pat me montre comment insérer les fameux fichiers GRIB dans le logiciel de manière à faire apparaître les informations météos un peu comme un calque qu'on superposerait. C'est parfait : j'ai maintenant les détails de la carte et la météo affichés ensemble !

Chapitre 22

ET BEAUCOUP DE PRATIQUE

Après la théorie, Pat enchaîne sur la pratique. Dès que les conditions le permettent, nous partons faire un petit tour dans le lagon d'Apataki afin que je puisse apprendre, répéter et perfectionner les manœuvres à connaître.

Le bouquin des Glénans du bord devient mon livre de chevet. Il me permet de développer rapidement mon vocabulaire « marin », nécessaire pour bien se comprendre. J'y trouve le nom de toutes les parties du bateau à connaître. J'ai parfois du mal à retenir certaines choses. Je me rappelle d'un mot qui m'a particulièrement marqué : le « vit de mulet »… Drôle de nom pour appeler l'articulation de la bôme sur le mât…. Ou encore l'« Avale-tout » pour la poulie d'écoute de foc sur rail… J'apprends également le nom de tous les types de cordages sur le bateau. Oups… On dit « boutes » même si ça s'écrit sans « e ». Mais certains noms peinent à rentrer dans ma petite tête. Je me mélange parfois les pinceaux quand il me parle d'écoute ou de drisse par exemple. Et il s'avère que nous n'avons pas la même notion des couleurs également. Un « bout » qu'il voit vert, je le vois plutôt jaune, un autre qu'il voit blanc, je le vois gris et ainsi de suite. Bref, il y a eu parfois quelques mises au point…

Généralement, il me dit ce qu'il attend de moi puis me demande de récapituler les étapes à suivre. Lors des manœuvres, nos échanges ressemblent à cela :

- Becca, j'ai besoin que tu mettes un ris à la voile. Tu te rappelles comment faire ?

- Oui ! D'abord je m'assure que tous les écoutes et les drisses sont bien délovées[75] histoire d'éviter d'avoir des nœuds au cours de la manœuvre. Je rapproche le bateau de la direction du vent pour atteindre le bon plein[76] idéalement de manière à pouvoir atteindre le bout de la bôme si j'en ai besoin. Je choque[77] suffisamment l'écoute de grand-voile pour qu'elle faseye[78] et que je puisse tirer sur la balancine[79] pour lever la bôme et soulager un peu de poids et supprimer la tension dans les coulisseaux[80] le long du mât. Je bloque la balancine sur son taquet. Ensuite, me dépêche de

---

[75] *Délover : dérouler un cordage enroulé en cercle. Le contraire de lover.*

[76] *Bon plein : allure pour remonter dans le vent (aller contre sa direction) moins proche du vent que le près serré. On dit quelquefois prés bon plein. Allure généralement plus confortable et plus rapide que le près serré.*

[77] *Choquer : relâcher.*

[78] *Faseyer : flotter au vent (à prononcer « fasseyer »).*

[79] *Balancine : cordage passant dans une poulie fixée en tête de mât et soutenant la bôme.*

[80] *Coulisseaux : petites pièces reliées à la grand-voile qui s'introduisent dans le mât et qui permettent de la hisser.*

choquer un peu la drisse de grand-voile pour la baisser juste suffisamment pour atteindre l'œillet de prise de ris. J'ajuste ensuite la bosse[81] de ris pour ne pas qu'elle traîne partout, puis j'étarque[82] de nouveau la grand-voile. Je relâche la balancine et assure mon ris au bout de la bôme avec un autre « bout » qui passe dans la voile et autour de la bôme. Ensuite, il n'y a plus qu'à border la voile et ranger les cordages qui traînent.

- Ok alors, exécution ! »

J'apprends donc à hisser la grand-voile face au vent comme il se doit, virer de bord, à empanner, à réduire la grand-voile ainsi qu'à larguer le ris, à dérouler et rouler le génois, mettre et enlever le tangon sur l'écoute du génois, poser et retirer une retenue de bôme.

Mes premiers essais sont difficiles. J'oublie des étapes. Je suis lente, bien trop lente à mon goût. Cela m'énerve. Je veux vraiment, mais vraiment réussir à maîtriser la gestion du bateau mais Pat doit corriger sans cesse ce que je fais. En voulant mettre un ris, j'oublie de bloquer les coulisseaux affalant ainsi une bonne partie de la grand-voile sans le vouloir.

Je glisse sur le pont avant et m'entaille superficiellement le pied sur l'avale-tout lorsque je tente de me déplacer rapidement à

---

[81] *Bosse de ris : cordage permettant de serrer la voile sur la bôme lorsqu'on prend un ris.*
[82] *Étarquer : raidir la voile en la tendant le plus fortement possible.*

l'avant pour tangonner. Me crispe lorsque j'essaie de rouler le génois et que celui-ci me résiste. Pat doit faire preuve d'une patience monumentale pour me supporter lorsque je cède sous la pression que je m'impose, tempête et pleurniche dans mon coin me reprochant de ne pas être l'élève modèle que j'aimerais être et encore moins l'autodidacte qu'est Pat.

Toutefois, au fur et à mesure des répétions, doucement, tout doucement, je vois les progrès et Pat également. J'ai l'impression que ce brouillard mystérieux qui semblait entourer le monde de la voile commence à enfin se disperser. Je me mets même à rêver d'aventures qui se déroulent en bateau…

Un jour où Pat me faisait refaire manœuvre sur manœuvre, je l'ai vu soudainement enjamber les filières[83] et sauter à l'eau sans me prévenir. J'ai juste eu le temps d'entendre :

- UN HOMME A LA MER !!!!

De surprise, je me suis figée un instant le temps de comprendre ce qui se passait.

- MAIS ? … MAIS T'ES CON OU QUOI ? QU'EST-CE QUI T'A PRIS? JE FAIS COMMENT MAINTENANT ?

Mais déjà, je n'entendais plus ce qu'il disait.

---

[83] *Filières : câble de protection ceinturant le périmètre du voilier, généralement à deux hauteurs, et servant de rambarde.*

Bordel, qu'il est con parfois ! Me planter là comme ça toute seule sur le bateau sans prévenir... Il est fou ou quoi ?

J'ai fait virer de bord le bateau, le cœur battant tout en essayant de garder un œil sur lui pour ne pas le perdre de vue. Heureusement pour moi, la mer était calme. Une fois, le virement de bord réalisé, j'ai fait abattre le bateau afin de le mettre au vent arrière[84], ai roulé rapidement le génois et puis empanné afin de me rapprocher du point de chute de Pat. J'ai fait une belle manœuvre, somme toute, arrivant seulement à quelques mètres de lui. Je n'ai même pas eu à démarrer le moteur pour le rejoindre. Il m'a ensuite suffi de faire faseyer la grand-voile afin que l'erre[85] du bateau soit réduite au maximum et que mon naufragé volontaire puisse me rejoindre à la nage. Rescapé de la mer, certes ! Mais il n'a pas pu échapper à une bonne engueulade de ma part... D'une, il avait sauté sans me prévenir et de deux, il l'avait fait alors même qu'il y avait quatre lignes de pêche qui traînaient à l'arrière du bateau avec des énormes hameçons au bout. Comme d'habitude, il s'est contenté de rire en me disant que décidément, j'étais trop stressée.

Avec le recul, je réalise tout de même que c'est parce qu'il m'oblige à dépasser mes limites que j'y arrive de mieux en mieux. Quand je pleurniche, il fait comme s'il n'entendait pas, ne le voyait pas. Quand je peste, il me rappelle d'où je viens et

---

[84] *Vent arrière : allure à laquelle le voilier reçoit le vent sur son arrière.*

[85] *Erre : inertie et vitesse conservées par le bateau une fois les voiles faseyantes ou le moteur coupé.*

depuis combien peu de temps je navigue... Le simple fait qu'il me laisse faire de plus en plus de choses seule sur le bateau est une reconnaissance tacite des compétences que j'ai acquises.

Toutefois, il fait moins le malin quand parfois je fais flapper le génois en tentant de le rouler. Il a alors tendance à vouloir prendre le pas sur moi et à tirer sur l'enrouleur à ma place. Il faut alors que je hausse la voix pour qu'il me laisse faire seule jusqu'au bout, même s'il a du mal à laisser son bateau être maltraité. De temps en temps, malgré tout, il ne m'écoute pas et ne me laisse pas terminer seule la manœuvre. Je le prends mal dans ce cas-là car je l'analyse comme une défaite même si lui n'en tire pas les mêmes conclusions... Le temps passe vite et je dois absolument tout maîtriser si je ne veux pas rester coincée ici lorsqu'il sera parti !

Nous revoyons ensemble les principaux nœuds à connaître. Les deux demi-clés à capeler[86] pour attacher les pare-battages[87] : facile. Les nœuds de taquet pour fixer sereinement écoute ou amarre à un taquet : difficile. Ce qui me pose problème, c'est de placer la dernière boucle dans le bon sens. Il faut toujours que je bidouille dans tous les sens pour finir par mettre les deux brins bien parallèles comme il faut. Les nœuds d'amarre : ultra-facile pour moi grâce à la phrase que j'ai lue dans les Glénans et mémorisée instantanément : « Un tour mort et deux demi-clés

---

[86] *Capeler : faire une boucle avec un cordage pour entourer quelque chose.*
[87] *Pare-battage : protection destinée à éviter que le voilier ne cogne contre un quai ou un autre bateau.*

n'ont jamais largué ». Les nœuds de chaise, quant à eux, ne me posent aucun problème grâce aux quelques années d'Optimist[88] que j'ai faites dans ma jeunesse. Je me rappelle encore de la petite histoire que nos moniteurs nous racontaient à l'époque : « Le serpent sort du puit, fait le tour du cocotier et rentre dans le puit ». Je peux les faire les yeux fermés.

Et puis bien sûr, j'apprends à démarrer et à arrêter le moteur. Ayant eu quelques soucis par le passé, Pat a pris l'habitude de toujours (je dis bien toujours !) ouvrir le compartiment du moteur pendant toute la durée de son utilisation. Cela nous prive des deux marches qui mènent normalement à l'intérieur de l'habitacle car elles font corps avec la plaque masquant le compartiment, plaque qu'on coince quelque part à l'avant du bateau pour éviter qu'elle ne vole en cas de gîte importante. Il enchaîne ensuite plusieurs gestes ultra précis et rapides à chaque démarrage : ouverture de la vanne d'entrée d'eau de mer, coupe-circuit ON, mise en tension, préchauffage, démarrage puis plus tard, étouffoir[89], fermeture de la vanne, mise hors tension, coupe circuit OFF. A le voir faire, j'ai nettement l'impression qu'en cas d'hésitation de ma part, je risque de faire couler le bateau. En réalité, à force de le voir répéter les mouvements lentement devant moi, je réalise que non.

---

[88] *Optimist : petit dériveur d'apprentissage pour les enfants.*

[89] *Etouffoir : tirette qui permet d'arrêter le moteur en stoppant l'alimentation en gasoil*

Petit à petit donc, les choses se mettent en place dans ma tête. Mais régulièrement, je continue à réagir abruptement à de petites défaites comme un vent un peu fort demandant plus de force que d'habitude pour dérouler le génois rapidement, des drisses ou des écoutes qui semblent faire exprès de se coincer dans divers recoins, des cordages qui se vrillent sur eux-mêmes quand je tente de les lover[90]. Je continue à avoir des crises de larmes parfois quand j'échoue à une manœuvre. Mon cerveau me manipule en faisant ressortir le gros manque de confiance que j'ai en moi. Clairement, j'ai quitté une décennie d'un environnement rassurant car maîtrisé pour embarquer dans un autre où je découvre tout, où rien n'est figé ad vitam aeternam et où je ne suis experte en rien. Tout le contraire du monde si normé de la comptabilité. Cela me vaut parfois des périodes sombres où je mets en doute ma capacité à me débrouiller toute seule. Parfois, j'ai peur d'une houle de côté un peu forte ou de bourrasques soudaines de vent. Au début, m'approcher du quai d'Apataki pour y amarrer le bateau ou rentrer dans la petite marina me semble hors de question. Je doute de tout et de moi en particulier. Trop de changements soudains. J'ai toujours appris dans des livres, en lisant, en notant. Maintenant, je dois apprendre autrement, développer un petit côté autodidacte qui, malgré moi, me semble absent de mes gènes. Parfois, mes crises existentielles rendent l'atmosphère, entre Pat et moi, tendue. Il refuse de m'enseigner les choses comme je le lui demande : me montrer une première fois, me faire faire et me refaire faire encore et encore. Il perd parfois patience. Lui préfère perdre des

---

[90] Lover : mettre en ordre un cordage en l'enroulant soigneusement.

heures à trouver une solution par lui-même plutôt que de demander à quelqu'un quand moi, j'ai toujours trouvé les solutions à mes problèmes en ouvrant des bouquins, en consultant internet ou en interrogeant un expert du domaine. Nous avons donc deux modes de fonctionnement totalement différents.

Quand je lui reproche d'être trop dur, il me répond qu'avec moi, il n'a pas besoin de mettre de gants, pas comme avec ses stagiaires en cours de kite. Quand les choses se calment, plus tard, il avoue tout de même avec douceur qu'il n'est pas toujours pédagogue quand il s'adresse à moi...

Malgré tout, petit à petit, les choses rentrent tranquillement dans mon cerveau. J'apprends à vérifier les niveaux du moteur avant utilisation. J'apprends également l'ordre des étapes à respecter pour le démarrer ainsi que le pourquoi du comment. Cela me permet de dédramatiser lentement les choses.

Consciencieusement, j'apprends donc mes petites recettes par cœur pour allumer et éteindre le moteur afin de n'oublier aucune étape importante.

> *Pour éteindre le moteur :*
> - *mettre le moteur au point mort accéléré,*
> - *ouvrir la vanne qui permet de fermer le circuit afin de créer une entrée d'air,*
> - *fermer la vanne d'entrée d'eau de mer pour vider le circuit,*

- un petit coup d'accélération pour vider l'eau du circuit,
- actionner l'étouffoir pour éteindre le moteur,
- bouton off.

En dehors des manœuvres à la voile, nous revoyons également quand utiliser le régulateur d'allure et le pilote automatique pour ne pas rester constamment à la barre. J'apprends également à mettre l'ancre et à la relever sans me faire trop mal au dos… Une ancre de 10 kilos, cela parait léger comme ça, mais par 10 mètres d'eau et avec 30 mètres de chaîne, c'est une autre histoire. Toute une procédure à respecter. D'abord laisser glisser doucement l'ancre au fond et quand elle touche le fond, laisser filer le reste en m'assurant que la chaîne ne s'entasse pas sur l'ancre elle-même. Un petit coup de marche arrière pour bien enfoncer la tête de l'ancre et ainsi bloquer le tout et c'est fini.

Une chose reste à résoudre. C'est comment mettre le dinghy et son moteur à bord sans utiliser la seule force physique. En effet, pour bouger sereinement d'une île à une autre, je veux pouvoir stocker l'annexe à bord plutôt que de la prendre en remorque derrière le bateau. Premièrement, parce qu'elle réduit la vitesse du voilier et deuxièmement parce que je ne veux pas qu'au vent arrière, elle puisse heurter le régulateur d'allure. Le plus gros challenge, c'est comment monter à bord les 35 kilos du moteur. Pat, lui, se contente de le mettre sur l'une de ses épaules. Difficilement envisageable pour moi seule. Le déplacer en ligne droite en le soulevant à peine de mes deux mains, d'accord mais impossible de faire comme Pat pour le basculer du dinghy à bord du voilier puis l'entreposer sur le support fixé à l'arrière du mât, face aux toilettes. En adaptant un jeu de sangles autour du moteur et une poulie au bout de la bôme, je peux, à l'aide d'une corde, lever le moteur en m'aidant de la bôme comme grue, le déposer à l'intérieur du cockpit, puis dans le carré. Ne reste plus ensuite qu'à l'accrocher au support intérieur. Autre challenge pour moi mais plus accessible.

Quant au dinghy, grâce au winch fixé au mât, je peux aisément le monter le long de la coque, le dégonfler, puis l'amener jusqu'au centre du bateau où je le laisse reposer à l'envers. Le vent doit être faible durant la manœuvre, sinon difficile d'utiliser le winch tout en sécurisant le dinghy qui cherche à jouer au drapeau lors des bourrasques… Heureuse que Pat et moi ayons trouvé cette astuce pour le dinghy. J'ai bataillé dur pour qu'il accepte d'y réfléchir car sa vision initiale des choses était que je n'aurais jamais à le faire seule. Selon ses dires, il y aura toujours quelqu'un pas loin pour m'aider. Or, je refuse de devoir compter sur autrui pour quoi que ce soit. Ok, si j'ai une personne sous le coude pour m'aider, tant mieux. Mais je ne veux pas rester bloquée à attendre l'aide de quelqu'un s'il n'y a personne autour de moi au moment où je décide d'entreposer l'annexe sur le bateau. Hors de question ! Il en abandonne même sa technique habituelle pour utiliser cette nouvelle façon de faire. C'est moins traumatisant pour son dos et même plus sécurisant, il le reconnaît !

D'ailleurs, en parlant de sécurité, je me rappelle cette première fois où il a voulu m'expliquer en détail SA technique. Il venait à peine de détacher le moteur du tableau arrière et de le fixer sur l'extérieur des barres en inox du bastingage arrière mais sans bloquer le « tilt », cette fameuse manette qui permet au moteur de passer de la position verticale à une position oblique lorsqu'on touche un obstacle ou tout simplement lorsqu'on passe dans peu d'eau. En train de l'interroger en lui demandant pourquoi on ne pouvait pas laisser le moteur cinq minutes ainsi sur le bastingage le temps de faire autre chose, sa seule réponse a été « Parce que ça ne tient pas, regarde ! » tout en touchant à peine la coque du moteur. Effectivement, nous avons tous deux vu la mâchoire en acier retenant le tableau arrière basculer légèrement avec comme effet de faire glisser le moteur dans l'eau. Le temps de réaliser ce qui se produisait, Pat tenta de rattraper la poignée d'accélérateur sans y réussir. Deux secondes après, le moteur s'étalait dans un fond sablonneux sous la coque du bateau, dans trois mètres d'eau. Pat s'écria alors:

- Alors ! Tu vois ? Avec ta manie de vouloir tout savoir et tout faire ? T'as vu le résultat ? Pourquoi tu ne fais pas comme les autres nanas ? Elles ne cherchent pas à tout savoir faire elles !

Ensuite, il avait saisi une corde et sans plus me demander d'aide, avait plongé près du moteur, l'avait attaché et remonté en un seul geste tellement il était énervé. Mortifiée, j'étais allée chercher un peu de réconfort sur un bateau voisin. De retour à bord, j'avais retrouvé Pat en train de le rincer à l'eau douce dans le cockpit. Finalement, il s'était excusé de sa réaction et s'était fait pardonner en me proposant de me montrer comment démonter certaines pièces essentielles à rincer à l'essence pour éviter que des grains de sable n'y restent coincés et n'entachent son bon fonctionnement.

Un matin, en me réveillant, je me rappelle avoir rêvé d'avoir navigué seule. Ce rêve semble avoir provoqué un déclic dans mon esprit. Désormais, je me sens sereine à l'idée de larguer les amarres sans Pat à côté de moi.

Désormais, au cours de nos petits tours dans le lagon, nous laissons le dinghy en remorque derrière Eureka au lieu de le laisser dans la marina comme nous le faisions auparavant et Pat m'abandonne à mon sort en sautant dans l'annexe et en s'éloignant. Il passe et repasse néanmoins non loin de moi en me harcelant d'instructions.

- Là ! Y a une patate ! Tu l'as vue, hein ?

Le génois ! Il est mal réglé !! Borde un peu !

Choque la grand-voile, t'es pas au près serré là !

Il s'avère que lui aussi, finalement, est un peu stressé de me laisser son « bébé » dans les mains.

Je finis par réussir à manipuler le bateau seule, Pat ne jouant plus que le rôle de simple spectateur à ma demande. Certes, toujours pas aussi rapide que lui dans les manœuvres, je rate encore parfois certaines choses, mais j'ai suffisamment confiance en moi pour le laisser partir. Enfin, j'en ai l'impression…

Chapitre 23
SEULE A BORD OU PRESQUE

Pat parti, je suis désormais seule maître à bord. Je devrais donc me sentir libre. Pas vraiment en fait. Juste avant son départ, je me sentais apte à tout gérer seule et subitement, maintenant qu'il est plus là, je n'ai plus le même ressenti. C'est une chose de savoir manœuvrer un bateau mais une autre d'en avoir la responsabilité à 100%. Ce maudit manque de confiance en moi qui ressort. Grrrr... Pas la peine de lui en parler, il va se moquer de moi, c'est sûr ! Que faire ? Je me vois mal rester encore deux mois sur le même mouillage. Soudain, une idée...

Internet fonctionne ici ! J'ouvre un site de petites annonces spécialisé dans la recherche de co-équipiers ou de bateaux-stoppeurs. J'y dépose un message mentionnant que je recherche quelqu'un d'expérimenté disponible rapidement, donne quelques détails sur le bateau, ainsi que sur moi et poste l'annonce en ligne. Dans la journée même, je reçois un mail d'un certain Christopher qui me laisse ses coordonnées.

Dans la foulée, je le rappelle. Il vient de lire mon annonce. Américain, il a 25 ans et séjourne sur l'île d'Arutua[91] depuis

---

[91] Arutua : atoll situé dans l'archipel des Tuamotu aussi appelé Ngaru-atua qui signifie « déferlante venue de loin ». Il est situé à 375 km au nord-est de Tahiti.

quelques jours, ayant débarqué du bateau qui l'a ramené des Marquises[92]. Il recherche un nouveau voilier qui l'emmènera sur d'autres îles des Tuamotu. N'importe lesquelles tant qu'il ne voyage pas cher. Il a du temps devant lui et veut tout autant que moi découvrir les îles environnantes. Et il peut me rejoindre rapidement en speed-boat sur Apataki. Quant à moi, j'ai hâte de quitter cette passe sud où nous sommes restés stationnés si longtemps avec Pat en raison des bons trains de houle qui, se succédant régulièrement, lui ont permis de surfer des vagues de rêve plus souvent qu'il ne l'aurait espéré.

Deux jours devant moi pour ranger et organiser le bateau avant son arrivée. La cabine avant libérée d'une partie des affaires de kite qui s'y trouvent, j'arrive à y coller un peu de mon bordel pour libérer de l'espace au nouvel arrivant. Je me réserve la banquette tribord, un peu plus large mais sans rangements spécifiques et lui attribue la banquette d'en face, légèrement plus étroite mais disposant de petits renfoncements que j'ai pris soin de vider où il pourra mettre ses affaires.

Le jour de la rencontre arrive enfin. Christopher, « Chris » comme il me demande de l'appeler, est un grand gaillard blond aux cheveux longs et bouclés. De prime abord, il a l'air plutôt sympathique avec ses grandes dents blanches et sa tignasse décolorée. Il ne parle que quelques mots de français mais peu m'importe, je comprends presque parfaitement son anglais.

---

[92] *Marquises : îles formant l'un des cinq archipels de Polynésie Française à 1.398 km de Tahiti. Aussi appelée « Fenua Enata » en marquisien (à prononcer « Fenoua énata »), soit la « Terre des hommes ».*

J'essaye de faire plus ample connaissance mais le garçon se révèle plutôt taciturne. Moins ouvert que je le croyais. Tant pis, il fera l'affaire avec son expérience de marin. Après tout, il m'a dit avoir passé plusieurs mois en mer, non ?

Le lendemain, avec un léger sud-est prévu, 10 à 12 nœuds, le temps semble idéal pour se rendre à Rangiroa[93]. Une ancienne cliente y gère une pension de famille à la passe de Avatoru et c'est l'occasion de passer lui faire un petit bonjour et d'échanger quelques mots sur ma nouvelle vie. Elisabeth est une veuve âgée qui a monté cette affaire il y a une vingtaine d'année. Désormais, elle laisse doucement sa fille, Martine, reprendre le flambeau. Je connais donc presque toute la famille et les considère plus comme des amis que comme de simples clients.

J'en parle à Chris qui semble ravi que l'on bouge dès le lendemain matin. A 4 nœuds de moyenne (mon estimation), il faudra environ 20 heures pour rejoindre la destination prévue située à 80 milles d'après la route tracée sur Open CPN. Peut-être un peu moins si on arrive à atteindre 5 nœuds.

Donc, je décide de partir en milieu de matinée, laissant le temps à mon coéquipier de faire quelques courses de dernière minute au seul magasin du coin avant le départ pendant que je fais les vérifications d'usage des niveaux d'huile et de diesel et que j'installe le régulateur d'allure.

---

[93] *Rangiroa : atoll situé dans l'archipel des Tuamotu. Il est situé à 355 km au nord-ouest de Tahiti.*

Le temps est au beau fixe, le ciel bleu, la mer calme. Une navigation idéale se profile. J'explique à Chris ce que j'attends de lui pour larguer les amarres, m'installe au poste de pilotage et démarre le moteur. Je réalise que c'est la première fois que je vais déplacer le bateau sans le concours de Pat. Je respire un grand coup et donne les instructions nécessaires à Chris.

Tout se déroule sans accroc. Nous voilà partis ! Nous quittons la petite marina d'Apataki direction Rangiroa. La grand-voile que Chris hisse, le génois que je borde et le courant sortant de la passe nous guident jusqu'à la pleine mer. Je fais un rapide salut aux quelques surfeurs qui attendent patiemment la prochaine vague sur le spot habituel à la sortie de la passe et me tourne vers le large.

Nous y sommes ! Première navigation sans la présence rassurante de Pat. Tentant de faire abstraction de cette réalité, je fais comme j'ai appris à faire : une fois dans la bonne trajectoire, je bloque la barre sur le régulateur d'allure pour me permettre de me libérer de la barre et me concentrer sur le pilotage des voiles. Je suis déterminée à mettre en application les leçons de Pat. Vent arrière, il met la grand-voile et le génois en ciseau, la grand-voile avec la retenue de bôme pour l'empêcher d'empanner et le génois tangonné.

Je tente d'appeler Chris à la rescousse mais il semble dans un état comateux à l'intérieur de l'habitable.

Il est malade ? Un truc qu'il a avalé ou c'est le mal de mer ?

Décidant de me passer de son aide, je sors le huit d'escalade et la corde (pardon ! le « bout ») dont se sert Pat pour sécuriser la bôme, le fais passer dans le huit en aluminium et ensuite, fais lofer[94] le bateau afin d'atteindre le bout de la bôme et y fixe le mousqueton. Ensuite, je cours attacher chaque extrémité de la corde aux taquets avant du bateau. Une fois écarté le risque d'empanner brutalement, j'enroule le génois tout en préparant rapidement le tangon, le fixe à son écoute, remets le voilier au vent arrière et enfin re-déroule le génois. Opération réussie sans supervision pour la première fois de ma vie. J'en suis fière !

Chris, quant à lui, c'est comme s'il n'était pas là... Absent totalement. Je pourrais dire « enfermé dans sa cabine » s'il y en avait une, mais non... Écroulé sur sa banquette en train de dormir... Je l'ai vu plusieurs fois avaler un comprimé d'une plaquette qu'il avait dans sa main accompagné d'une gorgée de bière... 11h00 du matin... Un peu tôt mais j'avais laissé faire... Quoiqu'il ait ingurgité, je ne sais pas ce que c'est, je préfère ne pas demander. Son attitude étrange commence à me mettre mal à l'aise. De taciturne, il m'apparaît maintenant carrément étrange, voire flippant. Pour quelqu'un qui a déjà passé plusieurs mois en mer, il ne semble pas réellement en forme. Totalement assoupi maintenant, sa main glisse de la banquette et laisse la plaquette s'échapper. Curieuse, je m'approche pour voir de quoi il s'agit. C'est du Mercalm, le type de médicament qu'on avale lorsqu'on est sujet au mal de mer. Je le connais bien même si

---

[94] *Lofer : action volontaire pour remonter dans le vent en agissant sur la barre pour rapprocher l'axe du voilier vers le lit du vent.*

moi-même j'utilise une autre astuce, un patch de Scopoderm appliqué derrière l'oreille qui dure 72 heures. Et justement, je sais que le Mercalm, cela ne se prend pas comme des pastilles à la menthe. Chaque dose devrait être espacée d'au moins 6 heures. Là, Chris est très loin du compte. Je l'ai vu avaler au moins quatre comprimés durant les deux dernières heures. Accompagnés de deux obus[95] de Hinano en plus. Avec l'effet sédatif d'un seul d'entre eux ajouté à l'impact de l'alcool, ce n'est pas étonnant qu'il ressemble à une loque humaine après en avoir ingurgité autant. Merci pour l'aide vraiment… J'ai déjà le bateau en charge et maintenant un marin d'eau douce, menteur de surcroît, j'en suis sûre… Sinon comment a-il fait précédemment sur les autres bateaux ?

Je rumine en silence dans mon coin pendant qu'il cuve ses Mercalm et sa bière. Presque 14 heures maintenant et mon estomac crie famine. Je comptais sur la coopération de Chris mais il est toujours aux abonnés absents. Finalement, c'est sûrement aussi bien. Les voiles sont bien gonflées, le vent stable, la houle douce, aucun bateau en vue, je rentre donc dans le bateau pour préparer un encas.

Premier repas en navigation. Je comptais un peu sur Chris mais bon… On fera sans. Jusqu'à présent, c'est Pat qui cuisinait pour deux en navigation. A mon tour. Heureusement, n'étant pas experte, j'ai prévu une bonne dose de nouilles chinoises hyper faciles à préparer. Un peu d'eau douce chauffée à la bouilloire.

---

[95] *Obus de Hinano : bière locale en bouteille de 50 cl qui a les faveurs des Tahitiens.*

Deux paquets de nouilles. Un gros oignon que j'émince tant bien que mal malgré le mouvement du bateau. Bientôt l'ensemble prend un bain bien chaud. En fin de cuisson, je rajoute deux œufs pour étayer le tout. Ben oui, je ne suis pas vache quand même, je ne vais pas me faire mon petit plateau repas toute seule dans mon coin.

Je fais bien d'ailleurs car les effluves dégagés par ma petite préparation maison font s'éveiller le gaillard d'à côté. Il daigne se joindre à moi dans le cockpit pour partager cette pitance. Je commence alors à l'interroger sérieusement sur son parcours. Ses réponses m'apparaissent comme évasives. Rapidement, je le mets à découvert. Ce sombre idiot est en réalité arrivé en Polynésie Française il y a quelques semaines seulement... par avion... Et c'est aussi par ce moyen qu'il a rejoint Arutua. Il y a vécu quelques jours en louant une chambre à prix cassé chez l'un des habitants. Mais, pour on ne sait quelle raison, les gens de là-bas ne semblaient pas l'apprécier. Il a donc pris la première navette disponible pour me rejoindre à Apataki : la seule expérience de navigation qu'il ait jusqu'à présent.

Le pire, c'est que plus je l'interroge, plus l'étendue de ses mensonges me sidère et moins il semble se sentir coupable. Normal pour lui de m'avoir menti ainsi. Je n'avais qu'à être plus perspicace. Tant pis pour moi si je suis idiote. Ce sont ses propres mots... Charmant le jeune homme, vraiment ! J'aurais quelques mots à dire à sa mère, si je l'avais en face de moi... Avec un tel comportement, cela ne m'étonne pas que la population d'Arutua lui ait tourné le dos. Dans un petit village, tout se sait très vite. Tu te comportes mal avec quelqu'un, dans les heures qui suivent tout le monde le sait. Et quand tu es étranger et que tu ne parles pas la langue, cela me parait d'autant plus incroyable que tu puisses te permette un comportement aussi méprisant avec quiconque. Le pire, c'est qu'il ne me propose même pas de faire la vaisselle après avoir mangé. Non, non ! Il va directement se recoucher. Pour une première expérience de co-équipage, il me semble que j'ai tiré le gros lot, non ? Le reste de la navigation promet d'être longue, très longue !

Heureusement, le temps, lui, tient ses promesses et le bateau avance bien, entre 4 et 5 nœuds. Tant mieux, cela signifie moins d'heures à passer avec ce maudit colocataire. Un peu plus tard cet après-midi, Môssieur daigne faire une nouvelle apparition. Cela me permet de lui passer les commandes de force, où tout au moins la responsabilité de la veille d'autres bateaux à proximité. Le régulateur fait bien son travail, avec la dose de Mercalm qu'il a dans le sang et la nouvelle bière qu'il a ouverte dans les mains, c'est le mieux que je puisse obtenir de lui. J'en profite pour aller dormir un peu. Cette nuit va être longue pour moi.

A mon réveil, le vent a tourné. Le génois flappe et Christopher est assoupi dans le cockpit. Merveilleux ! Je lui ai confié une tâche pour quelques heures seulement et il n'est même pas capable de la remplir correctement. C'est décidé, il descendra à la prochaine escale ! Je le bouscule volontairement en l'enjambant pour ôter la retenue de bôme et le tangon. Il se redresse en maugréant. J'explose alors en lui hurlant dans sa langue tout ce que je lui reproche. Visiblement, cela ne lui fait aucun effet, il se contente de rentrer à l'intérieur pour aller se recoucher. Non sans avoir repris une petite pilule magique de Mercalm. Au moins, ça le shoote, c'est toujours ça. Pas sûre que la bière ne l'aide non plus, mais ça, je n'allais pas lui dire. Quitte à accueillir un petit con à bord, autant qu'il comate que je puisse oublier au moins quelques instant sa présence à bord.

Le soir tombant, je commence à préparer une nouvelle tambouille. Toujours des pâtes mais italiennes cette fois-ci! Aucune surprise à attendre de mon incommodant passager à bord. Quand il ne dort pas, il arbore un casque avec d'énormes oreillettes sur les oreilles tout en marmonnant dans sa barbe. Toujours dans un état d'esprit aussi courtois que possible vues les circonstances, j'appelle Sa Majesté pour dîner. Son assiette est prête : spaghetti sauce bolognaise. J'ai fait avec les moyens du bord… Et le voilà qui commence à me reprocher de ne pas lui avoir montré les ingrédients que j'avais utilisé… Il semble m'accuser maintenant de vouloir l'empoisonner. Il exige même qu'on échange d'assiette.

> *En plus, d'être menteur et inutile, il est aussi paranoïaque ?*
>
> *Pas étonnant que sa famille l'ait envoyé si loin d'eux. Ils cherchent à s'en débarrasser, c'est sûr !*

Je commence à sérieusement m'inquiéter pour ma sécurité. Que se passerait-il s'il pète vraiment un câble ? Et s'il me balance à l'eau sans prévenir ? Qui devinera ce qu'il s'est réellement passé

? En même temps, il ne connait rien au bateau, donc il est raisonnable de sa part qu'il me laisse gérer son transport jusqu'à la prochaine île. Mais un malade mental réfléchit rarement comme une personne sensée… Je décide donc de l'encourager à avaler une double dose de Mercalm accompagnée d'une bonne bière pour faire face à la mer agitée que nous attendons, soi-disant, durant la nuit. Volontairement, j'avoue avoir noirci le tableau pour qu'il avale ses petits comprimés magiques et qu'il dorme comme un bébé le plus longtemps possible.

La nuit sera difficile pour moi. Je ne peux et ne veux pas compter sur lui, donc je m'installe un oreiller et une petite couverture dans le cockpit afin de pouvoir alterner facilement phases de sommeil et de veille loin du danger potentiel que représente mon coéquipier. J'ai même pris soin d'installer les panneaux qui permettent de fermer l'accès à l'habitacle, habituellement ouvert, afin d'être certaine de l'entendre s'il tentait de venir vers moi. Je tente de faire de petites siestes d'une vingtaine de minutes avant de me réveiller et de me lever afin de faire un petit tour d'horizon pour vérifier qu'aucun bateau ne s'apprête à croiser notre chemin. Une fois assurée que les voiles sont toujours bien réglées, je tente de me rendormir.

Pas évident. Lorsque j'étais avec Pat, nous alternions des quarts de deux ou trois heures et j'avais largement le temps de trouver le sommeil. D'autant plus que j'avais toute confiance en lui malgré le fait que la tombée de la nuit m'angoisse un peu. Là, c'est ma première fois à bord en pleine nuit sans lui. Et comme mon coéquipier est totalement inapte, je ne peux compter que sur moi. Pat m'a toujours sermonnée : on ne peut pas se permettre de fermer les yeux plus de 20 minutes au large. Dans ce laps de temps, un cargo avançant à 20 nœuds parcourra plus de 6 milles, un voilier avançant à 6 nœuds fera 2 milles, ce qui signifie qu'à notre réveil, on peut voir des feux de navigation qu'on ne voyait pas avant (leur portée minimum étant de 2 milles). Et attention à la collision ! J'essaie donc de faire des mini-siestes mais en réalité, me contente de me reposer les yeux clos. A chaque mouvement un peu brusque du bateau, je me lève comme un diable de sa boîte, le cœur serré. J'ai toujours un peu peur que la coque ait heurté quelque chose comme un tronc d'arbre ou un container flottant entre deux eaux… Entendu et lu tellement d'histoires de ce genre que je flippe pour un rien.

Vu les circonstances, je reconnais que je suis chanceuse côté navigation : c'est la perfection. Peu d'actions correctives nécessaires, un désert nautique autour de nous, donc un maximum de repos possible pour ma première nuit, enfin théoriquement bien sûr.

Vers minuit, sans pouvoir le voir encore, je sais que nous commençons à longer l'atoll de Rangiroa. La nuit est claire, les étoiles visibles mais, avec la marge de sécurité que j'ai prise, Rangiroa reste invisible. Seul le logiciel de navigation m'indique avec précision notre position par rapport à la terre proche. A notre vitesse de croisière actuelle, je calcule que je serais débarrassée de mon fardeau made in US à la première heure le lendemain matin. J'ai hâte.

Aux premières heures de l'aube, la passe de Tiputa apparaît au loin. Encore une grosse heure avant d'y rentrer, en espérant que le courant soit favorable... ou pas trop défavorable. Avec les 18 chevaux du moteur, un courant contre trop important m'empêchera de traverser la passe. Et j'ai désespérément besoin de me décharger d'un paquet encombrant !

M'efforçant d'afficher un sourire avenant quand je réveille le psychopathe de service toujours installé confortablement dans sa couchette, alors que je suis morte de fatigue, je n'ose même pas jeter un coup d'oeil dans la glace pour voir mes traits tirés. J'ai besoin de son aide pour attraper l'un des corps morts disponibles après la passe. J'espère que cet énergumène avec son mètre quatre-vingt saura au moins s'y prendre correctement avec la gaffe. Après tout, c'est un peu comme la pêche aux canards à laquelle nous avons tous joué enfants dans les fêtes foraines.

Le courant dans la passe est sortant. Le moteur tourne à fond et nous avançons à peine à 1 nœud face au courant. Peu m'importe, je vais y arriver ! Je suis déterminée. Enfin, la passe est dépassée et je vois un corps mort disponible.

> - Chris ! You see that buoy ? Grab it with the stick I gave to you ! Do not miss it, please ! (*Chris, tu vois cette bouée ? Attrape-là avec la gaffe que je t'ai donné ! Ne la rate pas s'il te plaît !*)

J'espère que Christopher arrivera à attraper la base du corps mort avec la gaffe sans faire de bêtise. Honnêtement, je n'ai aucune confiance en lui... même pour ça. Mais c'est plus facile pour moi de compter sur lui... Miracle ! Il a chopé la base de la bouée du premier coup. Je stoppe le moteur, cours vers lui afin d'assurer le coup en fixant la base du corps mort au taquet bâbord, puis je prépare une amarre pour finaliser l'ancrage. A ce moment-là, je vois un dinghy passer près de nous. Immédiatement, je hèle ses passagers :

> - « Hey, bonjour ! Ça ne vous dérange pas d'emmener mon coéquipier à terre ?
> - Non, pas de problème !
> - Merci ! Merci beaucoup. »

J'explique à Chris que je viens de lui trouver un taxi pour rejoindre la terre ferme. Qu'il pourra sûrement se trouver un endroit où acheter un jus frais ou un café chaud en attendant que je finalise l'amarrage du bateau. Je le vois sourire pour la première fois depuis que nous avons quitté la passe d'Apataki. Il enfile un tee-shirt et passe par-dessus bord dans l'annexe providentielle.

Avec soulagement, je le vois s'éloigner. Soudain, un plan diabolique me vient à l'esprit. J'ai tellement hâte de me débarrasser de lui que je me suis arrêtée dans la première passe accessible en voilier, celle de Tiputa. Or, mes amis sont installés un peu plus loin, dans la passe d'Avatoru. Pourquoi ne pas tout simplement abandonner mon chargement indésirable ici ? Après tout, je ne lui dois rien. Il a été odieux avec moi en plus d'être totalement inutile. Vite, je prends un sac Carrefour, ceux à

100 francs[96] bien pratiques. Y glisse toutes ses affaires, sans oublier son Mercalm et ses bières, y inscris son nom en gros avec un marqueur et profite d'un autre gentil taxi nautique pour faire déposer le sac à l'endroit où je l'ai vu débarquer. Et vite, je redémarre le moteur et largue l'amarre provisoire.

Jamais de ma vie, je ne me suis comportée ainsi. Mais aux grands maux, les grands remèdes. Face à un psychopathe en devenir, je préfère garder mes distances. Donc pas d'explications face à face qui ne serviront à rien. En agissant ainsi, je suis également sûre qu'il ne remontera pas à bord…

Décidément, j'ai un sixième sens défectueux ! Fâcheuse tendance à faire une confiance aveugle aux gens que je rencontre. Je me compare souvent à un bisounours qui aurait atterri sur la planète terre par erreur et qui accueille tout le monde les bras ouverts sans se laisser le temps d'analyser le comportement de ses habitants.

Retour vers la passe. Cette fois-ci, je suis dans le même sens que le courant. Je la franchis donc rapidement et met le cap sur la suivante à seulement 6 milles de là, celle d'Avatoru. J'y trouve un bon mouillage un petit peu plus loin à l'abri des regards indiscrets.

Sitôt l'ancre jetée, je file me coucher pour récupérer de ma nuit de navigation. Je n'en peux plus ! Les yeux me piquent et mon corps ne demande qu'à se coucher sur un matelas confortable et

---

[96] *Francs : en Polynésie, la monnaie est le Franc Pacifique. 1 euro = 119,33 francs pacifique.*

surtout à plat ! Ma petite sieste d'une heure se transforme en une méga de 6. Il faut bien ça pour récupérer de mes émotions de ces dernières heures.

A mon réveil, grâce à un café plus que corsé, je descends à terre en kayak pour dire bonjour aux amis vivants non loin. Ils tiennent une pension sur la passe d'Avatoru, confiants dans leur investissement car Rangiroa est un véritable aquarium naturel attirant de nombreux touristes. Le nom original de Rangiroa, celui en Paumotu, le langage du coin, était « Ra'i roa » qui signifie « ciel immense ». C'est le deuxième atoll le plus grand au monde et le plus grand atoll de Polynésie Française. Avec ses 75 kilomètres de long et 25 de large, l'île de Tahiti toute entière pourrait tenir dans son lagon ! On y trouve même un vignoble unique au monde situé au milieu d'une cocoteraie au bord du lagon ! L'essentiel des 3.000 habitants se répartit dans les deux principaux villages d'Avatoru et de Tiputa, deux îlots séparés par une passe et le reste de l'atoll est quasiment inhabité sauf dans les cocoteraies (appelées le secteur) où les cultivateurs de coprah passent quelques jours avant de rentrer au village. Du coup, mes amis sont idéalement placés !

L'après-midi étant bien avancée, l'apéro sur le grande terrasse extérieure offrant une vue imprenable sur la passe s'impose. Je suis même invitée à dîner après un petit tour du propriétaire. Leur pension propose un menu gastronomique et les bungalows sont décorés avec beaucoup de goût et de soin. Tout est prévu pour une clientèle « haut de gamme » et je dois dire que, outre leur compagnie, ce fut l'un des meilleurs repas de ma vie. J'en profite pour leur raconter mes dernières mésaventures qui les font rire aux larmes. J'en ris avec eux mais avoue que je me sens mal à l'aise à l'idée de pouvoir croiser mon bateau-stoppeur dans les parages. Ma première navigation solo, ou presque, s'étant bien déroulée, je suis plus que motivée à reprendre la mer dès que possible afin d'atteindre un autre atoll sans risque de le rencontrer.

Leur internet haut débit me permet de prendre la météo des jours suivants. Un vent d'est/nord-est d'environ 15 nœuds est attendu. Une orientation parfaite pour redescendre vers Apataki, Toau ou encore Fakarava...

Retour au bateau en annexe grâce à un autre convive qui m'épargne le retour de nuit à la rame en kayak. Je décide d'appeler Pat pour en discuter avec lui en espérant qu'enfin il décroche car depuis son coup de téléphone le jour du départ du yacht, je n'ai pas eu beaucoup de nouvelles.... Encore une fois, répondeur...

Chapitre 24

MAUVAISE PECHE

Sans nouvelles de Pat, je décide de prendre les choses en main. J'analyse les routes possibles. Depuis Rangiroa, dans une ligne allant du nord-ouest au sud-est, on trouve l'ensemble des atolls appartenant à la commune d'Arutua: l'atoll d'Arutua lui-même suivi de celui d'Apataki et en-dessous de celui-ci, l'atoll de Kaukura[97]. D'après l'un de mes guides nautiques, la passe d'Arutua, située sur le versant Est de l'atoll, est dangereuse avec un passage encombré de patates de corail et praticable seulement par de petites embarcations. Je raye donc cet atoll de ma liste. Le même guide me décourage de m'arrêter sur Kaukura dont le lagon est décrit comme peu profond, bourré de patates de corail, accessible lui aussi par une passe réservée à de petites embarcations. Apataki, je connais la passe Sud mais pas la passe Nord décrite comme droite, claire et profonde avec une zone d'ancrage à proximité. J'opte donc pour cette dernière solution. Cela représente un trajet de 80 milles, soit environ 24 heures de navigation au près selon l'état de la mer. Le bateau est quasiment prêt à partir. Ne reste que le kayak à monter sur le pont, ce que je fais rapidement. Ensuite, je file dormir, la sieste de l'après-midi n'ayant pas suffi à rattraper mon retard de sommeil.

---

[97] *Kaukura : atoll situé dans l'archipel des Tuamotu. Il se trouve à 24 km au sud d'Arutua et d'Apataki ainsi qu'à 330 km au nord-est de Tahiti.*

Le lendemain matin, au réveil, je réalise que j'ai reçu un petit sms tout gentil de mon Pat me souhaitant bonne nuit et m'informant que le yacht est arrivé à Tetiaroa[98] d'où le contact téléphonique est difficile. Il n'y a que les sms qui passent... Pas de chance, j'aurais tellement aimé lui parler directement. Lui raconter ma première navigation sans lui. Ma rencontre avec un psychopathe. Ma fierté de m'être débrouillée comme une grande. Mon enthousiasme qui m'encourage à continuer pour la première fois en solo ! Il aurait sûrement trouvé les mots pour faire taire une arrière-pensée insidieuse qui me fait tout de même craindre que je n'arrive pas à tout gérer toute seule...

Décidant de passer outre, je me prépare un café en réfléchissant à ce qui peut me faciliter la navigation. D'abord, prévoir ce que je compte manger. Les nouilles chinoises, j'aime ça mais à force, je risque de m'en dégoûter rapidement. Quelques œufs durs, une bonne dose de riz et une petite vinaigrette devraient me permettre de tenir un bout de temps. Un paquet de biscuits aussi. Le sucré, c'est bon pour le moral !

Ensuite, vérifier la météo. La direction du vent est conforme aux prévisions météorologiques de la veille et il semble un peu moins fort qu'annoncé. Mais il est encore tôt, j'espère qu'il s'établira à 15 nœuds comme prévu, sinon cela signifie plus d'heures de navigation. Je trace ensuite la route sur le logiciel de navigation, démarre le moteur et mets en place le régulateur

---

[98] *Tetiaroa : atoll faisant partie des Îles du Vent dans l'archipel de la Société. A 53 km au nord de Tahiti. Célèbre pour avoir été la propriété de Marlon Brando.*

d'allure. Un dernier regard tout autour de moi pour vérifier que je n'ai rien oublié et je m'attaque à l'ancre maintenant qui doit être relevée à la main. C'est à ce moment que je regrette de ne pas avoir un équipier sous la main. Ho, hisse ! Ho, hisse ! Mètre après mètre, la chaîne remonte et bientôt, le bateau est libre de ses mouvements. Heureusement, pas de voisin à proximité, j'ai donc tout mon temps pour rejoindre la barre.

Je hisse rapidement la grand-voile et déploie le génois avant d'arriver à la passe que je traverse poussée par le courant sortant et supportée légèrement par le moteur. Direction la passe Tehere au nord d'Apataki ! Ça y est ! Pour la première fois, je suis totalement seule à bord du bateau. Partie pour une vraie navigation en solo ! Hier, la peur de partager mon petit espace à bord avec le gars bizarre m'avait donné des ailes. Les heures suivant son « abandon » à terre se sont écoulées si rapidement que je n'ai eu que peu le temps de réfléchir réellement au fait que j'allais désormais naviguer sans pouvoir compter sur la moindre aide extérieure. Mon insidieuse petite arrière-pensée réapparaît comme un monstre tout noir et tout poilu surgissant de sous un lit. Se sentir capable de le faire est une chose mais c'est une autre de le faire pour de vrai! Mon estomac se contracte.

Le moteur enfin silencieux, j'ajuste le régulateur d'allure de manière à suivre la route que j'ai tracée. J'ajuste les voiles. Le vent forcit légèrement. J'hésite un instant à mettre un ris car Eureka a tendance à lofer contre mon gré. Après tout, plus de précautions valent mieux qu'une. Je suis seule cette fois-ci, sans équipier pour m'aider. Donc, je décide de jouer la carte de la sécurité quitte à perdre un peu de vitesse. J'applique les directives que Pat m'a enseignées. En dehors d'une descente un peu précipitée de la grand-voile m'obligeant à remettre en place un coulisseau, la prise de ris a été presque parfaite. Normal, j'apprends encore !

Finalement, mon calcul s'est avéré plutôt bon. Le bateau file au près entre 4 et 5 nœuds. Pas trop mal. La houle est régulière et le bateau gîte sans trop d'à-coups. En appui sur les bancs extérieurs, une jambe tendue, l'autre fléchie compensant l'assiette du voilier, les mains reposant légèrement sur la capote [99] du rouf [100], je contrôle l'horizon. Mes pensées s'apaisent. Seule à bord, je me sens tellement bien que je m'autorise même une petite séance de bronzage intégral. Ben oui ! Pas un bateau, pas un motu à l'horizon, seulement moi, la mer et le ciel… Et c'est très bon pour les petits boutons rouges sur les fesses qu'on développe à force d'être toujours avec des fringues humides.

Après un rapide déjeuner tardif, le régulateur d'allure assurant parfaitement son office, sans aucun signe de vie à l'horizon depuis plusieurs heures, je décide de m'octroyer une petite sieste entre les atolls de Rangiroa et d'Arutua. Je ne suis pas sur la route privilégiée des navires qui évoluent généralement sur

---

[99] *Capote : couverture amovible protégeant l'entrée du bateau des éclaboussures ou de la pluie. Fixée sur un support en inox.*
[100] *Rouf : superstructure dépassant plus ou moins du pont, destinée à donner de la hauteur et du volume à l'intérieur du voilier*

les côtes opposées : c'est le moment ou jamais de dormir un peu. VHF allumée sur le canal 16, le mouvement du bateau régulier, j'arrive à m'assoupir quelques minutes sur la banquette sous le vent plaquée contre la coque à cause de la gîte.

A mon réveil, je constate que le régulateur d'allure nous a bien entraînés, Eureka et moi, le long de la route prévue. En mettant la tête dehors, je vois loin, très loin devant, sur le tribord du bateau, une ligne irrégulière dépassant l'horizon. Des cocotiers rendent visible une partie de l'atoll d'Arutua. Désormais, il me faut rester en alerte. Le moindre changement de direction du vent peut me rapprocher dangereusement du récif. Les histoires de navires s'échouant parce que leur capitaine s'est endormi sont nombreuses. Longue nuit pour moi.

Pour m'occuper, je décide de mettre en place une canne à pêche. Qui sait ? Je serai peut-être chanceuse ? Je sors la plus belle que possède Pat, la plus solide aussi. L'assemble. Dans la boîte des leurres, je choisis au pif l'un des poulpes [101] disponibles. Je n'ai aucune idée de ce qui marche ou non puisque c'est mon chéri qui, habituellement, gère cela. Je réalise alors que j'ai oublié de le questionner à ce sujet. Je l'ai juste vu faire plusieurs fois son fameux nœud de pêcheur pour fixer le leurre au fil mais c'est tout. Je vais tenter de fonctionner à l'instinct ! Je sélectionne un bel appât blanc et rose pailleté que je trouve sympa. C'est fou l'imagination des fabricants de leurres ! Je les aurais imaginé proposer une gamme de produits nettement plus réalistes, dans des tons beaucoup plus neutres

[101] Poulpe : leurre ressemblant à un petit poulpe, d'où son nom.

que le rose pailleté... Je fais un beau nœud, similaire d'après moi à ceux de Pat, pour le fixer à la canne et je la mets en place à l'arrière du bateau. Je laisse filer sur quelques dizaines de mètres, suffisamment loin en tout cas pour que je voie à peine le poulpe surnager parfois à la surface. Désormais, je n'ai plus qu'à attendre.

Après quoi, je déguste une nouvelle portion de ma salade de riz. Heureusement que je ne suis pas difficile. Il faut le vouloir de manger plusieurs fois la même chose dans la même journée... Mais première navigation solo, première pêche en cours de route, c'est déjà pas mal ! Mieux vaut ne pas cumuler trop de difficultés en même temps.

La nuit se déroule lentement. J'alterne tentatives de micro-siestes de cinq ou dix minutes et phases d'éveil au cours desquels je contrôle le bon réglage des voiles, le cap du bateau ainsi que l'absence de navires dans les environs. Plus la nuit avance, plus malgré mon appréhension de l'obscurité et les bruits encore nouveaux du bateau, j'arrive à dormir longtemps. Et mes réveils se font avec de plus en plus de difficulté. Normal, je commence sérieusement à fatiguer. Les athlètes de la course au large passent des mois à s'entraîner à dormir quelques minutes à la fois, moi, je découvre seulement ce que cela signifie. Finalement, les navigateurs aguerris doivent sûrement être des super soutiens pour leur femme lorsqu'il y a un nouveau-né vu l'entraînement qu'ils ont en mer.

Régulièrement, je jette des coups d'œil à la ligne de pêche sans jamais la voir se tendre. Sûrement un mauvais choix de leurre.

Attraper une Barbie avec, ça marcherait je pense, mais pas un poisson… Après tout, le rose pailleté, je n'ai jamais vu ça dans la nature. Je tente de me concentrer sur le plancton phosphorescent que je vois dans le sillage du bateau, sur les étoiles et la lune qui scintillent haut dans le ciel.

Je vois enfin apparaître les premiers rayons du jour. Soudain, « tttsssiiiiiii-tttsssiiiiii », j'entends le fil de pêche se tendre et la canne se ploie avec force. Surexcitée soudain malgré la fatigue, je roule le génois et relâche l'écoute de la grand-voile afin de la faire faseyer réduisant ainsi mon allure. La gaffe à portée de ma main, je commence à enrouler le fil. La canne est tellement tordue que j'ai peur qu'elle casse, à moins que le fil ne cède en premier. Heureusement, son socle semble solide. Mon combat avec le poisson se prolonge pendant un long moment. La résistance de celui-ci va parfois en diminuant. J'en profite pour faire quelques tours de moulinet. J'ai l'impression d'avoir accroché une ancre ! Ma proie apparaît enfin à la surface. Mauvaise pioche ! C'est un requin, un petit certes, mais tout de même un requin… Vous savez ? Le genre de squale avec plusieurs rangées de dents acérées tournées vers l'intérieur de sa gueule ? Le genre de chose dans laquelle personne ne souhaiterait glisser sa main même pour récupérer un leurre hyper tendance. Je ne réfléchis pas. Je saisis une bonne paire de ciseaux et je coupe le fil le plus près possible de lui mais sans aller jusqu'à me mettre en danger. Je suis désolée pour lui de ne pas pouvoir faire plus, déçue aussi que mon premier poisson soit un requin et j'ai une petite pensée pour Pat qui ne va sûrement pas être content de savoir que sa réserve compte désormais un appât en moins… L'histoire m'ayant servi de leçon, je décide de ne pas réitérer l'expérience jusqu'à destination et je range donc la canne. Après tout, la nuit, les requins sont plus actifs. J'aurais sûrement dû essayer en pleine journée pour espérer avoir du vrai poisson.

Je me prépare un café instantané aussi fort que possible tout en me demandant si mettre plus de poudre dans le verre le rendrait vraiment plus fort ou tout simplement immonde ? Je réponds rapidement à cette interrogation en recrachant ma première mixture et en refaisant une autre moins dosée cette fois-ci. Le paquet de biscuits trépasse dans la foulée.

Enfin, Apataki apparaît. J'approche de sa passe Nord, la passe Tehere. Je n'ai aucune idée du sens du courant que j'y trouverai toutefois avec un vent travers à la passe, s'il est rentrant, ce ne sera que du bonheur et s'il est sortant, j'espère bien que le moteur soutenu par les voiles me permettra d'y entrer malgré tout. A la jumelle, je vérifie si des vaguelettes au sortir de la passe indiquent un courant défavorable pour moi. Effectivement, je remarque une zone un peu agitée. Tant pis, je suis fatiguée et préférant éviter encore quelques heures de stand-by devant la passe pour attendre l'étale de basse mer, je décide de tenter ma chance.

J'arrive près de la passe. Comme je le pressentais, le courant est sortant mais il n'a pas l'air trop méchant. On ne doit sûrement pas être trop loin de la basse mer vu la couleur brun sombre des multiples rochers que je vois apparaître ici et là indiquant qu'ils sont régulièrement submergés. Les voiles bordées à fond, je me rapproche de la bordure de la passe. Le GPS indique une vitesse se réduisant rapidement. Bientôt, je ne suis plus qu'à 1,5 nœud. J'accélère le moteur. 1,6... 1,8... puis 2 nœuds. Ok, ce n'est pas rapide, mais j'avance tout de même, c'est le principal ! Je traverse ainsi la passe à la vitesse d'une tortue mais avec le bruit de fond d'un 38 tonne. Elle est large et ses deux versants semblent offrir une bande étroite de sable blanc qui n'est, à y regarder de plus près, qu'un amoncellement de morceaux de coraux.

A sa sortie, je vois les restes d'anciens parcs à poissons ainsi qu'une vieille ferme perlière abandonnée perchée au milieu de l'eau non loin du bord. Les contourne à faible allure pour rejoindre la zone de mouillage mentionnée par le logiciel de navigation. Pas un seul voilier à l'horizon. Je profite d'une belle zone toute bleue indiquant l'absence de patates de corail pour rouler le génois et descendre la grand-voile, puis je scrute l'horizon pour jeter l'ancre à l'endroit le plus propice.

Je prends mon temps en faisant faire plusieurs demi-tours à Eureka. Il faut être loin de coraux dont la tête pourrait heurter la quille. En même temps, je veux mouiller à faible profondeur pour ne pas avoir à remonter trop de poids quand je partirai. L'ancre pèse lourd dans les bras. Pas de guindeau électrique pour mâcher le travail. Il faut donc utiliser ses muscles que j'ai plus petits et moins puissants que ceux de Pat. J'ai aussi peur de finir avec un lumbago ! Je finis par sélectionner une zone à seulement 5 mètres de profondeur. Du sable essentiellement et deux coraux aplatis non loin. Je lâche donc 25 mètres de chaîne et arrête enfin le moteur. Ensuite, je file faire une longue, très longue sieste pour récupérer.

Chapitre 25
APATAKI - ITINERAIRE BIS

Réveil en milieu d'après-midi. Le repos m'a fait du bien. Finalement, j'ai fait la passe sud d'Apataki - Rangiroa puis Rangiroa - la passe nord d'Apataki en peu de temps. Normal que je sois si fatiguée... Cette fois-ci, je suis décidée à prendre mon temps. La passe nord est superbe à faire en snorkeling m'a-t-on dit au sud : autant en profiter. Il y a aussi, à l'intérieur du lagon, le motu du carénage où de nombreux propriétaires décident de laisser leur bateau dans le port à sec et le motu « Rua Vahiné » célèbre pour sa pierre sacrée sur laquelle les visiteurs déposent des offrandes.

Je décide donc de mettre à l'eau le dinghy, chose que je n'ai pas encore faite jusqu'à présent vue la difficulté de la tâche pour moi. Ici, cela vaut le coup car je compte passer plusieurs jours dans le lagon et je peux aisément traîner l'annexe à l'arrière du bateau pendant ce temps-là. Je m'attelle donc à le mettre à l'eau. J'y ai pensé d'ailleurs cette nuit. Telle une tortue affalée sur le pont, il enferme en son sein le radeau de survie. Une mauvaise idée cet emplacement... En cas de problème, impossible de déclencher le bib[102] rapidement. Il faudrait d'abord couper les liens fixant le dinghy au pont du bateau, le balancer tel quel - donc dégonflé - par-dessus bord sachant que ce semi-rigide pèse tout de même

---

[102] *Bib : néologisme désignant familièrement le radeau de survie.*

une trentaine de kilos, couper les attaches du radeau de survie et enfin le déclencher. Tout ça en supposant qu'on ait le temps de le faire... Et bien sûr dans le processus, on perd l'annexe à coup sûr... Franchement, ce n'est pas idéal. D'un autre côté, je ne vois aucune autre solution pour stocker l'ensemble sur le bateau, alors à défaut... Bref, je bataille une heure pour gonfler le dinghy et y installer le moteur. Pat aurait sûrement mis une vingtaine de minutes à la force des bras et non pas avec mes systèmes de palans. Mais l'essentiel est que j'arrive au bout de ma tâche avec succès ! Je note d'ailleurs toutes mes « premières fois » et mes émotions dans mon journal de bord. Ça me motive de voir mon évolution. Relire toutes les étapes par lesquelles je suis passée et d'où je viens m'encourage à dépasser mes appréhensions.

Déjà 16h00 passées. Un petit plongeon pour vérifier l'ancre, profiter rapidement du paysage sous-marin aux alentours avant de remonter sur le bateau et profiter d'une soirée tranquille. Cette fois-ci, je peux passer aux fourneaux et me préparer un bon petit plat qui réveille mes papilles anesthésiées par 24h de salade de riz aux œufs.

Le lendemain, réveillée aux aurores, je vois arriver un catamaran. Un Lagoon 380 de 38 pieds, soit 13 mètres environ - je l'apprendrai plus tard - piloté par un jeune couple d'une vingtaine d'années, Lauren et Sam. Des jeunes mariés, américains encore une fois, venus profiter d'une très longue lune de miel dans les Tuamotu. Celle-ci leur a bien profité d'ailleurs puisque Lauren est déjà enceinte de 3 mois. Je les vois mettre à l'eau leur dinghy en quelques minutes seulement à l'aide d'un simple petit bouton actionnant un treuil qui fait glisser doucement leur annexe dans l'eau. Nul besoin de la gonfler, elle tient aisément entre les deux jupes arrières de leur bateau. La classe ! J'en serais presque jalouse. Je file me présenter. Ça fait tellement plaisir de pouvoir parler un peu avec quelqu'un. Nous convenons d'un rendez-vous un peu plus tard dans la matinée pour faire du snorkeling dans la passe. Cela me laisse le temps de laisser un petit message à Pat. Décidément, c'est toujours aussi difficile de communiquer avec lui. Mon sms n'a aucun retour immédiat.

Je rejoins Lauren et Sam à la nage, nos voiliers étant proches l'un de l'autre et nous partons avec leur dinghy. Arrivés à la passe, le courant est encore entrant nous offrant une eau transparente et parfaitement claire contrairement au courant sortant, l'eau s'échappant au large étant chargée de particules. Lauren reste sur le dinghy car elle a peur des requins. Sam et moi, nous sautons dans l'eau. Nous profitons d'une belle traversée de la passe poussés par le courant. Beaucoup de poissons, quelques requins gris et surtout deux requins bordés reconnaissables aux reflets bronze de leur corps uniformément gris et à leur museau long et effilé. Je suis contente de ne pas être seule durant cet épisode. Ces requins sont réputés pour leur comportement impulsif et j'ai toujours un sentiment de malaise auprès de squales que je n'ai pas l'habitude de côtoyer. En début d'après-midi, je me remets à l'eau pour tenter de pêcher dans les grosses patates de corail non loin du bateau. J'y vois quelques perroquets verts de bonne taille mais qui ne se laissent pas approcher suffisamment pour me laisser une chance de les harponner. Quelques loches aussi mais pas les marbrés façon camouflage militaire que j'ai l'habitude de pêcher avec Pat, non, des mérous célestes, ceux à la robe sombre couverte de petits points bleu électrique que je surnomme les « cosmos » en rapport avec la nuit et les étoiles. Ceux-ci, je le sais grâce à mon guide des poissons de Polynésie Française, présentent un fort risque d'intoxication. Je tourne encore et encore autour de plusieurs amoncellements coralliens de bonne taille sans succès. Soudain, au détour d'une patate, je tombe nez à nez avec une carangue esseulée qui vient directement sur moi, mais, tellement surprise, je n'ai même pas le réflexe de lever mon fusil pour la viser. Le temps qu'un déclic se fasse dans mon esprit, elle est déjà loin et je décoche ma flèche sans trop y croire. Effectivement, celle-ci n'harponne que le vide. Déçue, je rentre bredouille au bateau.

Se faisant, je passe non loin du Lagoon sur le filet duquel les jeunes mariés se prélassent. Ils m'avertissent qu'ils comptent repartir dès le lendemain matin pour le carénage où ils laisseront leur bateau quelques mois pour que Lauren puisse bénéficier du suivi nécessaire à sa grossesse. Quant à moi, je décide de rester encore un petit moment à la passe nord avant de suivre le même trajet.

Le lendemain, le petit couple parti en début de matinée, je prends mon temps pour décider du programme de ma journée. Le temps est au beau fixe, ciel bleu, peu de nuages. Il fera rapidement chaud dans le bateau, du coup je me motive à sortir mon paddle de sa housse. Le temps de fixer les dérives, de trouver ma rame, mes chaussons en néoprène et un leash et hop ! je saute à l'eau. Je longe la côte en direction de la passe. De ma hauteur, je vois nettement le relief du fond et les poissons environnants tellement l'eau est claire et même si ma vision se trouble un instant à chaque nouvelle risée. C'est encore plus beau lorsque je rentre dans la passe. C'est une nouvelle perspective de cet environnement que j'ai découvert la veille en palmes, masque et tuba. Je vais jusqu'aux portes de l'océan. Le côté droit de la passe présente parfois des petites séries de vagues qui me donnent envie de tenter ma chance. Assise à califourchon sur ma planche, j'attends la prochaine série. Celle-ci se fait attendre un peu. Et soudain, je devine une ondulation plus grosse que les autres se dessiner un peu plus loin. Vite, je bondis à pieds joints sur ma planche, saisis fermement ma rame et me mets à ramer de toutes mes forces. Un dernier coup d'oeil par-dessus mon épaule et je rame, rame, rame… La vague, ou plutôt la grosse ondulation car elle ne casse pas, se contente de me rattraper et de passer sous moi sans entraîner ma planche malgré mes efforts…

Pas grave, je tente une autre vague !

Je me remets en position, cette fois-ci un peu plus près du récif. Une vague se forme, je me mets en mouvement et cette fois-ci, j'arrive à glisser un petit peu à son sommet mais sans réussir à la prendre.

Allez ! C'est presque bon ! Maintenant ou jamais !!

Une nouvelle série se profile. Je rame vers elle un instant en direction du large puis fais faire un demi-tour à la planche en appuyant fort sur mon pied arrière. Je me sens motivée et prête à en découdre. Les conditions sont parfaites pour mon niveau : de petits vagues à l'épaule bien formée et pas très puissantes, un récif pas trop acéré et suffisamment profond à mon goût au niveau où je prends les vagues. Je rame avec volonté, décidée à prendre une première vague. Et enfin, je sens ma planche être entraînée par la pente de la vague.

Vite, mettre la rame du bon côté, côté vague pour m'en servir comme d'un appui en cas de perte d'équilibre. Et me voilà partie sur ma première vague sur le récif de la passe nord d'Apataki. C'est une véritable petite victoire pour moi! Je passe un bon moment à profiter de ces conditions idéales pour m'entraîner, ce qui ne signifie pas que j'arrive à surfer vague sur vague, loin de là, seulement 5 dans toute ma session mais, en tout cas, j'ai pris confiance en moi. Tomber sans paniquer même si mon pied enveloppé de néoprène touche parfois une surface dure. Laisser la vague arriver vers moi et plonger sous elle, les yeux bien ouverts sous l'eau pour voir la proximité du récif, la rame dans une main, l'autre prête à protéger mon crâne d'un retour de planche à cause du leash trop tendu. Une belle progression que je m'empresse de noter sur mon journal…

Chapitre 26

DESCENTE VERS LE SUD

Après avoir passé quelques temps à la passe nord d'Apataki, je décide de me rendre au motu du carénage. J'accroche le dinghy en remorque à l'arrière d'Eureka. Après avoir vérifié que l'ancre ne s'est pas emmêlée autour d'un corail, je la remonte et mets les voiles, direction le carénage à environ 17 milles.

Aux alentours de 14h00, j'arrive au motu Totoro, le dinghy ayant considérablement ralenti la vitesse normale d'Eureka. Le temps de choisir consciencieusement la zone où jeter l'ancre, je rejoins Lauren et Sam à terre.

Ils ont fait connaissance avec les gérants du site, Alfred et Tony. Leur bateau, après rendez-vous, a été remorqué sur la terre ferme. En discutant avec eux, j'apprends avec surprise qu'il s'agit d'un terrain familial sur lequel la famille a aussi développé une ferme dans laquelle elle élève des poules et des poulets. Les œufs servent à alimenter en priorité le village Niutahi, à la passe Sud et ils sont vendus parfois à la pièce aux voiliers, tout comme les poulets.

Je visite rapidement le port à sec où se trouvent une dizaine de bateaux de toutes tailles : monocoques, catamarans, speedboats. J'admire les formes des bateaux, regarde avec curiosité leur nom et l'endroit où ils sont immatriculés. Certains de ces navires sont occupés par les propriétaires qui effectuent eux-mêmes les travaux de rénovation plutôt que de les confier au personnel sur place. Je continue la visite par un petit tour dans les environs sans tomber sur la ferme.

Le motu du carénage n'offrant que peu d'intérêt, Lauren et Sam étant sur le point de quitter l'île destination les États-Unis, je décide de me diriger dès le lendemain vers le fameux Motu Rua Vahiné dont on m'a parlé. Il n'y a que 8 milles qui séparent le carénage de cet endroit, la navigation sera donc très courte avec le faible vent d'est qui s'est installé.

Lever aux aurores donc pour préparer rapidement le voilier. Trois heures après, j'ai atteint mon objectif… Cette fois-ci, pas un chat à l'horizon. Juste, Eureka, moi et un motu paradisiaque en vue.

Commençant à maîtriser le jeter d'ancre, j'hésite donc un peu moins longtemps qu'auparavant. Vite, je plonge à l'eau. Le ciel est bleu et dégagé, le soleil brillant, la mer turquoise, une merveille ! Je plonge depuis le voilier puis palme tranquillement en direction du motu. Enfin, j'atteins la plage de sable blanc que je vise. J'y dépose mon matériel et commence la visite.

Le motu est petit, peut être 30 mètres de diamètre ? De nombreux cocotiers y sont plantés et certains cocos tombés à terre signalent la présence de crabes de cocotiers, les fameux « kaveu[103] », excellents à manger. Un peu plus loin, se trouve une

---

[103] *Kaveu : crabe de cocotier en tahitien (à prononcer « kavé-ou »). Recherché et considéré comme un met de choix en Polynésie française.*

maison aux volets fermés. « Volet » est un bien grand mot, en lieu en place des fenêtres, ce sont des panneaux en bois qu'on redresse à l'aide d'un bout de bois fiché sur le rebord de la fenêtre. Il y a une citerne à l'extérieur assurant l'eau « presque courante » et une grille de barbecue dans un coin. Un abri confortable dans un coin de paradis. Au centre de l'île, je tombe sur la fameuse pierre sacrée sur laquelle on vient faire une offrande. Elle est recouverte de colliers de fleurs et de végétaux tressés, certains encore frais et de colliers de coquillages. Je décide d'y revenir un peu plus tard avec un petit quelque chose.

De retour au bateau, je sélectionne un des fusils-harpons du bord et enfile une combinaison. Je m'éloigne un peu avec le dinghy tentant de trouver une patate de corail prometteuse. Bingo ! Sitôt descendue, sitôt un beau perroquet pêché et même pas un requin à l'horizon. Ah si! Un tout de même. Je remonte sur le dinghy et repars au bateau. J'ai envie de me faire un bon petit feu sur le motu. Sachant que je n'aurai sûrement pas envie de faire l'aller-retour au bateau, j'emmène tout le nécessaire sur le dinghy : une tente, un petit matelas en mousse bien confortable, l'ouvre-coco, le râpe-coco, un tissu pour faire du lait, un coupe-coupe, une marmite, du riz et du curry, sel, poivre, citron, papier aluminium, assiette, couverts, ti'punch arrangé à la poudre chimique « Tang » (ben oui, je n'ai pas de vrai jus de fruit sur le bateau), une lampe frontale et des allumettes… Bref, tout le nécessaire pour me préparer un festin royal. C'est décidé, ce soir, je me la joue à la Robinson !

Une fois sur le motu, je commence par préparer ma tente et mon couchage. Puis, je rassemble le nécessaire pour un bon feu : branchages secs, feuilles de cocotiers grillées par le soleil et même un morceau de tronc de cocotier tombé à terre. J'emprunte la grille de barbecue de la maison, avant que la nuit ne s'installe, récupère un coco bien mûr puis m'installe près du feu.

D'abord, débourrer le coco puis le fendre en deux. D'un geste décidé, je plante l'ouvre-coco dans le sol, y fiche la noix et tente de dégager la bourre comme je l'ai vu faire. Franchement, c'est du boulot. Je la martyrise, la trouant de part et d'autre sans être vraiment efficace. Quand je pense qu'il existe des compétitions d'ouverture de noix de coco : les spécialistes seraient morts de rire à me voir faire avec mon pauvre coco ! Je finis par en venir à bout. Secouant la noix près de mon oreille, j'entends, soulagée, l'eau à l'intérieur. Manquerait plus qu'elle soit à moitié germée et que je doive recommencer l'opération avec une autre. Quelques minutes après, je déguste son liquide comme s'il s'agissait de champagne. Une petite pensée pour ma famille et mes amis. S'ils savaient où je suis et ce que je fais au moment présent, ils seraient impressionnés !

J'utilise la bourre de la coco pour démarrer le feu avec mes allumettes : je ne vais tout de même pas pousser le vice à tenter d'utiliser deux pierres comme au temps des cro-magnons. Quoique… Je serais curieuse de savoir le faire.

J'y dépose ma marmite avec mon riz et un mélange d'eau de mer et d'eau douce : économie d'eau douce ! Pendant qu'il commence à cuire, je prépare le poisson avant de le placer directement sur la grille de barbecue à côté de la marmite. La braise rougeoyante promet une bonne cuisson de l'ensemble. Je commence à râper consciencieusement le coco afin de presser son jus. Manquant clairement de pratique, je suis extrêmement lente au « râpage » de coco. Néanmoins, transpirante, je finis d'extraire le lait avant même que le riz et le poisson ne soient prêts.

Enfin un petit moment de relaxation totale face au feu, mon verre de punch arrangé à la main. Le coucher de soleil est un spectacle magnifique.

Quand je sors de ma contemplation, le poisson est prêt à être dégusté. Je le mets de côté le temps de verser un peu de lait de coco dans le riz déjà cuit et d'y rajouter le curry, le sel et le poivre. L'instant d'après, je déguste mon perroquet accompagné de son petit riz curry-lait de coco, la spécialité de Pat.

Une fois mon repas fini, la vaisselle faite à l'eau de mer et au sable (très pratique pour remplacer le côté rugueux d'une éponge) et le feu presque éteint, je rejoins mon petit camp de fortune placé à l'abri du vent. Apaisée, j'y profite d'une bonne nuit de sommeil loin du bruit des vagues contre la coque.

Le lendemain matin, je suis réveillée par les piqûres de quelques moustiques qui ont trouvé le chemin de la tente. Le genre d'insectes dont on oublie l'existence en bateau. Je sors de la tente et pars à la recherche d'une offrande pour la pierre sacrée. Je décide de fabriquer un petit tour de tête tout simple à base de quelques feuilles de cocotiers, un peu à la façon d'une tresse en deux dimensions. Satisfaite de mon œuvre, je la dépose près des autres offrandes avant de rejoindre mon dinghy avec tout ce que j'ai emmené sur la plage la veille.

Après un bon café à bord d'Eureka. Je range tout le bordel occasionné par ma petite escapade sur la plage avant de réaliser que j'ai un nouveau message de Pat. Il est encore sur Tetiaroa. Décidément, l'avoir en direct au téléphone, cela ne semble pas être pour tout de suite... Je décide de prolonger mon séjour près de cet îlot paradisiaque.

Trois jours plus tard, je reviens à la passe Sud afin de refaire quelques courses au magasin local. Je n'ai plus de nouilles instantanées, ni de pâte à tartiner, il y a urgence !!! Et puis, je compte bien demander un peu d'aide à quelqu'un pour m'aider à réinstaller le dinghy et son moteur à l'intérieur du voilier pour une plus longue traversée. Je fais bien car avec le retour du réseau téléphonique, j'ai la joie d'entendre Pat de vive voix. Il m'annonce que le yacht vient d'arriver à Fakarava Sud. Je lui raconte toutes mes dernières péripéties, le « bateau-stoppeur » bizarre, ma première vraie navigation toute seule, ma vague en paddle, l'île paradisiaque... Il me raconte les progrès de ses stagiaires, la vie sur le yacht... Nous passons un bon moment au téléphone et nous convenons de nous retrouver à la passe Sud de Fakarava.

Chapitre 27
UN FESTIN DE ROI

Enfin apparaît la passe Sud de Fakarava. J'ai tellement hâte de revoir Pat ! On ne peut pas dire que la communication ait été facile depuis que nous nous sommes quittés, il y a deux semaines environ. La Polynésie est magnifique mais la seule chose qui manque parfois, à mon goût, c'est un réseau téléphonique de bonne qualité.

Les derniers milles sont les plus longs. Il me faut naviguer à travers les patates de corail qui parsèment ma route vers les Sables roses. Naviguer seule au milieu d'un champ de mines est toujours quelque chose qui me rend particulièrement nerveuse. Apataki, c'était relativement tranquille, quelques patates au milieu du lagon mais surtout des bouées de fermes perlières à éviter. Et vu le profil de la coque d'Eureka, normalement les filins glissent sur elle sans réussir à s'accrocher au safran. Ici, à Fakarava, et surtout aux Sables Roses, c'est un véritable parcours d'obstacles m'obligeant à être très réactive. Je dois être à la fois aux commandes à l'arrière du voilier et à la vigie à l'avant. Je fais des allers-retours permanents sur les passavants[104] après avoir

---

[104] *Passavant : partie de pont latérale utilisable pour se déplacer le long du cockpit, du rouf et des panneaux.*

bloqué un moment la barre pour avoir le temps de me déplacer à l'avant sans que le bateau ne s'amuse à changer de cap.

Je prends aussi large que possible tout autour de la zone la plus dangereuse indiquée par le logiciel de navigation qui n'est malheureusement pas très précis. Pat, je le sais, serait à fond, grand-voile et génois jusqu'au bout. Moi, je finis par rouler le génois et affaler la grand-voile pour pouvoir arriver sereinement, au moteur, le plus près possible du motu d'où on démarre généralement en kitesurf. Je n'arrive pas encore à faire des arrivées à la voile pure... Je manque encore de réactivité et d'assurance. Pat, lui, a quelques années d'expérience de plus que moi et adore faire son kakou devant les autres voiliers !

Je viens enfin de lâcher l'ancre au milieu d'une langue de sable. Ce lieu est une réserve naturelle protégée et il est important que les voiliers évitent d'y faire trop de mal en s'ancrant n'importe comment, ce qui n'est pas le cas de tous. Je stoppe le moteur et saute à l'eau pour vérifier mon ancrage : pas trop mal, mais si le vent tourne j'ai un peu peur que la chaîne de l'ancre ne s'accroche sur un des coraux environnants. Je remonte donc un instant sur le bateau pour attraper une bouée et ressaute à l'eau. Je l'accroche sur l'un des maillons de la chaîne afin qu'elle prenne un peu de hauteur à la longueur stratégique où elle risque de se prendre dans une patate.

Je suis encore dans l'eau lorsque j'entends un dinghy foncer vers moi. Je sors la tête un instant, les sourcils froncés, fâchée qu'un idiot s'amuse à passer si près de moi alors que j'enchaîne des apnées forcées. C'est Pat !!! J'oublie instantanément mon agacement et saute sur son annexe.

Il a réussi à s'échapper un instant du yacht pour venir me dire bonjour mais il doit y retourner rapidement. Nous échangeons un bisou rapide et nous nous promettons de nous rejoindre plus tard. Il en profite pour me féliciter pour le soin que j'ai mis à ancrer correctement le bateau et me propose, si je suis motivée, de créer un nouveau corps-mort au niveau d'une des patates environnantes. Dans l'un des fonds de cale d'Eureka, il m'indique où trouver un morceau de chaîne et des manilles[105] prévues à cet effet. Il avait effectivement eu l'intention de le faire lui-même la dernière fois que nous étions ici mais cette tâche avait rejoint les autres figurant sur sa « To do list », c'est-à-dire les choses à faire… un jour… J'entends parler de cette liste depuis tellement longtemps que je n'y fais presque plus attention… Quand moi, j'aime barrer les choses d'une liste, la sienne, elle, ne cesse de s'allonger depuis que je le connais car il y a toujours quelque chose de plus excitant à faire à la place…

Ok, partante pour ce nouveau challenge ! Je laisse Pat repartir et vais chercher ce qu'il me faut dans le bateau. Je rassemble le matériel. Je ressaute à l'eau avec palmes, masque et tuba afin d'aller sélectionner la patate solide et écartée des autres qui saura accueillir ce corps mort. J'en trouve une non loin du bateau qui me semble parfaite.

---

[105] *Manille : anneau métallique amovible permettant un assemblage. On ouvre ou ferme une manille par son manillon qui se visse ou se bloque.*

Première étape : jeter le bout de chaîne à l'eau et l'emmener près de la patate.

Réfléchis, réfléchis... C'est trop lourd et trop long pour la trimballer dans tes bras en marchant sur le sol à cinq mètres de profondeur...La bouée ! Je vais utiliser la bouée de tout à l'heure pour m'aider à déplacer ce bout de chaîne !!! C'est ça !!

Je file détacher la bouée et l'attache près de l'une des extrémités du bout de chaîne : un peu moins de maillons à prendre dans mes mains pour les déplacer, la bouée supportant le reste. Je réitère mon essai.

Pas facile... Il faut vraiment que je travaille mon apnée... Avec l'effort physique que ça me demande j'ai quelques secondes pour plonger, prendre la chaîne dans mes bras, palmer comme une malade et remonter...

J'essaie une autre solution. Palmant à la surface de l'eau, je tire vers moi le « bout » attaché à la bouée qui supporte une partie du poids de la chaîne.

Arghhh mais c'est quoi la solution pour déplacer un truc comme ça ? J'ai arrêté de fumer il y a plus d'un an et me voilà soufflant comme un phoque pour déplacer un bout de chaîne de trois malheureux mètres !

J'atteins enfin le corail que j'avais choisi. Je mets l'une des manilles à l'un des bouts de la chaîne et, après avoir détaché un instant la bouée, glisse l'autre extrémité à l'intérieur de celui-ci afin d'encercler le corail avec une sorte de lasso d'acier, fixe ensuite la dernière manille à l'autre bout et attache la bouée à l'un des maillons tout proche.

J'attache enfin une des amarres d'Eureka à la manille et j'attache un pare-battage de l'autre côté. Ne me reste plus qu'à déplacer doucement le bateau, à gaffer le pare-battage et à sécuriser l'amarrage du voilier à ce beau corps-mort tout neuf ! En mon for intérieur, je me félicite de ce nouveau succès. Cela ne paraît sans doute rien pour des « voileux » aguerris, mais pour moi, c'est une autre petite victoire !

Pat me rejoint en fin d'après-midi. Nous rattrapons un peu du temps perdu loin l'un de l'autre. Toutefois en guise de nuit romantique, il me propose de rejoindre un petit groupe de chasseurs de langoustes. C'est le moment ou jamais paraît-il : la lune est noire et la houle inexistante. Bref, des conditions parfaites pour aller à la recherche de ces crustacés hors de prix dans les meilleurs restaurants et gratuits ici à condition qu'on se donne la peine d'aller les « cueillir ». Rendez-vous est pris à minuit !!! Cendrillon, elle, à cette heure s'échappait d'une fête somptueuse après avoir fait connaissance de son prince. Moi, à cette heure, je serai en combinaison de plongée, des sandales aux pieds, à crapahuter avec mon chéri sur le récif avec une lampe torche et un sac étanche… Deux mondes vraiment… Mais tellement le genre de Pat…

J'ai quelques heures devant moi pour me préparer et dormir un peu. J'ai peur que les langoustes arrivent à déchirer mon sac étanche si je les mets telles quelles dedans. Je trouve un container en plastique idéal dans le bateau que j'arrive à insérer dans le sac. Double protection, c'est parfait ! Je n'aime pas trop les trucs avec des pinces !!! Tourteaux, crabes, langoustes ou même bernard l'hermite… Enfin si ! J'aime les manger mais pas les toucher !

Minuit. Pat vient me chercher avec le zodiac du yacht. Il est accompagné d'Adam le capitaine, de Ted, un ingénieur et d'Hiro, le cuisinier. Une équipe très sympathique que je découvre pour la première fois. Ils ont repéré la veille et ont une trace sur un ipad. Adam pilote le zodiac. Il trace à travers les patates de corail qui jonchent le trajet jusqu'au récif. Enfin, nous arrivons au point prévu. Zodiac ancré sur place, Adam attache à un arbuste tout près une lampe lançant des flashs lumineux. Elle nous permettra de nous repérer au retour. C'est vrai que la nuit est très sombre. Un repère lumineux s'impose.

Ma frontale sur le front, je commence à suivre le groupe, une lampe-torche de plongée à la main, mon sac étanche sur le dos. Je n'imaginais pas que ce serait si difficile d'avancer sur le récif. Je pensais le trouver à sec avec des langoustes crapahutant dessus. Pas du tout ! Là où nous marchons, nous avons les pieds dans l'eau. Le faisceau de ma lampe se reflète sur la surface de l'eau m'empêchant de réaliser la profondeur où poser le pied. Je comprends l'utilité de la combinaison et des « nouilles[106] » que j'ai aux pieds. Je passe mon temps à glisser sur les rochers ou à

[106] *Nouilles : sandales en plastique appelées aussi « méduses », « squelettes » ou « glouglous ».*

tomber dans des trous d'eau dont j'ai mal estimé la profondeur. En plus, personne ne voit de langoustes... Je commence à pester tout haut. Heureusement que personne ne parle français... Enfin, à part Pat... Mais, lui, il me connaît... Jamais je n'aurais imaginé que c'était ça la chasse aux langoustes !!! Si j'avais su, je ne serais jamais venue...

Soudain, Adam pousse un cri. Il a repéré une langouste ! Effectivement, au bout du faisceau lumineux de sa lampe, on voit deux points orange lumineux. Les yeux d'une langouste. Il l'éclaire pour l'éblouir et s'approche doucement. Je le vois s'accroupir et saisir d'un geste vif la carapace.

- Yes ! First one ! (Oui ! La première !)

Ok, j'ai compris, on cherche des points lumineux à la surface du récif ! Il semble qu'on ait enfin atteint une zone propice à la récolte car tout le monde semble devenir chanceux. Le pire, c'est Pat... Je n'arrête pas de le voir se baisser.

- Ah ! Une langouste ! Une autre ! Et là, aussi !

Et moi, rien... Bredouille...

Il m'agaaaaaaaaace ! Mais comment il fait ? Ce n'est pas possible !!! On est juste à côté l'un de l'autre !!!

Je finis par demander à Pat d'échanger ses lampes avec les miennes. Ma malchance est peut-être liée à une question de matériel, non ? Hé bien non, il continue avec ses commentaires agaçants :

- Et celle-là, tu ne l'avais pas vu ? Pourtant, tu es passée juste à côté. C'est bizarre... Tu n'es pas assez observatrice. Regarde !

Argggggh ! Mais je ne fais que ça d'observer... Ah si, j'en vois une ! Je braque ma lampe sur elle et me place légèrement sur son côté pour pouvoir la saisir facilement. Je plonge rapidement ma main dans l'eau et je saisis sa carapace. Je tente de la sortir de l'eau. Rien à faire ! La langouste agrippe le rocher avec ses pattes de toutes ses forces. C'est que c'est fort ces bêtes-là ! En plus, j'ai peur qu'elle arrive à me pincer par derrière, c'est bête je sais... Je finis par réussir à faire céder ma proie et je la brandis triomphante devant le visage de mon chéri même si lui en a déjà attrapé une bonne dizaine déjà.

- Je l'ai eue ! T'as vu ?

Ensemble, nous vérifions rapidement que ce n'est pas une femelle - avec des oeufs - avant de la glisser dans mon sac. Je suis toute fière de ma prise ! Cela relance soudainement mon intérêt dans cette balade sur le récif. Subitement, je cesse de râler et je continue à avancer le regard braqué sur tout ce qui semble être fluorescent à la surface. Je réussis à repérer une deuxième langouste, mais elle s'enfuit avant que j'aie eu le temps de bouger. Je découvre alors la rapidité à laquelle ce crustacé peut se déplacer.

Il est maintenant presque quatre heures du matin. Nous rebroussons chemin vers le dinghy. Le jour commence à poindre et nous permet d'accélérer la marche. Il est six heures du matin lorsque nous rejoignons le zodiac. Résultat des courses : Yacht :

39 langoustes dont 18 grâce à Pat et moi : 1... Les garçons, généreux, m'offrent trois de leurs langoustes. Nous repartons tous sur nos bateaux respectifs pour une bonne sieste.

Pat m'accompagne sur Eureka. Il a quartier libre aujourd'hui et il a réussi à ramener une bonne bouteille de champagne du yacht, un des avantages de travailler sur un bateau luxueux et de bien s'entendre avec la personne responsable des approvisionnements ! Champagne et langoustes : c'est la fête !

Chapitre 28

RAS LE BOL

···

Je commence à éprouver un sentiment de jalousie. Depuis l'épisode des langoustes, j'ai à peine croisé Pat, il est toujours avec les gens du yacht. Moi qui pensais pouvoir le voir s'en échapper régulièrement, je réalise que je me suis lourdement trompée. En même temps, vu le tarif hebdomadaire auquel ils le rémunèrent, je suppose qu'ils peuvent effectivement attendre beaucoup de temps de présence de sa part.

Plus les jours passent et plus je rumine. J'en viens même à lui prendre la tête lorsque, gentiment, il passe me voir en coup de vent. Je craque lorsqu'il m'annonce sans sourciller que le yacht vient de lui proposer un contrat de 6 mois pendant lesquels il s'occupera des « jouets » du bord : entretien, mise à disposition des « guests » et encadrement en général... Il envisage sérieusement d'accepter !

> - Tu déconnes, j'espère ! Je quitte mon job. Je quitte tout ce que je connais pour te rejoindre et toi, à peine j'arrive, tu acceptes déjà un nouveau job de six mois ? Choisis au moins un boulot où je pourrais te voir le soir et les week-ends ! Non, tu préfères embarquer sur un bateau qui se déplace à perpét' ! Mais oui, bien sûr... Trop cool... Merci

le romantisme... Dis-moi, en fait, t'en as rien à foutre de moi, c'est ça hein !

Pat prétend ne rien comprendre à ma réaction.

- Sérieux ? Tu ne comprends pas ? Mais je réagis normalement, je t'assure !
- Becca, c'est bon... Calme-toi. Y a pas besoin de s'énerver. Réfléchis ! C'est bien payé, l'équipe est sympa. Le boss m'aime bien et j'aurai des « tips[107] » vu que c'est des Américains. C'est tout bénéf', crois-moi !

Vexée, je me lève brutalement du cockpit, imitée rapidement par Pat qui tente de m'enlacer. Enervée par son manque de compassion, je ne trouve pas d'autre réponse que de le repousser, le faisant basculer involontairement par-dessus les filières. Sans avoir le temps de s'agripper à quoi que ce soit, il tombe à l'eau: « Splaaaaaash ! ». Cette fois-ci, c'est à son tour de prendre la mouche.

- T'es dingue, Becca ! Calme-toi !

Rejoignant son dinghy à la nage, trempé, il grimpe dessus et s'éloigne sans même me lancer un regard. Son comportement me fait encore plus sortir de mes gonds !

Comment ose-t-il ?

J'ai des copines dont le mec se plie en quatre pour elles. Elles sont traitées comme des princesses et moi,

---

107 *Tips : pourboires en français.*

je rame à mort avec ce connard qui ne voit que son propre intérêt ! C'est toujours moi qui fais l'effort avec lui, c'est dingue ça !!!

C'est décidé, il faut que je bouge ! Il veut vivre sa vie sans tenir compte de mon opinion ? Hé bien, soit ! Qu'il en soit ainsi !

Je veux m'éloigner de lui au plus vite. Visiblement, il ne changera pas d'avis. Moi, j'ai mal au cœur. Si je reste dans les parages, ça va très mal finir. Ce sera plus facile si je ne l'ai plus constamment en face de moi. C'est le moment de changer d'île...

Avec le vent d'Est qui souffle en ce moment, une navigation courte et facile serait de rejoindre Toau[108] au Nord de Fakarava. Dans l'état de nerfs dans lequel je suis, je ne me sens pas de passer trop de temps seule en mer. Je n'arrête pas de ressasser de sombres pensées. M'aime-t-il vraiment ou pas ? Accepter de prendre en charge le bateau seule pendant deux mois alors que je venais juste de quitter toute ma vie à Tahiti, c'était déjà une belle démonstration d'amour de ma part, non ? Qui plus est, réussir en aussi peu de temps à bouger à droite et à gauche avec, c'est pas mal non plus, non ? Il devrait être fier de moi, avoir peur que je me lasse de ses réactions, contraires à celles qu'un homme prévenant et amoureux aurait, non ?

Le plus simple, c'est de repartir tranquillement vers le mouillage au Nord de Fakarava. Je serais donc à l'intérieur du lagon, ce qui signifie une mer calme et un trajet facile. Petit stop là-bas et je

---

[108] *Toau : atoll situé dans l'archipel des Tuamotu. Il est situé à 375 km au nord-est de Tahiti et à 14 km au nord-ouest de Fakarava.*

repartirai dès que le courant le permettra pour Toau qui ne sera plus qu'à 15 petits milles nautiques. Et ce sera silence radio tout du long pour Pat ! J'espère que ça le fera réfléchir. Après tout, pour qu'un homme prenne conscience de ses sentiments, il faut sans doute qu'il se sente au pied du mur, non ?

Ce matin, il y a du trafic sur le lagon. En quittant les sables roses, je régate avec un autre petit bateau à la coque jaune et au profil très similaire à celui d'Eureka.

C'est Olivier, un ingénieur de 28 ans à la double nationalité française et américaine qui a quitté sa ville de San Francisco il y a six mois pour naviguer à travers le Pacifique. J'ai parlé avec lui la veille lorsqu'il m'a invitée à bord pour boire un café, avant ma fameuse discussion avec Pat... La compétition avec lui est inégale. Cela fait des années qu'il navigue et son bateau, qui n'a pas de moteur in-board, semble réagir comme un véritable « optimist ».

Un coup de barre et il vire de bord en un rien de temps. Son barreur s'amuse même à faire un 360 tout autour de mon bateau qui semble tout à coup beaucoup moins maniable que je l'imaginais.

Moi, je galère pour atteindre le chenal qui m'emmènera au Nord en évitant les patates de corail semées ici et là. Vivement que je puisse compter sur le régulateur d'allure une fois que je serais sortie de cette zone semée d'embûches !

Bien qu'un peu stressée lorsqu'Olivier s'amuse à me dépasser une nouvelle fois, j'avoue que cette pseudo-régate me plaît bien.

Je le vois un peu plus tard s'arrêter au mouillage près de la pension. Quant à moi, je continue ma route à l'opposé, vers la passe Garuae.

Chapitre 29
TOAU

J'ai passé la nuit sur le mouillage près de la passe et avoue ne pas avoir très bien dormi. Mon cerveau a tourné en boucle pendant plusieurs heures : que dois-je faire s'il accepte réellement ce boulot ? Ça signifie qu'il n'en a rien à faire de moi, non ? Je le quitte ? J'attends qu'il me le dise? Pfff.... Décidément, je suis nulle en relation de couple...

Heureusement, au petit matin, je suis invitée au café par mes voisins que je ne connaissais pas il y a encore quelques minutes. Ayant vu que j'étais seule à bord d'Eureka, ce sont eux qui sont passés me chercher avec leur dinghy pour m'offrir de partager leur petit déjeuner avec moi. Tant mieux, ça va me faire penser à autre chose. J'en profite pour leur demander les horaires des marées histoire de sortir de la passe au bon moment. Cette fois-ci, j'aurai l'opportunité de la voir en plein jour. Ce sera certainement plus facile que mon expérience en pleine nuit avec Pat qui m'avait à moitié traumatisée. Avec l'expérience que j'ai prise depuis ces derniers jours, je me sens plus en confiance.

L'étale est prévue à 10h30. C'est parfait ! J'ai largement le temps de profiter du charmant accueil de mes voisins, une famille de 4 personnes originaire du Calvados, en France, comme moi ! Nous échangeons amusés des noms de villages perdus dans la campagne dont seuls des gens comme nous connaissent l'existence. A l'heure du renversement de marée, je suis dans la passe. Effectivement, en plein jour, c'est nettement plus facile ! C'est la passe la plus large de Polynésie Française. Comment ai-je pu craindre un instant qu'on aurait pu s'échouer dans un couloir aussi énorme ?

En milieu d'après-midi, j'arrive à Toau. La navigation a été absolument parfaite. Du soleil, une mer peu agitée, un bon vent d'Est, une allure travers : toutes les conditions étaient réunies pour faire une bonne vitesse moyenne. Un plaisir ! J'en ai presque oublié mes tracas des dernières heures. L'atoll est presque deux fois plus petit que celui de Fakarava mais avec presqu'autant de terres émergées : 12 kilomètres sur lesquels vivent seulement une quarantaine d'habitants. Pas de piste d'atterrissage et une unique pension de famille qui me permet d'aller déguster une bière fraîche en bord de plage. Je suis au bout du monde...

 En face de moi, Eureka se balance doucement sur l'un des corps morts du mouillage principal, tout près de la passe Otugi. J'admire tranquillement les couleurs turquoises du lagon quand je suis interrompue par un :

    - Hello, how are you[109] ?

    - Bien merci.

    - Française ?

    - Haha ! Oui, quelle question !

---

[109] *How are you : comment ça va en anglais.*

- Désolé, y a pas mal de touristes américains qui s'arrêtent ici en bateau. J'ai cru que tu étais l'un d'eux. Belle blonde aux yeux bleus, tu comprends !

Tam (diminutif de Tamatoa) m'adresse alors un énorme clin d'œil accompagné d'un magnifique sourire. Il sait qu'il a du charme et il s'en sert ! Il est ici pour travailler quelques mois encore. Originaire de Tahiti, il a trouvé ce petit job parce qu'il souhaitait voyager un peu dans les îles. Il aime bien Toau, mais c'est franchement trop petit à son goût. Pas assez de monde, il s'ennuie. M'ayant vu esseulée à ma table, il s'est approché.

Je serais presqu'intimidée par l'assurance et la nonchalance qu'il dégage. Pas spécialement grand mais bien bâti, épaules larges, pectoraux dessinés et ornés d'un tatouage recouvrant l'essentiel de son torse, taille affûtée, peau couleur caramel. Des yeux noirs en amande. Des cheveux longs et épais. Subtil mélange d'origines polynésienne et chinoise. J'ai toujours craqué, je l'avoue, sur les « demis » comme on les appelle ici. Être « demi », cela signifie tout simplement être métissé et la Polynésie présente un fabuleux et harmonieux panel de possibilités.

Tam sait qu'il est charmant. Sa voix l'est également avec son petit accent tahitien et la manière dont il roule les « r ». Ou alors, ce sont les bières que j'enchaîne en sa compagnie qui embellissent le tout ?

Hier, moi qui me sentais si mal, j'ai, aujourd'hui, le cœur gai et léger, à écouter les histoires drôles que me raconte Tam. Avant

Toau, il a bossé un peu sur Moorea[110] où il participait à des cérémonies de mariage de touristes à la « locale ». La coutume veut, dans ce cas-là, de les affubler d'un prénom local. Hilare, il me raconte comment un hollandais appelé Van der Mersk lui a demandé de traduire son nom en tahitien et qu'il a répondu « Aita vau i ite[111] » qui a été recopié sur le certificat de mariage.

- « Aïe ta vow i ité », ça veut dire quoi ?

- Ça veut dire « Je ne sais pas », hahaha !

- Sérieux, le gars a comme prénom tahitien sur son certificat de mariage « Je ne sais pas » ?

Je le regarde incrédule avant d'éclater de rire.

- Et Tamatoa, ça signifie quoi ?

- Enfant guerrier !

Et tel un dramaturge, il se lève brutalement de table et se frappe le cœur avec le poing, tête haute et regard vers le ciel, renversant les bières sur la table.

- Oups !

- Attends, attends, c'est pas grave. Je vais te faire goûter quelque chose de spécial ! Je reviens.

---

[110] Moorea : l'île « soeur » de Tahiti à 17 km en face. Elle fait partie des îles du Vent dans l'archipel de la Société.
[111] A prononcer « aïe ta vow i ité ».

Je le regarde s'éloigner le cœur léger. Ça fait tellement de bien de rire comme ça ! Pat et loin, pour le moment, seul compte l'instant présent.

Il revient rapidement avec une bouteille d'eau en plastique remplie d'un liquide doré.

- Tu connais le komo ?

- Non, c'est quoi ?

- C'est de la bière locale hahaha ! Un peu de levure, un peu d'eau et un peu plus tard, on a du komo. Dans les îles où il est interdit de consommer de la bière, on la fabrique. Tu sens un peu le goût de la levure si tu n'attends pas assez longtemps. Mais ici, c'est bien préparé et on rajoute de l'ananas dedans. Allez goûte. Manuia[112] !

- Manuia !

Je teste, dubitative. Franchement, c'est pas mauvais ! Plutôt bon, même ! Nous en dégustons quelques verres ensemble. Un peu plus tard, il sort du papier à rouler :

- Tu fumes ?

- Je fume quoi ? Des cigarettes ?

- Non, du paka. Du pakalolo[113], quoi.

---

[112] *Manuia : A ta santé en tahitien.*
[113] *Pakalolo : de l'herbe en tahitien.*

- Euh, non... J'ai essayé un peu mais ça ne me fait rien.

- T'as pas fumé de la bonne alors, haha ! Tu vas « test » celle-là, tu vas voir.

Finalement, persuadée, je tire une ou deux bouffées. Sur le coup, j'ai l'impression que rien ne se produit. Soudain, la tête me tourne.

- Hey, c'est fort ton truc !

- Ha ha ! Je t'avais prévenue !

Forcément ! Je n'ai rien mangé ce soir, j'enchaîne les boissons alcoolisées depuis la fin de l'après-midi sans me rendre compte de l'état dans lequel je suis en train de glisser. Preuve en est, j'ai fumé du paka, ce que je ne fais jamais d'habitude. Ça n'arrange rien... Je tente de me lever. Il faut que je rentre au bateau ! Où est mon kayak ?

- Attends, je vais t'aider.

Et Tamatoa m'enlace dans ses bras avant de m'embrasser dans le cou. Je me laisse faire, incapable de résister.

Chapitre 30
UN REVEIL DIFFICILE

Réveil en sursaut ! Le soleil est déjà levé. Les yeux lourds de sommeil, d'alcool ou des deux, je ne sais pas. Je les frotte pour faire disparaître le léger brouillard qui gêne ma vision. Et lentement quelques souvenirs me reviennent en tête.

Un plafond en niau[114] ?

Je ne suis pas sur le bateau !!! Je suis où ? J'ai fait quoi hier soir ?

Le cœur battant, je me lève à moitié dans mon lit et tourne la tête sur le côté redoutant de voir ce que je pense voir... Effectivement, Tam est à côté de moi, encore endormi, habillé d'un short de bain. Et moi ? Je soulève le paréo qui masque une partie de mon corps : maillot de bain, short, tout est là. Ouf !!!

Un mal de tête lancinant se rappelle subitement à moi. Ne sachant pas quoi faire d'autre, je décide de replonger dans le sommeil, espérant que quelques heures de sommeil de plus me feront du bien.

L'odeur du café chaud monte doucement à mes narines. J'ouvre les yeux pour découvrir Tam agenouillé près du lit, la tasse à la

---

[114] *Niau : Palmes de cocotier en tahitien. Se prononce ni-a-o.*

main, en train d'orienter les effluves corsés vers mon nez tout proche. Il éclate de rire en voyant mon air ahuri.

- Ia ora na[115] copine ! Allez, lève-toi ! C'est l'heure !

Un peu désorientée, je me lève et nous nous asseyons à la table tout proche. Honteuse, je l'interroge :

- Hum… On a fait quoi en fin de soirée ?
- Tu étais trop fatiguée pour rentrer sur ton « pahi[116] » en kayak. J'allais pas te laisser te noyer quand même. Du coup, je t'ai ramenée chez moi.
- Et ?
- Et quoi ?
- Non… Rien…

Je rougis. Tam, ironique, me lance un :

- Je ne pensais pas que tu ronflais comme ça ! J'ai dormi une partie de la nuit dans le hamac dehors tellement tu faisais du bruit.
- Hein ? Sérieux ? Là, je suis vraiment désolée… J'ai trop bu… Ça doit être ça hahaha ! Tu vas être fatigué pour le travail.
- Aujourd'hui, c'est mon jour de repos. Emmène-moi voir ton bateau !

---

[115] Ia Orana : Bonjour en tahitien. Se prononce comme cela s'écrit en roulant le r.

[116] Pahi : Bateau en tahitien. Se prononce pa-hhhi (h aspiré)

Vu son comportement de gentleman de la veille, je dois bien ça à Tam. Je lui propose de partager la place unique de mon kayak. Il se contente de rire en disant qu'il est trop petit et qu'il préfère nager. J'ai beau tenter de le convaincre du contraire, rien n'y fait. Nous atteignons donc le bateau, l'un les pieds au sec et l'autre les pieds dans l'eau.

Arrivés près d'Eureka, Tam me demande de lui passer un masque. Il disparaît ensuite sous l'eau avant de reparaître plus loin quelques dizaines de secondes après.

> - T'as un autre masque ? Prends-le ! Je veux te montrer quelque chose !

Je saute à sa suite dans l'eau et le rejoins à l'avant du voilier.

> - Reste-à côté de moi et fais attention à ce que je vais te montrer.

Ensemble, nous plongeons vers une grosse patate de corail au fond de l'eau. Plus large que haute, elle doit être à 6 ou 7 mètres et mes oreilles me jouent des tours avant d'atteindre la profondeur requise. Tam, lui, l'atteint très facilement. De là, il tend le bras vers sa base. D'un trou de ce morceau de reef dépasse l'énorme tête d'une murène[117] ! Telle une sentinelle, elle l'observe, prête à passer à l'attaque si nécessaire. Nous remontons à la surface et grimpons sur le bateau.

---

[117] *Murène : poisson serpentiforme, long et mince, sans écailles, à la larme bouche armée de fortes dents et très vorace. Elle peut atteindre plus de 3 mètres.*

- Hé bien, je n'irais pas m'amuser avec cette bête !

- Tu as raison, c'est pour ça que je voulais te la montrer. Parfois, elle sort de sa cachette et se déplace. Fais attention. C'est mauvais une morsure de murène.

Tam me raconte alors ce qui est arrivé à un gars qui entretenait les corps-morts du mouillage il y a quelques mois. En plongeant à la base de l'un d'entre-eux, il s'est approché trop près de cette murène, la plus grosse du secteur, et elle a attaqué ! Il a perdu son petit doigt dans l'affaire. En quelques secondes ! Le temps de réaliser ce qui se passait, le sang avait jailli de sa blessure. Il avait réussi à remonter seul dans son embarcation avant de rejoindre la pension toute proche. Heureusement, ce jour-là, un médecin français à la retraite était en famille sur son catamaran au mouillage. L'un des employés de la pension avait foncé le chercher. Rapidement pris en charge, le blessé fut évasané[118] le lendemain depuis l'aéroport de Fakarava. Il perdit son petit doigt, avalé tout rond par la murène…

Tout en l'écoutant, je prépare un café instantané. Le petit tour à l'eau m'a fait du bien mais un nouveau café, même soluble, ne sera pas un must[119]… Pendant que je m'affaire en cuisine, Tam jette un coup d'œil à l'intérieur.

- Je peux descendre ?

---

[118] *Evasan : évacuation sanitaire ou médicale par une unité aérienne, terrestre ou navale d'une personne souffrant d'un problème de santé.*
[119] *Must : de trop en français.*

- Bien sûr, vas-y !

Je m'écarte de la plaque sur laquelle repose la bouilloire fumante pour le laisser passer.

- Tu dors où ?

L'intérieur spartiate du bateau semble le surprendre.

- Là, sur la banquette.
- Et comment tu fais quand tu as un invité ?
- Hé bien, on se débrouille, hahaha !

D'un geste tendre, il m'attrape par le cou et tente de m'embrasser. Je détourne mon visage du sien.

- J'ai un petit-ami, tu sais…
- C'est pas grave, je ne suis pas jaloux !
- Je suis désolée, je t'aime bien, mais…
- Ok, ok, j'ai compris. Comment on dit déjà ? Qui ne tente rien, n'a rien ?

En riant, il me fait un petit bisou sur la joue et me serre un court instant dans les bras.

- Alors, ce café, il est prêt ?

Chapitre 31
DIRECTION MAKEMO

La veille, superbe journée en compagnie de Tamatoa. Il m'a montré des petits coins bien sympas de l'île que seuls les locaux connaissent. Il m'a même appris à tresser des feuilles de cocotiers ! Du coup, j'ai passé une bonne partie de mon temps en dehors du bateau, y laissant mon téléphone. En mon absence, Pat a essayé de me joindre. D'un oeil furibond, je regarde l'appel. Comme d'habitude, il essaye une seule fois et attend ensuite que je le contacte... Il n'a pas l'air inquiet celui-là franchement.... Grrr !!! Silence radio prolongé. Il le mérite après tout !

Je réfléchis à ma prochaine destination. J'ai fait le tour de Toau et même si j'aime bien Tam, il est préférable de ne pas rester trop longtemps ici. Il pourrait finir par me faire craquer... Tant qu'à faire, autant en profiter pour visiter un maximum d'atolls dans les Tuamotu. Si on n'écoutait que Pat, on se contenterait de faire des boucles Apataki - Fakarava - Faaite... Apataki et Faaite pour les vagues de récif et Fakarava pour le kite. Moi, justement, je veux voir plus que ça !

Je pense à Sandra, une copine de longue date que je ne vois pas souvent et qui vient d'être mutée avec ses deux enfants à Makemo. Elle est institutrice et la rentrée est dans une quinzaine de jours. Ce serait une destination parfaite pour moi : un nouvel atoll à découvrir, une bonne pote sur place et du temps libre ensemble.

Je rejoins la pension en kayak pour profiter de leur internet haut-débit, le terme « haut » dans ce contexte étant largement exagéré. En tout cas, toujours mieux que ma 3G. Les prévisions météo indiquent deux petits jours de vent du nord avec une quinzaine de nœuds, un temps un peu couvert avec quelques averses mais pas trop méchantes.

Je sirote une petite bière fraîche sur la terrasse en mettant en place mes idées et envoie un petit coucou à mon amie Sandra par Facebook afin de la mettre au courant. Elle est connectée au bon moment ! Nous échangeons nos numéros de téléphone. Je l'appelle aussitôt pour mettre au point mon plan d'action.

Sandra se montre très enthousiaste à l'idée de m'accueillir. Cela fait déjà quelques années que nous ne nous sommes pas vues en chair et en os, elle vivant à Moorea et moi à Tahiti, avant sa mutation. J'aurai donc le privilège de rencontrer sa fille, la dernière-née, pour la première fois. Elle planifie déjà l'endroit où je vais dormir chez elle, le barbecue qu'elle compte organiser pour me présenter ses amis, les soirées « filles » qu'on passera ensemble. Ravie de la voir si motivée, j'ai déjà hâte d'arriver.

Tamatoa me rejoint peu après. Je le mets au courant de mes projets. Il disparaît dans la foulée et revient quelques minutes après, une petite bouteille en plastique dans les mains. C'est de l'huile de coco artisanale qu'il tient à m'offrir. On peut la boire, on peut en mettre sur le corps ou sur les cheveux, comme on veut. C'est bon à l'intérieur, comme à l'extérieur du corps, comme il le dit. J'ouvre la bouteille et en hume le contenu. J'ai l'impression d'être plongée dans une barre de Bounty tellement l'odeur de noix de coco est forte. J'adore ! J'en verse quelques gouttes dans la main et la glisse dans mes cheveux pour les nourrir un peu et y répandre ce merveilleux parfum.

Me voyant faire, il croit bon de rajouter :

- Pense à laver tes cheveux régulièrement quand tu mets du monoï[120], sinon ça va vite sentir mauvais.
- Hein ? Pourquoi ?
- C'est du monoï traditionnel que je t'ai donné. Tu ne sais pas comment c'est fait ?
- De la noix de coco, non ?
- Oui, et du Tiaré[121] mais on rajoute un ingrédient secret… du bernard l'hermite…
- Tu plaisantes, j'espère !

L'idée de ce que je viens de mettre dans mes cheveux m'arrache une grimace de dégoût. Tam éclate alors de rire avant de m'expliquer que c'est tout à fait vrai. Les bernard l'hermite sont extraits de leur coquille, décapités, puis écrasés avant d'être mélangés à l'extrait de coco pour activer le processus de

---

[120] *Monoï : huile de coco parfumée (« Mono'i » en tahitien, l'huile sacrée) obtenue par macérations de fleurs de Tiaré dans de l'huile raffinée de coprah (l'albumen séché de la noix de coco).*
[121] *Tiaré : plante polynésienne dont on utilise les fleurs pour faire du Monoï.*

transformation. Du coup, le mélange, hors de la bouteille, finit toujours par tourner.

Les larmes aux yeux, il me raconte comment une touriste un peu rasta, ravie d'avoir pu se procurer du vrai monoï artisanal, en avait fait les frais, s'en tartinant allègrement la tête pour avoir la même magnifique chevelure que les Polynésiennes qu'elle avait rencontrées, sans se shampouiner régulièrement. Après quelques jours, le mélange avait tourné, dégageant une somptueuse odeur de pourriture dont l'entourage de la belle avait profité sans qu'elle ne s'en rende compte : c'est bien connu, notre propre odeur nous dérange rarement. Un courageux avait fini par vendre la mèche. Après avoir dit au revoir à Tam, je rejoins le bateau avant que la nuit ne tombe.

Je prends quelques heures pour préparer ma route tout en cuisinant une bonne tambouille pour assurer ma survie pendant cette « longue » navigation. Après, tout je m'apprête à doubler ma distance max déjà parcourue en solo. 160 milles environ. A 4 nœuds de moyenne, ça représente 40 heures non-stop. Moins j'espère, en étant plus proche du 5 nœuds que du 4 mais je préfère me fier à mes hypothèses.

Encore un nouveau challenge à relever : une fois partie, j'ai intérêt à aller jusqu'au bout. Impossible de m'arrêter en cours de route comme lors d'un trajet en voiture. Ce serait pourtant génial de pouvoir presser un bouton « Pause ». Trop fatiguée, je ne rêve que d'une seule chose : un bon lit avec plein d'espace, bien plat, qui ne bouge pas ! Pas de craquements, pas de grincements. Pouvoir dormir tout son saoul, l'esprit libre de tout danger…

Le lendemain, après une bonne nuit de sommeil, je me prépare à repartir. La connexion en 3G refuse de fonctionner du coup je ne peux pas prendre la dernière météo possible. Toutefois les prévisions de la veille me rendent confiante. Cette opportunité de vent du nord est exceptionnelle à cette période et les Tuamotu formant presque une ligne droite allant du Nord-Ouest au Sud-Est, cela permet d'atteindre Makemo[122] sans avoir à faire de bords de près comme l'habituel vent d'Est m'aurait obligée à faire... Ce qui aurait signifié un rallongement considérable du trajet et surtout une navigation beaucoup moins confortable !!! Une fois là-bas, je n'aurais plus qu'à remonter tranquillement vers le Nord-Ouest pour revenir vers Fakarava quand je l'aurai décidé. Makemo, me voici !

---

[122] *Makemo : atoll situé dans l'archipel des Tuamotu en Polynésie française, à 564 km à l'Est de Tahiti.*

Chapitre 32
PROBLEME TECHNIQUE

Je navigue depuis plusieurs heures et soudain pétole[123]. Le bateau est comme englué. Les voiles flappent... Pas cool tout ça, cela ne correspond pas du tout, mais alors pas du tout à ce qui était prévu. Je vais être obligée de mettre un peu de moteur alors que Pat se targue de tout faire à la voile afin, et d'une, de prouver que c'est un pur marin, et de deux, d'économiser son moteur. Cela fait déjà un an que je l'entends dire « Il faut que je ré-aligne[124] mon moteur... Il faut que je ré-aligne mon moteur »... Mais il y a toujours du vent ou de la houle pour venir le perturber. Il part alors se faire une petite session sur l'eau plutôt que de rester bloqué sur le bateau la tête dans le moteur pour le réaligner... La seule maintenance que je l'ai vu faire avant de partir, c'est le changement de courroie. Un changement fait un peu trop rapidement a priori car depuis, à chaque fois qu'on met le moteur en route, elle frotte contre une durite du circuit de refroidissement jusqu'à ce que le moteur atteigne un régime suffisamment haut.

---

[123] *Pétole : absence totale de vent.*
[124] *Aligner un moteur : opération consistant à mettre en ligne et équilibrer tout ce qui passe entre l'hélice et le moteur de manière à ce que rien ne force.*

Comportement typique de Pat. Plutôt que de faire les modifications ou les améliorations nécessaires, il préfère « faire attention ». En clair, plutôt que de retravailler sur la courroie pour pouvoir utiliser le moteur sans problème, il préfère ne pas utiliser le moteur du tout. Parfois, cette attitude m'agace profondément.

J'attends un peu mais le vent ne remonte pas. Mauvais pour ma vitesse moyenne... Je roule alors le génois ne laissant que la grand-voile bordée à plat. Je démarre le moteur après avoir pris soin d'ouvrir la porte de son compartiment afin d'avoir une vue directe dessus, comme le fait toujours Pat. Il pétarade et crache son eau à l'arrière de la coque. Tout va bien. J'entends le frottement habituel de la courroie disparaître avec l'accélération du régime du moteur. Il s'agit de rattraper le temps perdu désormais.

Soudain, j'entends un bip strident et totalement inhabituel provenant du témoin de chauffe.

- Putain ! C'est quoi ce bordel ?

Rapidement, je refais la procédure habituelle pour éteindre correctement le moteur. Fermeture des vannes, étouffoir, tout le tralala... Maintenant, il faut aller voir : avec beaucoup de chance, je vais peut-être pouvoir faire quelque chose... ou pas. Une lampe frontale sur la tête, j'éclaire le Volvo Penta 2002. Je vois de suite ce qui ne va pas... Il n'y a tout simplement plus de courroie... En tout cas, pas en face de moi comme elle aurait dû. Elle traîne dans le fond de cale maintenant...

- Bordel ! C'est pas vrai !!!

Faut que ça lâche maintenant ! J'aurais dû insister pour que Pat règle le problème avant de partir... Il avait l'air de prendre ça tellement à la légère que j'avais cru que ce n'était pas urgent. Et sur qui ça tombe ? Moi... Comme si je pouvais m'arrêter chez le mécano du coin. Mais bien sûr... A trop faire confiance, voilà ce qui arrive...

Avec cette pétole et sans moteur, impossible d'espérer pouvoir rentrer dans une passe et dieu sait où je vais dériver ? Ok, pas de panique... Réfléchir en gardant la tête froide... Pat a toujours dix mille pièces de rechange sur son bateau pour tout et n'importe quoi. En changeant la courroie la dernière fois, il a peut-être pensé à en acheter une de rechange ?

Je fonce à l'intérieur pour sortir une caisse en plastique cachée sous l'une des banquettes du carré. J'y ai repéré une quantité non négligeable de pièces dont j'ignore le nom et l'utilité, par contre, je sais reconnaître une courroie. Et là, chance : Il y en a une encore dans son emballage d'origine ! Me manque plus qu'un bon mécanicien vu ma très faible connaissance dans le domaine... Si je tentais d'appeler à l'aide à la VHF ?

- Eureka, Eureka, Eureka pour qui m'entendra, quelqu'un me reçoit ?

C'était quoi déjà le message type qu'on m'a enseigné lorsque j'ai passé mon certificat pour utiliser une VHF

? PAN-PAN [125] c'est pour une urgence absolue...
MAYDAY [126] MAYDAY MAYDAY ? Raaaaaahhhhh,
rappelles-toi !

J'attends quelques minutes, le cœur battant, espérant entendre une voix. Aucune réponse. De toute manière, je suis encore loin du prochain atoll et la VHF ne porte que jusqu'à 15 ou 20 milles nautiques. Je n'ai pas le choix : soit je trouve moi-même une solution, soit je compte sur ma bonne étoile pour que ma route croise rapidement celle d'un preux chevalier.

La mer est calme. Je devrais réussir à travailler un peu dans le bateau sans vomir au bout de trois minutes, c'est déjà ça. En nav' avec le vent, je me sens plutôt bien mais si je reste trop longtemps à l'intérieur, mon oreille interne me rappelle que je suis loin d'être Florence Arthaud... C'est le moment d'agir.

Avant de partir, j'avais aidé Pat à ranger à fond son bateau et même réorganisé pas mal de choses car on trouvait un peu de tout partout. Les modes d'emploi de ses différents appareils par exemple avaient ainsi été rassemblés par mes soins dans un classeur spécifique au lieu d'être éparpillés en divers endroits. Et je me rappelle avoir vu un vieux bouquin abîmé d'avoir été trop feuilleté qui concerne l'entretien des moteurs. Je l'ai rangé dans le même compartiment que ces foutus modes d'emploi. Je fonce

---

[125] *PAN PAN : message d'urgence à utiliser si une vie humaine n'est pas en danger mais qu'il y a un problème grave à bord. Se prononce « Panne-Panne ».*
[126] *MAYDAY : message de détresse à utiliser si une vie humaine est en danger. Se prononce « M'aidez ».*

à l'avant du bateau à la recherche de ce document que je trouve presqu'immédiatement : « Guide pratique d'entretien et de réparation des moteurs diesel ». Je le feuillette rapidement. De la théorie... hum.... De la description d'entretiens courants... Des explications concernant des interventions diverses... Vidanger... Purger... Ah ! Contrôler, régler et changer la courroie !!! Miracle !!!

Telle une recette de cuisine, l'auteur a décomposé les différentes étapes du changement de la courroie de distribution. En lieu et place du temps de cuisson et des ingrédients, on trouvait le temps d'intervention et les instruments nécessaires : 30 à 45 minutes, l'outillage courant.

C'est quoi l'outillage courant ? Ça serait gentil de préciser !

Je lis attentivement les instructions qui indiquent que le remplacement d'une courroie ne présente pas de difficulté particulière mais exige ordre et méthode. Parfait ! Qui d'autre qu'une comptable peut être ordonnée et méthodique ?

Je sors un instant à l'extérieur. Entre le stress et le petit mouvement de la houle qui ballote le bateau, parcourir le bouquin des yeux a suffi à me rendre malade. Je prends quelques profondes inspirations. Dès que je me sens mieux, je retourne à l'intérieur.

Étape numéro 1, ouvrir le coupe-circuit.

Le coupe-circuit de quoi d'abord ? Y a un coupe- circuit près de la courroie ? Pat ne m'en a jamais parlé… Je zappe cette étape ? Il m'en aurait parlé si ça existait sur son bateau, non ? Réfléchis un peu… Coupe-circuit… J'en connais que deux : l'un pour les batteries de service et l'autre pour la batterie de démarrage. Dans le doute, ouvrons les deux !

Étape numéro 2, débloquer les vis de fixation de l'alternateur. Merci les illustrations en couleur de l'auteur ! C'est grâce à elles que je réalise ce qu'est l'alternateur, une sortie de roue crantée ressemblant vaguement au dessin qu'un enfant aurait fait du soleil. Illumination soudaine !!! Le seul alternateur que je connaissais jusqu'à présent, c'était celui de ma voiture et lorsqu'un mécanicien m'en parlait, cela n'était qu'un objet très nébuleux dans mon esprit, maintenant je sais enfin ce que c'est ! Il y a trois vis à retirer dont une avec un écrou à l'arrière. Je trouve heureusement dans les outils à bord des clés à oeil et des clés plates de toutes tailles. Je farfouille un moment dedans avant de trouver celles qui conviennent à ma tâche. Le plus délicat en fait, c'est de réussir à dévisser la dernière vis, celle avec l'écrou… J'ai du mal à glisser une main devant, une main derrière, chacune tenant une clé dans l'espace étroit entre le moteur et les parois du compartiment qui l'abritait.

Ok, vis de fixation de l'alternateur dévissées.

Étape numéro 3, repousser l'alternateur le plus possible vers le bloc moteur.

Euh, je crois que c'est bon… Mais pas sûre…

Étape numéro 4, engager la courroie neuve

Bon, si j'arrive à placer la neuve comme sur les images, c'est qu'a priori, j'ai tout bon !

Dernière étape, écarter l'alternateur du bloc moteur à l'aide d'un levier, vérifier la tension de la courroie, resserrez les vis de fixation et fermer le coupe-circuit.

Et maintenant, il faut que je remonte tout comme c'était avant...

A force de triturer l'ensemble dans tous les sens, je finis par comprendre comment faire. Je visse deux des trois vis, et la dernière, celle avec l'écrou est à fixer sur une sorte de patte métallique fendue qui permet de fixer vis et écrou à différentes hauteurs permettant ainsi de tendre la courroie. Je fais un premier essai pour serrer la dernière vis et son écrou et là, catastrophe ! Ma main droite censée resserrer l'écrou derrière la partie visible de l'alternateur et son support lâche l'outil qu'elle tenait. Il tombe tout au fond du fond de cale, dans une partie totalement inaccessible. Il faut imaginer que l'alternateur occupe la partie supérieure gauche du moteur visible depuis la trappe, je suis donc agenouillée, contorsionnée pour tenter de serrer cette putain de vis et ce putain d'écrou dans un espace de quelques centimètres seulement dans lequel je suis obligée de serrer l'écrou millimètre par millimètre, sans pouvoir voir ce que je fais et sans pouvoir serrer plus à chaque fois car mon instrument touche les parois du compartiment. Je finis par m'énerver soudainement :

- Putain !!! Mais quel architecte naval pourri a pensé à faire une cale moteur si étroite ?

On voit bien que c'est pas lui qui touche au moteur...
Il laisse ça pour les autres hein ! Pour lui, faut juste que
ce soit joli. Le côté pratique, rien à foutre, hein !!!

Pour combattre rapidement la nausée qui monte de nouveau, je ressors quelques instants. A cet instant précis, je jalouse Pat qui ne sait pas ce qu'est le mal de mer. Il serait capable de lire ou de faire à manger la tête à l'envers dans une machine à laver sans jamais le ressentir...

Je réfléchis à comment pouvoir récupérer mon outil... J'avais déjà vu Pat se servir d'une sorte de longue pince actionnée à distance au bout de son manche, un peu comme une paire de ciseaux avec au lieu des lames, une longue tige avec au bout une mâchoire en plastique qui s'ouvre et se ferme. Il s'en servait pour éponger le fond de cale quand un peu d'eau ou du diesel y stagnait. Elle se trouve dans le rangement, sous l'évier. Je m'en saisis en espérant qu'elle me permettra de ramener à moi la clé dont j'ai besoin. Et miracle, je réussis à récupérer ma clé au bout de quelques essais. Je l'attrape les mains tremblantes.

Je recommence à tenter de fixer la dernière vis de l'alternateur tout en m'assurant de tendre la courroie en même temps. Impossible... Sitôt que je serre l'écrou, je relâche un peu ma pression sur l'alternateur pour tenter de le placer le plus haut possible sur cette patte en acier. Je finis par trouver une astuce, un filin accroché par une extrémité à l'alternateur, passant à l'extérieur dans la structure en inox de la capote, redescendant à l'intérieur du bateau où je le coince entre mes dents, tendu au maximum pour caler l'alternateur le plus loin possible. Ah, ça devait être cocasse de me voir, la corde en tension entre mes mâchoires, agenouillée et tordue devant le moteur, mes deux mains tentant presque à l'aveugle de fixer la dernière attache de l'alternateur...

Finalement, mon idée fonctionne. La courroie ne semble pas si mal tendue après tout. De toute manière, je pense avoir atteint les limites de mon savoir-faire. Trop insister pourrait entraîner plus de dégâts que d'amélioration.

Les doigts croisés, je redémarre le moteur. Il toussote un instant puis un doux ronronnement s'installe. A peine un chuintement au début m'indiquant que la courroie doit de nouveau frotter légèrement à bas régime. Mais honnêtement, ça semble n'être pas mal du tout. Même si, sans le réaliser, j'y ai passé deux heures contre 30 à 45 minutes préconisées dans le manuel.

Ma petite prouesse de l'après-midi a boosté ma confiance en moi et je me sens en totale maîtrise du bateau. Une petite brise sympathique recommence en plus à s'installer. Je coupe le moteur.

Chapitre 33
GARDER LA TETE FROIDE

....

Il fait maintenant nuit noire, le vent devient de plus en plus fort et je lutte contre la fatigue. De moins en moins d'étoiles se détachent sur le fond sombre. Je sais ce que cela signifie et ça n'aide pas à me rassurer. Décidément, rien ne se passe comme prévu : Pétole cette après-midi et maintenant la pluie... J'aurais dû reprendre la météo juste avant de partir. Je sens mon petit monstre repointer le bout de son nez...

Avant que le grain ne me tombe dessus, je file au mât prendre les trois ris, maximum que m'autorise la grand-voile, réduis celle d'avant à la taille d'un string et me prépare à ce qui va suivre.

Le vent devient rafaleux et la pluie s'installe, drue. Je file à l'intérieur m'abriter. A chaque bourrasque, le bateau m'envoie valdinguer. J'ai l'impression de rejouer des scènes de Matrix quand, accrochée à la table à cartes, la gîte me fait lâcher prise, basculer en arrière et que, essayant de résister à la gravité, je tente de m'y raccrocher dans un geste désespéré : mon mouvement reste comme suspendu dans le temps, le balancement du bateau compensant mon geste. Et cette nausée qui ressurgit...

Et soudain, un éclair au loin suivi presqu'immédiatement d'un fracas assourdissant :

BRAOOOOUMMMM !!!

Je sens la peur s'ancrer en moi. Un sentiment noir et vide à la fois. Mes pensées défilent à toute vitesse : que faire en cas de foudre lorsqu'on est au milieu de la mer sur un bateau avec un grand mât métallique ? On risque d'être foudroyé ou … ? Je n'ai même pas le temps de finir de formuler mes idées que j'entends comme un gros claquement. Le temps de réaliser ce que c'est, de la fumée se dégage de l'ordinateur de bord. Ça sent le brûlé. Je fonce le débrancher mais trop tard pour le sauver. Comment vais-je faire sans cartes électroniques pour naviguer ? En pleine nuit de surcroît ?

Mon désarroi s'accroit quand je réalise que tout - je dis bien tout - ce qui est électrique à bord est hors d'état de fonctionner. Cela signifie plus de GPS, plus de sondeur, plus de VHF, même plus la moindre petite lumière sur le mât pour me signaler.

La panique m'envahit. Mon monstre a gagné. Il s'agite. Il saisit à bras-le-corps mes boyaux les tordant douloureusement. Des larmes coulent sur mes joues : ma première réaction en cas de stress important et ce depuis toute petite. C'est con, ça n'aide en rien, mais c'est comme ça.

> *Qu'est-ce que je fous dans cette galère ? Pourquoi j'ai décidé de partir seule comme ça ? Comment vais-je faire pour m'en sortir ?*

Les ruades du bateau envoient valser quelques objets mal assurés. La plaque masquant le moteur, que j'avais eu la flemme de replacer après mon opération réussie sur la courroie décide de jouer au curling embarquant tout ce qui traîne avec elle sur le plancher du bateau. Effarée, je regarde le champ de bataille qu'est devenu le carré.

Finalement, les bourrasques se font moins intenses. La pluie cesse. Le grain s'éloigne. Je me précipite à l'extérieur pour vomir sur le pont sans pouvoir atteindre les filières. Après avoir laissé libre court un instant à mes larmes, mélange de peur, de rage et de frustration, j'essuie mon visage. Pleurer ainsi m'a un peu libérée du stress. Pas moyen de faire « Pause », je le savais ! Il faut que j'assume.

Un seau d'eau de mer balancé sur le pont pour nettoyer le massacre. Vient maintenant le temps de la réflexion. Seule à bord. Aucun moyen de contacter quelqu'un sans VHF. Mon téléphone portable ne m'est d'aucune utilité pour le moment car encore trop loin des côtes. Un cas de déclenchement de fusée de détresse ou non ? J'hésite. Et si je tire une de ces fusées et qu'un bateau se déroute vers moi, que va-t-il se passer ? Possible de remorquer Eureka jusqu'au mouillage le plus proche ? Ou faudra-t-il abandonner la plus précieuse possession de Pat au milieu de l'océan ? J'ai également entendu parler de sommes faramineuses demandées par les sauveteurs en mer pour rapatrier un bateau à la dérive. Seul le sauvetage des hommes à bord est gratuit. Tel est l'ensemble des réflexions qui traversent mon esprit.

Respirer calmement.... Doucement... Maîtriser le sentiment de panique encore enfoui au fond de moi. Comment ferait Pat dans la même situation ? Mon subconscient répond du tac au tac :

Il ne ferait rien car ça ne lui arriverait jamais ce genre de truc. Il a toujours eu le cul bordé de nouilles. Par contre, la merde c'est pour toi... Normal, faut un équilibre dans l'univers paraît-il...

Respirer calmement... Calmement, j'ai dit !

Première chose, réduire au maximum la vitesse du bateau. Je ne sais plus où je suis. Je n'ai plus de GPS. Il faut absolument que j'arrive à m'orienter sans quoi je vais naviguer à l'aveuglette et avec un peu plus de malchance, je pourrais passer entre deux atolls sans même m'en apercevoir ou, pire, heurter une couronne de corail protégeant un motu. Je décide donc de mettre le bateau à la cape. C'est un exercice que nous n'avons jamais réalisé ensemble Pat et moi mais je sais ce que cela signifie grâce à ma lecture consciencieuse des Glénans, mon petit côté « premier de la classe ».

Le cœur battant, je vire donc de bord sans toucher au génois afin qu'il se gonfle « à contre », choque l'écoute de la grand-voile pour qu'elle faseye et j'attache la barre sous le vent. Je ne sais pas véritablement si le bateau a arrêté sa course ou non - avec l'état de la mer tout autour, c'est difficile à dire - mais en tout cas, c'est toujours « moins pire ».

Je visualise la dernière image du logiciel de navigation sur l'ordinateur de bord. Jusqu'à présent, je ne m'orientais qu'avec ça mais, désormais, il va me falloir réutiliser le papier. Heureusement, je sais que Pat conserve une carte des Tuamotu dans la table à cartes. Frontale sur la tête, je bondis vers sa cachette, écarte rapidement les menus objets qui encombrent l'espace et finis par mettre la main dessus. Elle n'est pas très précise mais me sera utile. Je récapitule dans ma tête l'ensemble des données dont je dispose :

J'ai quitté Toau très tôt ce matin en direction de Makemo. Je prévoyais de passer sous le vent de Katiu pour bénéficier d'une mer moins agitée. Je suis ainsi passée au-dessus de l'atoll de Faaite et lorsque l'orage est arrivé, j'étais presque à équidistance de Raraka au nord et de Tahanea au sud.

Le tout était d'être logique. D'après ma dernière position sur Open CPN, je suivais un cap à 90°. A la vue de la carte en papier, le plus sérieux me semble de viser l'atoll le plus grand. Premièrement, j'aurais plus de chance de le viser. Deuxièmement, plus il est vaste, plus j'aurais de chance de tomber sur quelqu'un qui pourra m'aider. Avec ce vent du nord, si je passe au vent arrière ou au grand largue, je devrais réussir à viser Tahanea à coup sûr.

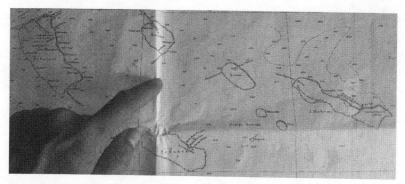

Le problème, c'est qu'il fait nuit. A peine 21 heures. Le jour ne commencera à poindre qu'aux alentours de 5-6 heures du matin. Et j'ai besoin d'y voir clair pour approcher la côte de l'île. La carte mentionne trois passes sur lesquelles je n'ai aucune information et il faudra passer suffisamment près de chacune d'elles afin de sélectionner laquelle prendre tout en évitant un éventuel mascaret. Déjà, sans électricité à bord, il ne faudrait pas en plus arriver à couler le bateau. J'ai déjà eu mon compte d'émotions fortes !

Le plus raisonnable me semble donc de rester à la cape encore quelques heures pour éviter de continuer à avancer à l'aveuglette. Je tente donc de me reposer pour me remettre en branle vers 4 heures du matin. Cela devrait me permettre de me rapprocher sereinement de Tahanea en profitant des premières lueurs du jour pour contrôler la proximité de la terre.

Travailler sur la carte a fait remonter le sentiment de nausée. J'attrape quelques coussins, une couverture et décide de dormir dans le cockpit où je pourrais mieux respirer. Avec l'absence de feux de navigation, je me dis qu'il vaut mieux être prête à réagir si par malheur, ou par miracle plutôt, ma route venait à croiser celle d'un autre bateau.

La nuit s'écoule lentement. Interminable. Percluse de fatigue mais impossible de m'endormir. La gorge serrée, un sentiment d'angoisse m'étreint. J'aimerais être n'importe où, sauf sur ce bateau à l'heure actuelle. Peur de faire les mauvais choix et de finir à la dérive pendant des mois comme d'autres l'ont fait. Je n'ai pas une confiance énorme dans mon choix et pourtant personne d'autre ne peut me tirer de ce mauvais pas.

Je pense à mon oncle Éric. Décédé trop tôt. Skipper à ses heures. Lui aussi a dû traverser de mauvais moments lorsqu'il skippait seul des bateaux à travers l'Atlantique ou les Caraïbes ? Quel skipper n'en a pas connu ? J'aime à l'imaginer petite étoile parmi les autres, veillant sur moi sur mon petit esquif. Plaisantant avec d'autres. Veillant sur moi. Si j'en suis arrivée là, c'est grâce à lui. Élève trop timide et trop renfermée, il m'avait poussée à l'âge de vingt ans à trouver un petit boulot sur l'île de Jersey face à ma Normandie natale. J'y avais débarqué, un job de baby-sitter en poche, ne sachant même pas comment dire un couteau ou une fourchette en anglais. Suite à cette expérience de deux mois, une certaine confiance en moi, j'en suis sûre, m'avait permis de postuler chez Deloitte à Paris puis chez KPMG à Tahiti après une mission de quelques semaines sur place. Sans lui, qui sait ? Toujours percluse de timidité, je ne serais peut-être qu'une obscure comptable dans le supermarché du coin ?

Rassurée par la présence de cet ange gardien, je tente de me rasséréner tout en sachant que, bien qu'à la cape, le voilier continue à se déplacer légèrement. Et si je reculais sans m'en rendre compte ? Avec un vent du nord, j'ai dans l'idée de partir plein vent arrière pour être sûre de toucher Tahanea quelque part. Mais si, durant la nuit, je repars de quelques milles en arrière sans m'en rendre compte, cela pourrait me faire passer entre Faaite et Tahanea. A combien de milles est-on susceptible de voir un cocotier dépasser d'une terre ? Arriverai-je à en voir un si par malheur je passais entre ces deux atolls ? L'esprit rempli de ce type de questions, quand l'alarme de ma montre sonne, j'ai l'impression de ne pas avoir fermé l'œil un seul instant.

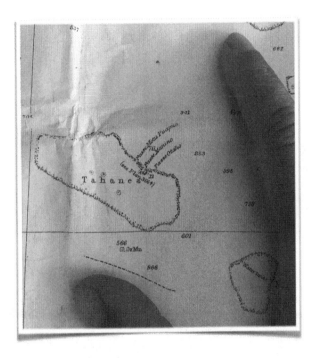

Comme un robot, je manœuvre pour passer vent arrière. Le vent n'a pas changé de direction, il est toujours nord (vive les compas magnétiques !). Si mon raisonnement est correct et si le bateau n'a pas trop dérivé pendant qu'il était à la cape, je dois forcément pointer sur Tahanea. Je croise les doigts et j'ai hâte de voir l'aube arriver. Avec toutes ces mésaventures, je réalise que je n'ai rien avalé depuis hier midi. Mon estomac crie famine.

Un café bien fort pour compenser la nuit blanche et j'avale rapidement un petit bol de porridge. Rien n'a de goût, ni d'odeur, c'est juste pour éviter de tourner de l'œil.

Je vois maintenant la luminosité se faire de plus en plus forte et le soleil apparaître. C'est un tel soulagement ! Le simple fait d'y voir clair me redonne de l'espoir, ma situation me semble moins dramatique. Maintenant, je sais que je dois être attentive à tous les détails. Une tête de cocotier qui dépasse, un oiseau dans le ciel, un coco qui dérive... Tout est susceptible de m'indiquer la proximité d'une terre.

Le temps passe... Pas de terre en vue. Je n'ai tout de même pas dérivé tant que cela ! Je cherche mon téléphone pour vérifier si je capte un réseau quelconque. Impossible de mettre la main dessus. Bordel ! C'est moi ou la poisse continue de me poursuivre ? Je remue tout l'intérieur de l'habitacle sans succès. Je soulève même les planchers masquant les fonds de cale. Rien à part leur contenu habituel. Et soudainement une illumination... Est-ce qu'il aurait pu être projeté dans le compartiment du moteur avant que je remette le panneau devant ? Prise d'un doute, je dévisse les trois boulons nécessaires et je déplace le panneau. Je projette la lueur d'une lampe torche sous le moteur et ... Il est là ! Entier... Mais à moitié immergé dans un somptueux mélange d'eau et de gasoil. Vite je le sors de sa prison, je l'enveloppe d'un linge propre en essayant de le sécher le mieux possible. Je le démonte entièrement afin de nettoyer tout ce que je peux. Je le rassemble et j'appuie sur le bouton de démarrage. Rien...

Rahhhhhhhhhhhh !!!!

Je recommence. Une fois. Deux fois. Trois fois ! Rien à faire. La malchance continue à me jouer des tours. J'ai embarqué une langoustine[127] des mers sans le savoir ou quoi ?

Rien en vue à l'horizon depuis presque deux heures maintenant. J'ai tellement peur de passer à côté de de mon objectif que je recommence à paniquer. Je me décide alors à tirer une fusée de détresse : ça ne peut pas envenimer ma situation. Je sors la petite mallette les contenant du coffre arrière. Je connais son existence car la dernière fois que j'ai tenté d'optimiser les différents espaces de rangement, je m'étais fait remonter les bretelles par Pat lorsqu'il avait découvert ce coffret planqué tout au fond du coffre. Il m'avait tout fait replacer comme c'était avant mon intervention, c'est-à-dire avec les fusées au premier plan rapidement accessibles.

J'ouvre la mallette et y découvre une série de fusées à main avec une date de péremption largement dépassée. Mais bon, ce n'est pas comme un yaourt dont le contenu pourrait tourner, non ? J'en saisis une au hasard, lis les instructions et tire sur le fil qui arrache l'opercule. Ça fume un peu et puis plus rien. J'en prends une deuxième et je renouvelle l'opération. L'opercule s'arrache et puis plus rien.

Pat ! Mais... mais... c'est du matériel de sécurité de merde !!!!

---

[127] *Langoustine des mers : autre appellation du lapin chez les marins, mot qu'il est interdit de prononcer à bord.*

Comme on dit : « Jamais deux sans trois ». Je refais une nouvelle tentative. Et là, c'est encore pire. Cette fois-ci, le petit fil en métal censé retirer l'opercule se casse et je ne peux rien faire de la fusée.

Pat... Je te hais !

Une nouvelle fois les larmes me montent aux yeux quand, la dernière fusée encore à la main, je vois soudain comme une masse sombre et pourtant ténue au-dessus de la surface de l'eau apparaître au loin.

Chapitre 34

ILE EN VUE

Plus je m'approche, plus les détails se font nombreux. D'abord cette ombre, puis cette crête inégale dessinée par les têtes des cocotiers. Et enfin la barrière protectrice de corail qui entoure cette terre miraculeuse.

Je me sens rassérénée à la vue de cette île. Mon moral remonte immédiatement. Je me sens suffisamment bien pour boire un nouveau café que j'apprécie cette fois-ci. Cela m'aide à réfléchir. Une terre, certes ! Mais, est-ce bien l'atoll de Tahanea ? Et où se trouvent les passes par rapport à ma position actuelle ? Le plus simple est de faire le tour de l'atoll mais cela peut prendre du temps et franchement, je n'ai pas envie de repasser une seconde nuit en mer. Trop d'émotions d'un seul coup pour moi, trop de fatigue aussi, je préférerais passer mon tour...

Donc, deux solutions. Soit mes calculs sont bons et si je longe la côte vers l'est, je vais tomber sur les trois passes, soit le voilier a beaucoup dérivé, je suis déjà passée au-dessus d'elles et je suis bonne pour un bon tour de l'île ou presque... Vu la dose de malchance des heures passées, j'ose espérer que le hasard voudra bien m'être un peu favorable cette fois-ci.

Il me faut rester très attentive afin de ne pas passer par inadvertance devant elles. Plus de sondeur, donc je dois veiller à rester ni trop près, ni trop loin de la barrière de corail. J'aimerais pouvoir monter au mât mais Eureka ne dispose d'aucun échelon. Pat, lui, monte aux barres de flèche en grimpant comme un singe le long du génois. C'est inimaginable pour moi malheureusement… Je me contente donc d'essayer de prendre un peu de hauteur en prenant appui sur le balcon avant.

Ma persévérance finit par payer ! Enfin une passe apparaît à mes yeux. Je m'en rapproche doucement. C'est forcément la première des trois indiquées par la carte en papier. J'ai juste envie de foncer à l'intérieur sans réfléchir pour pouvoir me protéger à l'intérieur du lagon et enfin arrêter le bateau.

Aucune idée de la direction du courant à cette heure-ci. Je vais donc tenter de passer en force si par malheur le courant me fait face. Au moins, le vent est avec moi. Je borde la grand-voile et le génois de manière à m'assurer une bonne vitesse réelle et tente de rajouter le moteur. Au moment d'appuyer sur le bouton « Start », je réalise que rien en se passe. Le démarreur est électrique !!! Lui aussi a cramé !!! Je ne peux plus compter que sur les voiles…

La passe est là sous mes yeux. Et le courant sortant aussi… Bien visible…. Vent contre courant. La conjoncture la plus désastreuse qu'on puisse avoir pour rentrer dans une passe. Je prends le temps de fermer aussi hermétiquement que possible l'habitacle du bateau et positionne le voilier face au courant. Je sais qu'en cas de courant sortant, l'astuce est de longer les côtés de la passe pour bénéficier du contre-courant qui s'y crée naturellement. Mais sans les indications du sondeur, j'ai peur de toucher des patates de corail.

Je commence à m'engager. Le voilier se fait secouer comme un prunier dans les vagues du mascaret qui s'est créé devant la passe. Je réalise que malgré l'appui des voiles, le bateau ne semble pas avancer... Et il se fait secouer ! Ça tangue[128], ça roule, on dirait un manège à sensation. Franchement, je passerai mon tour si seulement je le pouvais... Pas de GPS pour m'indiquer ma vitesse réelle mais à l'œil, j'ai bien l'impression de faire du sur-place. Malgré l'appui des voiles, rien n'y fait. Et le mascaret n'a aucune pitié de moi. Le nez du bateau monte puis descend, des masses d'eau roulent sur les passavants. Inutile d'insister, je ne me sens pas apte à braver le courant plus longtemps. Je décide de continuer ma route vers les autres passes. D'ici à ce que je les atteigne, le sens du courant me sera sûrement plus clément.

J'éloigne Eureka de cette première passe avec regret. Il m'en reste deux à voir. Je passe devant la deuxième une vingtaine de minutes plus tard. Le courant est toujours sortant, toutefois aux remous à l'extérieur de la passe, je devine qu'il est en train de s'amoindrir. J'observe les lieux à la jumelle. Ce passage est bien plus large. Et sur la rive de droite, j'aperçois des petits monticules faits de divers bouts de coraux. Cela semble prometteur ! A priori, du monde fréquente cet endroit...

Je continue toutefois ma route vers la troisième passe. Arrivant une demi-heure plus tard, j'ai l'impression qu'on n'est pas loin de l'étale de marée basse, du coup j'ai envie de tenter le coup par cette passe même si elle est beaucoup plus étroite que les autres. J'en ai marre ! Je suis fatiguée : je veux m'arrêter aussi

---

128 *Tanguer : balancement longitudinal du bateau d'avant en arrière.*

vite que possible. Eureka a un tirant d'eau d'1 mètre 30 et j'ai le vent presque dans le dos, ça devrait le faire.

J'oriente le nez du bateau vers le centre de la passe et je passe au grand largue[129]. Soudain, un grand « bammmm » suivi d'un « craaaa-crrriiiiiiiiiiii » : c'est la coque frottant contre un obstacle. Projetée à l'avant du cockpit, j'ai juste le temps de mettre les mains devant moi pour ne pas m'écraser le nez sur le roof. Mon épaule vient heurter un des winches au moment où le bateau s'immobilise. Je me relève secouée. J'ai eu tellement peur que mes genoux s'entrechoquent, mon corps entier tremble sous l'émotion. En catastrophe, j'enroule le génois et affale la grand-voile, tentant de maîtriser mes gestes.

Aux commandes à l'arrière, j'ai abandonné ma vigie à l'avant pour privilégier le réglage des voiles et ai payé le prix de mon erreur… La profondeur diminue drastiquement à cet endroit de la passe. Avec mon logiciel de navigation, j'en aurais été avertie. Avec l'aide seule de mes yeux, je me suis fourvoyée. Et joliment en plus. Je viens de réussir à planter Eureka sur une patate ! Le bateau ne bronche plus.

L'instant de stupeur passé, je prends quelques profondes inspirations pour tenter de me calmer. La fatigue, tous les évènements des heures précédentes vont me faire péter un plomb !

---

[129] *Grand largue : allure précédant celle du vent arrière à laquelle le voilier reçoit le vent de trois-quarts arrière.*

Respire... Inspiratiooooonn... Expiratioonnnn...

Recommence... Encore...

Petit à petit, je reprends le contrôle de mon corps. Jambes et bras opérationnels. C'est mieux. Positivons ! Déjà si près de la terre mais pas vraiment comme prévu ! Prise au piège. Si j'avais le choix, je filerais me coucher pour me reposer et régler le problème ultérieurement...

Hors de question de sauter à l'eau sans réfléchir. Manquerait plus que le courant m'entraîne. Ou que le bateau se libère sans moi. Vu mes récents déboires, tout est possible !

Je laisse filer une très longue corde fixée à l'avant du bateau afin de pouvoir m'y accrocher puis je plonge avec masque et tuba pour voir l'étendue des dégâts : une très vilaine éraflure sur la coque démarre au niveau du sondeur, longe la quille et remonte légèrement sur le côté. Je scrute le sondeur. Il a bien pris celui-là. Pas sûre qu'il re-fonctionne un jour. Glissant le doigt le long du flanc du bateau, j'essaie de déceler la présence d'une fissure. Gelcoat entaillé mais le choc n'a pas été assez violent pour ouvrir la résine.

A première vue, la situation semble moins sérieuse que je ne l'aurais cru. Le bateau est posé sur une patate, certes, mais pas encastré. Pas de voie d'eau visible. Il devrait en être quitte pour un bon carénage histoire de colmater les vilaines traces qu'auront laissé mon passage ici. Il s'agit également d'un monticule de corail isolé... Mais un gros tout biscornu façon

Polichinelle qui se souviendra longtemps de mon passage : je lui ai arraché un bon morceau et plus grand chose ne retient Eureka.

Une fois de plus, une situation imprévue. Ni voilier, ni habitation visible depuis les passavants. Ça aurait été trop facile d'avoir simplement eu à crier pour me signaler et demander de l'aide.

Positive, positive ma grande !

Tu vas trouver une solution !

C'est l'étale. Avec un peu de chance (je continue tout de même à compter dessus), une fois le courant inversé, les quelques centimètres gagnés avec la marée haute pourront me permettre de libérer la quille sans trop de dégâts.

J'ai vaguement entendu parler d'une histoire d'ancre à fixer en haut du mât en cas d'échouage sur un écueil mais je ne connais vraiment pas le procédé. Seule dans une passe avec du courant, je préfère jouer une partie moins risquée.

Je récapitule : étale de marée basse et bientôt le courant va passer « rentrant ». Le niveau de l'eau va donc se mettre à monter légèrement et elle poussera naturellement Eureka dans le bon sens. J'estime à environ 60 centimètres le marnage entre la basse et la haute mer. Je dois donc aider le bateau à sortir de son piège mais également à franchir cette passe pour enfin atteindre le lagon.

Heureusement, je ne suis pas en manque de cordages. Pat en a fait une collection. J'en sélectionne deux qui vont me servir à relier le bateau à deux autres patates plus profondes et bien solides, l'une à un taquet avant et l'autre à un taquet arrière du bateau. Le temps passe, le courant entrant commence à s'installer. J'essaie de tirer sur les «amarres» à l'avant et à l'arrière du bateau pour l'aider à se dégager. Dans un premier temps, mes efforts sont vains. J'ai l'impression de tenter de faire bouger une masse de plomb. Rien d'étonnant avec 1.800 kilogrammes de lest dans la quille ! Soudain, la coque a comme un soubresaut. Je bondis sur le taquet arrière et je tente de tirer sur le filin. A nouveau, rien ne bouge... Mais je suis certaine qu'avec un peu plus de force, j'y arriverai. Soudain, une illumination: je détache la simili-amarre de son taquet et la fixe au winch, m'aide de la manivelle pour la tendre et là, ça marche !!! Doucement mais sûrement le cul du bateau s'oriente vers le point d'ancrage arrière. Pourvu que cette patate salvatrice résiste ! Elle n'a pas le droit de me lâcher maintenant !!! Le nez d'Eureka pointe enfin dans le bon sens détendant l'amarre avant : je file la détacher. Maintenant, le bateau libéré de son piédestal, je n'ai plus besoin du cordage. Je le jette à l'eau. Si je peux, je viendrai le récupérer plus tard. Embarquée par le courant, seule la dernière amarre retient la coque. Je déploie le génois et largue le dernier «bout» : cette fois-ci, je dois réussir à passer. Je slalome encore une fois ou deux au milieu de la passe mais la franchis enfin ! Quel soulagement !!!!

Au sortir de la passe, je pose l'ancre au milieu d'une zone de sable, m'oblige à replonger une dernière fois pour contrôler qu'elle est bien bloquée et que je n'aurai aucune autre mauvaise surprise, remonte sur le bateau, me sèche rapidement avec une serviette et m'écroule de fatigue sur la première banquette qui s'offre à moi.

Chapitre 35
DECOUVERTE DE L'ILE

A mon réveil, l'après-midi est déjà bien avancée. Encore un peu groggy par ma sieste trop courte à mon goût, je mets le kayak à l'eau pour aller découvrir les environs avant que la nuit ne tombe. Il me semble avoir vu une toiture à travers la végétation des abords de la passe. Plus vite je rencontrerai du monde, plus vite j'aurais de l'aide.

Sur le point d'allumer le feu de mât en prévoyance d'un retour tardif, je me rappelle que rien d'électrique ne fonctionne à bord.

Mince... C'est vrai, ça ne marche pas... Si je reviens en pleine nuit, j'ai intérêt à savoir où est le bateau. Il ne manquerait plus que je n'arrive pas à le retrouver.

J'embarque avec moi une lampe frontale, mes sandales en plastique et saute dans le kayak la rame à la main. Quelques coups de pagaies plus tard, j'ai touché terre. Je prends soin de hisser mon embarcation le plus loin possible de l'eau avant de m'éloigner à pied. Les évènements des dernières heures me font craindre un nouveau coup du sort si je ne prends pas mes précautions...

Je commence mon exploration des environs. Quelques cocotiers. Des bosquets à la robe éternellement verte : l'habituelle végétation endémique de la région, le type d'arbuste ultra résistant qui continue à pousser même les pieds dans l'eau salée. Un sol jonché de débris de coraux morts.

Pénétrant un peu plus à l'intérieur de l'île, j'arrive enfin à un minuscule village rassemblant quelques bâtisses dont le toit de l'une d'entre elles correspond à ce que j'ai vu du bateau. Des maisons sommaires en contreplaqué et en tôle, à la peinture défraîchie. Je ne vois personne au premier abord. On dirait un village fantôme un peu comme dans un western revu à la sauce polynésienne. Je pousse timidement un :

- Bonjour, y a quelqu'un ?

Aucune réponse à part le bruissement des palmes de cocotiers agitées par le vent.

- Hé oh ? Y a quelqu'un ?

Petit à petit, je force la voix sans réponse en retour. Je me trouve idiote à parler ainsi dans le vide. Un peu hésitante, je visite les habitations un peu comme une intruse violant la vie privée d'une personne. Des filets de pêche accrochés ici et là. Des bouées usées couvertes de coquillages. De vieux matelas traînant à même le sol ici et là. C'est évident: personne n'a vécu dans l'une de ses maisons depuis un bout de temps. Elles sont toutes vides… Il n'y a personne ici !!! C'est bien ma veine… Les seuls êtres vivants que je croise sur l'île, ce sont les innombrables bernard l'hermite crapahutant sur le sable.

A défaut de pouvoir passer du temps avec d'autres êtres humains, je m'arrête un instant les observer de plus près. Ils sont de toutes les formes et de toutes les tailles. Certains sont énormes. En soulevant une demi-noix de coco abandonnée par terre, j'en découvre six agglutinés les uns aux autres. Je saisis précautionneusement le plus gros par la pointe du coquillage qui l'abrite et l'observe.

Ces petites bêtes sont presque attendrissantes avec leur manie de disparaître au fond de leur coquillage lorsqu'on les approche puis réapparaître ensuite doucement étape par étape. D'abord le bout des pattes, les yeux ensuite, puis le reste du corps prêt à l'action.

Ouch !!!

Le maudit crustacé que je tiens à l'envers dans ma main vient de se venger en me piquant fortement le bout d'un doigt avec l'une de ses pattes, embarquant au passage un petit bout de peau. Surprise, je le laisse retomber lourdement à terre. Je ne l'imaginais pas assez souple pour réussir à m'atteindre. Sûrement un adepte du yoga ! Et avec de la force ! Pas d'hémorragie loin de là mais tout de même, je saigne ! Je les trouve soudainement beaucoup moins sympathiques, les bernard l'hermite… Moi qui cherchais un peu de réconfort, c'est raté. Je m'éloigne de ce groupe de dangereux cuirassés.

Je vois également de nombreux cocos à terre. En en soulevant quelques-uns, je m'aperçois qu'elles sont presque toutes vides et pas forcément à cause d'une intervention humaine. En dehors des bernard l'hermite, l'île doit aussi regorger de rats… Génial… J'ai intérêt à faire attention. Il ne faudrait pas que je choppe la leptospirose en marchant pieds nus dans de la pisse de rat…

C'est une belle saloperie cette maladie-là. Sans soins adéquats, tu meurs en quelques jours…

Tout en continuant à marcher, je réfléchis.

> *Un ancien village abandonné par ses habitants ? Le village principal serait ailleurs ? Mais où ? Au niveau de la passe centrale sûrement. Ça doit être ça ! D'où les sortes de totems qui accueillent les voiliers à l'entrée de la passe. C'est sûrement une sorte de tradition locale entretenue par les villageois !*

Requinquée par ces pensées, je rejoins le bateau avant que la nuit ne s'installe. Il ne manquerait plus que je passe deux heures à le chercher en pagayer dans l'obscurité !

Une fois à bord, je décide de me préparer un vrai bon dîner. Un estomac bien rempli aide largement à garder un état d'esprit positif. Et j'en ai besoin en ce moment. Du coup, je m'attelle à la tâche à la lumière d'une lampe frontale. J'aurais préféré quelques bougies pour une ambiance moins camping et plus relaxante malheureusement, n'ayant pas trouvé le supermarché du coin, je dois faire avec les moyens du bord. Heureusement, j'ai une bonne provision de piles ! Au menu ce soir : riz aux oignons, petits pois et saucisses apéro, le tout arrosé de sauce tomate. Oui, on ne trouvera jamais cela au menu d'un 5 étoiles mais ici, ça m'a tout l'air d'un dîner gastronomique ! Demain sera un autre jour…

Chapitre 36

INQUIETUDE

Le lendemain, le vent a viré au sud-est. L'orientation idéale pour naviguer jusqu'au village principal depuis l'intérieur du lagon. Motivée et pleine d'espoir, je remonte l'ancre et me voilà repartie avec Eureka à la rencontre de mes sauveteurs ! Je m'active autour des voiles pour tirer le meilleur parti du vent.

J'arrive maintenant en vue de la prochaine passe, c'est la plus grande des trois. Je la dépasse lentement en veillant à contourner largement les patates de corail qui affleurent près du bord.

J'observe attentivement les environs avec des jumelles, recherche des bâtiments, des maisons, une église dont le toit dépasse. Mais c'est étrange, je ne vois rien, pas une seule toiture... Ah, si, une ! Mais une seule. Et il s'agit plus d'un abri précaire qu'une vraie maison. Aucun village par ici apparemment... Mais bon sang, où est-il donc ? Je suis pourtant certaine qu'il est près d'une passe ou pas loin.

Cela ne sert à rien de m'arrêter ici pour le moment. A regret, je m'éloigne pour continuer vers la dernière passe. J'avais pourtant porté tant d'espoir sur ce lieu car c'est de loin la passe la plus large des trois que montre la carte.

D'où viennent alors les totems en corail que j'ai vu depuis le large ? Et où est ce foutu village ?

C'est encore pire au niveau de la dernière passe. Celle par laquelle j'ai tenté d'entrer une première fois hier. C'est le désert. Rien ne dépasse à part les habituels arbustes endémiques et quelques cocotiers. Je scrute de nouveau l'horizon avec mes jumelles. J'ai tellement envie de voir une construction surgir de nulle part, mais non… Rien en vue… Absolument rien…

* * * * * * * * * *

Sur Makemo, il est 15 heures. Sandra vient de récupérer ses deux enfants chez la nounou où elle les a laissés tôt ce matin. Elle comptait profiter de la journée entre copines en attendant d'accueillir sa pote Rébecca qui, comme convenu, devait arriver dans la matinée.

Dans une vie précédente, elle était monitrice de voile sur dériveurs. Elle connaît donc la voile, la voile légère certes, mais elle est consciente de ce que signifie naviguer entre les atolls polynésiens. Elle tente d'appeler Rébecca.

Elle devrait être suffisamment proche de la côte pour avoir du réseau à cette heure. J'espère qu'elle a bien prévu son coup et qu'elle n'arrivera pas de nuit ici, sinon ça va être compliqué…

Messagerie. Elle raccroche.

Aïe... C'est bizarre. Elle devrait capter maintenant. Changé d'avis ? Elle me l'aurait dit quand même, j'espère...

Sandra se connecte sur messenger pour consulter les derniers messages échangés avec Rébecca. Rien de neuf.

Elle m'a dit qu'elle était à Toau près de la pension. Ils en sauront peut-être plus ? Appelons-les.

Ça sonne dans le vide... Forcément, à cette heure-là, plus personne ne travaille. A moins qu'ils n'entendent pas la sonnerie.

Ne pouvant rien faire de plus à l'heure actuelle, Sandra, soucieuse, se contente de raccrocher et de se retourner vers ses enfants en gardant un visage composé :

- Les enfants, soirée crêpes ce soir ?

- Ouuuiiiiiiii !!

* * * * * * * * *

Je pleure de rage, d'incompréhension et de peur. Ni VHF, ni téléphone, pas d'électricité à bord pour faire fonctionner les instruments de navigation, je ne suis même pas certaine qu'ils n'aient pas cramé comme l'ordinateur d'ailleurs. Je suis donc bloquée ici jusqu'à nouvel ordre. Hors de question de prendre le risque de reprendre la route avec comme seul indicateur le compas de bord. C'est trop risqué. Je ne m'en sens pas capable. Le Pacifique est grand, les îles dans la région sont minuscules en comparaison, qu'adviendrait-il de moi si je passais entre les terres émergées pour finir quelque part entre la Polynésie et l'Océanie ?

Dépitée, je repars vers la passe centrale où je pense trouver un meilleur abri pour mouiller le bateau. J'ai besoin de réfléchir à ce que je vais faire. Je m'ancre précautionneusement entre plusieurs patates de corail. Le profil du récif sur ce côté de la passe forme comme une baie qui me protège du clapot par ce vent du sud-est. Après m'être mise à l'eau pour contrôler mon ancrage, je prends la décision d'aller tout de même à terre. Ces fameux « totems » de corail situés à l'entrée de la passe, côté océan, attisent ma curiosité. Ils me fourniront peut-être des informations utiles. Je mets donc le kayak à l'eau pour atteindre la berge un peu plus loin. Suivant la rive à pied, je finis par tomber nez à nez avec ce que je recherche. Malheureusement, ils ne me fournissent aucun indice particulier. J'y trouve seulement un vieux panneau en bois tombé à terre et tellement usé qu'on peine à lire ce qui y est écrit « Réserve naturelle ». Rien d'autre.

Je continue à marcher le long du rivage. Côté mer, c'est l'eau à perte de vue et des rochers qui semblent presque rouges à mes pieds. Côté lagon, c'est aussi l'eau à perte de vue. Et entre les deux, c'est le désert ou presque. Mon cerveau s'emballe alors. Les pensées affluent. La panique recommence à monter en moi.

> *Les villages sont normalement près des passes. Et là, je ne vois rien. Serait-ce un atoll encore inhabité ? Non... Ce n'est pas possible. Il est trop grand pour cela. Non... Si ? Ce n'est pas possible. On est au vingt*

*et unième siècle, impossible de trouver des îles de
cette taille encore sauvages ! Toutes les îles sont
habitées !!! Non ? Il y a bien quelqu'un quelque part !
Et si ce n'est pas le cas, comment vais-je faire toute
seule ?*

Je retourne au bateau, toujours saisie d'angoisse, et prends une
nouvelle fois les jumelles pour faire un tour d'horizon. Rien. Pas
un mât visible. Pas un bateau. Pas une habitation à part la
bicoque que j'ai vu tout à l'heure…

*Pas de panique surtout Becca. Pas de panique ! Dis-
toi qu'il y a toujours une solution !*

J'ai le cœur serré. Je lutte contre la panique et tente de me
raisonner. La présence des habitations abandonnées prouve
tout de même qu'il y a eu du passage à un moment donné sur
cette île. Et il n'y a pas si longtemps que cela tout de même sinon
j'aurais trouvé les bois totalement termités et pourris, ce qui n'est
pas le cas. Il y a forcément des gens qui vont repasser à un
moment ou à un autre, non ? Mais quand ?

Mon regard scrute l'immense horizon du lagon. Je n'y vois que
la mer à perte de vue et quelques lignes sombres qui surnagent
ici et là avec la crête remarquable de quelques cocotiers. Je me
mets à pleurer à chaudes larmes sans pouvoir me contrôler. Je
craque totalement pendant plusieurs minutes. Finalement,
lâcher un peu de pression me fait du bien. De bonnes grosses
larmes pour évacuer le stress, il n'y a rien de meilleur pour
repartir d'un bon pied. J'avoue que si j'avais eu un paquet de
cigarettes sous la main, j'aurais renoncé à mon abstinence de

plusieurs mois pour en allumer une. Cela ne résout rien, mais bon Dieu, je ne pense qu'à ça subitement. Avec un bon verre de vin servi frais pour l'accompagner…. Mais je n'ai ni tabac, ni alcool à bord. Il faut que j'arrête de rêvasser.

Je suis déterminée à ne pas me laisser aller. Avoir trouvé un abri pour le voilier à l'intérieur d'un lagon, cela me rassure. La terre ferme est à proximité, les cocotiers sont épars mais présents tout de même, je devrais donc réussir à trouver quelques cocos à déguster parmi celles que les rats ont daigné épargner. L'eau sous le bateau est poissonneuse donc je ne vais pas mourir de faim. Pour la soif, j'ai la bâche qui sert de récupérateur de pluie. Une fois mise en place, juste attendre qu'il pleuve. Pas d'urgence pour l'instant car j'ai encore de l'eau dans les réservoirs. Ce soir, je décide de faire l'inventaire de ce qui me reste.

J'ouvre les réservoirs avant et arrière pour estimer combien de litres d'eau il me reste. Le réservoir avant est rempli à moitié, ce qui fait encore environ 40 litres. Le réservoir arrière, quant à lui, est presque vide. Avant de partir de Fakarava, j'aurais sans doute dû demander à un voilier possédant un dessalinisateur de me donner un peu d'eau pour les remplir à ras bord mais, vu le trajet que j'avais à faire, je n'avais pas estimé que c'était une priorité. Si j'avais su…

Côté provisions, j'ai du riz. Plein de riz. C'est un peu le péché mignon de Pat, je dirais. Le seul problème, c'est que je n'ai pas grand-chose pour l'accompagner. Il me reste quelques oignons et quelques gousses d'ail et j'ai surtout une bouteille encore bien remplie de sauce au soja pour lui donner un peu de goût. J'ai fini le dernier pot de sauce tomate hier… C'est important pour mon moral de manger quelque chose qui me donne envie. Sans cela, je vais déprimer, je le sais… Et en ce moment, déprimer, il ne faut pas… Quelques boîtes de conserves… Du corned-beef…

> *Beurk…. La viande favorite de Pat car c'est la moins chère ! Et la plus dégueu surtout ! A toucher en dernier si je n'ai pas d'autre choix !*

Des boîtes de petits pois, de « pork and beans » (des haricots blancs à la sauce tomate et au porc), de la purée en flocons. Du thé, du café, du sucre, du lait en poudre et 12 œufs (mais plus de saucisses). Ah ! et de la farine et de la levure. De quoi me faire un peu de pain et quelques bons pancakes de temps à autre.

> *Très bien. Tu as de l'eau et de quoi manger. Cela pourrait être pire.*

Après tout, dans Koh-Lanta, ils arrivent à survivre avec bien moins que cela. Et moi, je n'ai pas besoin de gagner d'épreuve de confort pour gagner un fusil-harpon pour aller pêcher. J'ai tout ce qu'il faut à bord ! Justement demain matin, ce sera pêche après le petit-déjeuner pour agrémenter un peu le riz de la journée.

Chapitre 37
LA VIE S'ORGANISE

Le lendemain matin, je saute à l'eau après un café histoire de me réveiller. Si je veux réussir à faire un peu d'apnée, il faut que je sois à jeun ou presque sinon j'ai du mal à descendre profond et encore plus à retenir ma respiration plus de 30 petites secondes… Le harpon à la main, je traîne le kayak derrière moi avec un seau à l'intérieur. J'observe le paysage sous-marin qui s'offre à moi. Effectivement, il y a du monde là-dessous. Beaucoup de monde. Et visiblement, les poissons ne sont pas farouches. Ils n'ont pas l'air de savoir ce qu'est un fusil harpon. Ils me laissent m'approcher presque sans crainte. J'ai l'impression d'être au rayon « Poissonnerie » d'un supermarché. Il suffit de me baisser pour emporter mon choix. Je prends donc mon temps.

Au pied d'un rocher, je vois soudain une belle loche marbrée me regarder. Ça tombe bien, j'adore la chair de ce poisson et il est très facile à tirer. Tellement facile que cela fait presque pitié. Je tends mon bras et pointe ma flèche vers sa tête.

Je veille à me mettre légèrement de côté pour avoir un meilleur angle de vue et je tire. Je vois le poisson se tortiller un instant et puis plus rien. Je l'ai « séché » comme dit Pat.

Tant mieux… Moins de soubresauts signifient moins de chance d'attirer un requin. Effectivement, j'ai le temps de remonter ma loche tranquillement sans en voir un seul pointer le bout de son nez. Je retourne un instant au bateau, je récupère une planche à découper et un couteau et file à terre pour vider le poisson. Je sors la loche du seau, la pose sur la planche à découper, m'assois à côté et approche mon couteau de son « trou de balle » comme m'a toujours dit de faire Pat. Il s'agit d'y faire une ouverture et de remonter avec la pointe du couteau jusqu'à la tête de la loche pour pouvoir, ensuite, retirer les boyaux. J'entaille le poisson lorsque soudain celui-ci tressaute violemment. Surprise, j'en lâche le couteau et saute sur mes pieds et poussant un cri.

- Ahhhhhhhhhhhhh !!!! C'est pas vrai !!! Elle est encore vivante !

Ça fait plus d'une demi-heure qu'il est sorti de l'eau. Il n'est pas mort ! Je suis en train d'ouvrir le ventre d'un être encore vivant ?!? Non, ce sont les nerfs hein ? Les nerfs…

J'en pleurerai presque de frustration. Je veux nettoyer mon poisson et en même temps, j'ai peur de le torturer. Je me raisonne en me disant que cela ne peut être que les nerfs mais tout de même, j'ai du mal à reprendre ma tâche. Le poisson restant bien sage maintenant, je reprends. J'arrive enfin à lui ouvrir le ventre et je commence à retirer les intestins et le reste. Je m'approche de l'eau pour rincer le tout quand soudain le corps convulse une nouvelle fois dans mes mains. Un nouveau cri m'échappe et je laisse échapper le poisson. Vite, je le ressaisis avant qu'un requin ne vienne voler mon repas si difficilement préparé… Je sais avec certitude que cela ne peut être que les nerfs puisque j'ai retiré le cœur et que le poisson est hors de l'eau depuis bien trop longtemps pour qu'il puisse y avoir encore une once de vie en lui... Mais tout de même, j'ai un peu de mal... C'est trop d'émotions pour une ancienne comptable habituée au rayon frais des supermarchés où les poissons m'attendent bien sagement sous forme de filets emballés sous plastique. De vrais pêcheurs se tordraient de rire en me voyant ainsi gesticuler et hurler au bord de plage, j'en ai bien conscience. Je coupe enfin la tête et la queue de la loche sans que celle-ci ne montre plus aucune réaction.

Retour au bateau avec mon déjeuner dans le seau. J'entame ma réserve de riz et sacrifie un oignon pour ma préparation. Une demi-heure plus tard, je suis assise devant une belle assiette savoureuse et en aurais même pour ce soir. Mon moral remonte. J'en oublie même mon expérience semi-traumatisante d'apprentie-poissonnière...

* * * * * * * * * *

Pour Sandra, la matinée s'est déroulée lentement. Le message qu'elle a posté la veille n'a apporté aucun élément nouveau. Apparemment, Rébecca n'a informé personne de ses derniers plans. Tout le monde pense qu'elle est encore à Fakarava alors que Sandra sait, qu'aux dernières nouvelles, elle était à Toau.

Elle retente sa chance au téléphone et cette fois-ci la pension répond. La réceptionniste ne sait pas qui est Becca mais elle a vu une blonde sur un petit bateau traîner avec un autre employé. Elle l'appelle :

- Tam ! Tam ! Viens un peu ici ! Haaviti[130] ! Tu connais une Rébecca ?

Tam acquiesce et prend le téléphone pour discuter avec Sandra :

- Oui, elle est partie avant-hier, très tôt. Pourquoi ?
- Elle aurait dû arriver hier à Makemo dans la matinée. Elle a 24 heures de retard. Il lui est peut-être arrivé quelque chose...

Ils échangent quelques paroles puis, l'air sombre, Tam raccroche.

* * * * * * * * * *

Il est à peine midi et toute l'après-midi devant moi pour continuer ma découverte de l'île. Fière de ma réussite de la matinée, je décide de continuer sur ma lancée en mettant le dinghy à l'eau. La procédure habituelle me demande tellement d'efforts... mais il semble que je m'améliore avec le temps ! Il n'est pas encore treize heures et je suis prête à partir, la nourrice presque pleine et un bidon plein d'essence dans le bateau. Je décide d'aller explorer le rivage aussi loin que me permettra mon plein.

> *Je pars vers la gauche ou la droite ? Gauche ou droite ? Hum... Au hasard, vers la gauche... Je suis gauchère... La gauche va me porter chance peut-être.*

---

[130] *Haaviti : vite, rapidement en tahitien. Se prononce « hha-a-vi-ti ».*

Partie en direction du nord-ouest, j'ai dans l'idée de consommer la moitié de ma nourrice dans un sens et une seconde dans l'autre sens. Je prends un risque en consommant autant d'essence d'un seul coup mais ne vois pas quoi faire d'autre pour tenter de trouver de la vie quelque part.

Le paysage défile. Toujours le même... Des monticules de sable parfois rocailleux. Des cocotiers et encore des cocotiers. Et toujours ces arbustes endémiques. Des oiseaux qui semblent se jouer de moi. Des mouettes stoïques me regardant hautaines bien ancrées sur un rocher. Des noddis bruns chassant en groupe. Des fous plongeant subitement à la suite d'une proie furtive. Tout ce petit monde m'observe sans réaliser le drame qui se joue dans ma tête. Eux sont chez eux et moi, j'aimerai aussi y être chez moi...

Dépitée, je fais demi-tour. Désespérée même. Je sens une boule à l'estomac et les larmes me montent encore aux yeux. J'ai du mal à garder espoir. C'est difficile pour moi. Il y a encore quelques mois, j'étais tranquillement installée chez moi dans mon petit confort. Je m'étais toujours sentie en sécurité dans ma petite vie routinière. Et aujourd'hui, tout a volé en éclat. Le fait de ne pouvoir communiquer avec personne amplifie mon sentiment d'insécurité.

Plongée dans mes pensées, je fonce vers le bateau sans faire réellement attention à l'environnement. Je sens un soubresaut soudain sans comprendre ce qu'il vient de se passer. Je continue ma route quand je sens le boudin sur lequel je suis assise se ramollir. J'ai comme un doute.

On est en fin d'après-midi, le soleil est moins fort, l'air dans les boudins s'est refroidi un peu, ça doit être normal non ? Après tout, je l'ai gonflé à bloc tout à l'heure et le soleil tapait dur...

J'essaie de me rassurer mais mon raisonnement ne tient pas debout : le boudin se dégonfle de plus en plus. Je n'ai bientôt plus de doute, j'ai dû toucher un corail qui a percé l'hypalon. Je n'ai plus beaucoup de temps pour réagir.

* * * * * * * * * *

Sandra vient de raccrocher. Elle reste songeuse quelques minutes. Que faire ? Avertir les secours dès à présent ou attendre encore un peu ?

Peut-être que je m'inquiète trop vite après tout... Si ça se trouve, elle s'est arrêtée sur une autre île pour se reposer et elle va arriver ?

Prise de doutes, Sandra sait qu'elle ne trouvera pas le repos tant qu'elle n'aura averti personne. Après tout, mieux vaut déranger les services compétents plutôt que se reprocher toute sa vie de ne pas avoir agi à temps. Ne sachant pas où aller, elle se rend donc chez les mutoï[131] de la commune. Un agent la reçoit :

- Bonjour !

Subitement, les mots lui manquent. Son angoisse est palpable. Compréhensif, il ajoute :

---

[131] *Mutoï : les policiers municipaux en tahitien (à prononcer « mutoye »).*

- Je t[132]'écoute. Explique-moi comment je peux t'aider.

- Voilà... J'ai une amie qui devait arriver ici en bateau hier dans la matinée. Elle arrivait de Toau. Elle en est bien partie : j'ai confirmation de son départ. Depuis, pas de nouvelles. Que faire ?

- Ne t'inquiète pas, on va t'aider. Par contre, j'ai besoin de quelques renseignements.

Sandra répond à la série de questions que lui pose le policier : nom du bateau, type, couleur de la coque, signes distinctifs, combien de personnes à bord etc. Elle tente d'être aussi précise que possible mais n'a pas beaucoup d'informations à fournir n'ayant jamais vu le bateau... En revanche, oui, elle connaît le nom de famille de Rébecca, non, elle n'a aucun numéro de téléphone de membres de sa famille...

Peu après, elle rentre chez elle, satisfaite d'avoir fait ce qu'il faut mais sans avoir réussi à se débarrasser de cette boule au ventre....

Pendant ce temps-là, les mutoï déclenchent la procédure d'alerte. Première étape : avertir le JRCC, le Joint Rescue Coordination Centre, qui dirige toutes les opérations de recherche et de sauvetage aéronautiques et maritimes dans la zone. Celui-ci mobilise aussitôt la FEPSM[133] de Makemo d'où les

---

[132] *Le tutoiement est de mise en Polynésie Française. Tout le monde se dit « Tu ».*

[133] *FEPSM : Fédération d'Entraide Polynésienne de Sauvetage en Mer.*

sauveteurs bénévoles effectuent des appels VHF sur la zone depuis leur station à terre et sollicitent plusieurs embarcations à moteur pour commencer des recherches à proximité. La population locale est mise à contribution.

* * * * * * * * *

J'ai peur de faire couler le dinghy et son moteur si je tarde trop à rejoindre la berge. Je fonce vers elle en veillant à cibler une zone sableuse pour pouvoir y « beacher[134] » l'annexe. J'ai juste le temps de l'atteindre avant de sentir l'humidité atteindre mes fesses. Je saute à l'eau, relève dans un geste le moteur puis tracte l'annexe sur le sable. Je l'attache comme je peux au premier bosquet un peu étoffé que je vois et regarde en direction du voilier un peu plus loin... Voilà autre chose maintenant...

Je n'ai qu'une envie, c'est de crier « Pause » et d'arrêter le jeu ici, maintenant. Franchement, autant de malchance à la suite, ce n'est pas possible !

A la maison, j'aurais laissé Pat gérer ce type de problème. C'est lui le spécialiste du voilier, du dinghy, du moteur, de l'électricité... Moi mon rayon, c'est la comptabilité, les papiers, l'organisation, le rangement... Je suis hors de mon rayon de compétences, là.

Trop, c'est trop !!! C'est injuste, putain ! Injuste !!!!

Il ne faut pas pousser quand même !

---

[134] *Beacher : échouer en bon français.*

Il y a encore peu de temps, je savais à peine comment fonctionne un voilier. J'ai appris à naviguer seule et c'était déjà pas mal, je trouve. Hors de question de me la jouer à la Alain Bombard ou à la Bernard Moitessier, je n'ai pas les épaules pour…

Devant tant d'injustice, j'aimerais avoir un public pour entendre mes plaintes. Malheureusement autour de moi, rien à part des crustacés, des volatiles et sûrement quelques rats masqués par la végétation qui doivent bien ricaner. Il faut que j'arrive à faire face seule. Je pourrais recommencer à pleurer mais dans quelques temps, il fera nuit et là, cela sera encore plus difficile pour moi.

Réfléchis ! Première chose : ne pas laisser le moteur sur le tableau arrière sinon je ne vais pas pouvoir monter le dinghy plus haut sans aide. Je commence donc par dévisser les deux fixations qui l'y attachent et m'escrime ensuite à l'éloigner du rivage. Je trouve un joli cocotier dont le tronc me permettra de garder le moteur à l'équilibre contre lui. Vu son poids (35 kilos), il faudrait quand même une sacrée bonne bourrasque pour qu'il tombe. Je creuse tout de même un peu le sable tout autour de l'embase pour lui assurer une bonne stabilité. Je regarde ensuite l'annexe qui gît à mes pieds. Un boudin encore intact et l'autre à plat. Je la traîne un peu plus haut pour être certaine qu'avec la marée montante, elle ne sera pas submergée. J'imagine qu'il ne faut pas laisser entrer d'eau à l'intérieur du boudin si j'espère réussir à y coller une rustine. Je vide le dinghy de son contenu et je le renverse. Au niveau de quelques éraflures qui se voient facilement, je vois une plaie qui explique la crevaison. C'est fou qu'un si petit trou ait pu évacuer autant d'air en si peu de temps : beaucoup moins important que ce que j'imaginais. Cela ne devrait pas être plus compliqué que de poser une rustine sur un boudin d'aile de kite. Finalement la situation n'est peut-être pas si grave que cela…

J'attache l'embarcation par sécurité au premier arbuste aux racines bien profondes que je vois. Ne me reste plus qu'à marcher jusqu'au niveau du bateau avant de le rejoindre à la nage. Bonheur, bonheur…

Heureusement, ma rencontre avec une patate de corail s'est déroulée non loin de lui. J'arrive donc rapidement à son niveau. Une fois rentrée à bord, je profite de la lumière du jour pour fouiller les différents tiroirs et compartiments du voilier. Connaissant Pat, il a forcément un set de rustines quelque part. Je finis par trouver ce que je cherche dans un coffre sous la banquette bâbord : de la colle PVC et un morceau de plastique de la même matière que le dinghy. Je ne suis pas certaine que la colle PVC fonctionne sur de l'hypalon mais qu'est-ce que j'y connais moi hein ? J'ouvre le pot pour voir combien il en reste mais la colle est inutilisable : elle a séché…

L'agacement monte en moi. Je maudis Pat de stocker des choses à bord qui ne servent à rien quand on est déjà tellement à l'étroit dedans… Finalement, c'est mieux que le stress ou la peur. Cela signifie que je veux trouver une solution et me battre pour y arriver. Soudain, je pense aux deux produits miraculeux dont Pat parle tout le temps : le WD40 pour l'entretien de son moteur et de tout ce qui peut rouiller et le Sika pour coller tout genre de matière.

Oui, c'est ça ! Du Sika, ça devrait marcher !

Et ceux-là, il en a en quantité sur le bateau. Je finis de préparer mon matériel pour mon intervention de demain matin à la lueur de ma frontale. De l'alcool et un linge pour nettoyer la plaie du dinghy, la rustine et des ciseaux pour en ajuster la taille, un peu de papier de verre, un tube de Sika, un pistolet pour l'appliquer et enfin deux plaques de contreplaqué et des serre-joints.

Chapitre 38
RESTER DETERMINEE

Le lendemain matin après une nuit de sommeil somme toute pas si mauvaise vus les évènements des jours précédents, je mets à l'eau le kayak et emmène dans un sac étanche tout le matériel préparé avec soin la veille. J'ai l'impression de partir en mission : je dois réparer ce satané dinghy si je veux continuer mon exploration.

Heureusement, cette nuit, le temps est resté au beau fixe. Le caoutchouc est donc sec et il n'y a pas d'eau dans le boudin. Je commence à nettoyer les contours de la plaie avec l'alcool puis découpe une rustine un peu plus large que le trou qu'elle doit recouvrir. Je veille à poncer légèrement les deux surfaces à mettre en contact. Je suis à la lettre les gestes que j'ai vu Pat répéter à chaque nouvelle réparation d'un bord d'attaque ou d'une latte d'un de ses kites. J'espère que ce procédé fonctionnera pour l'hypalon du dinghy... En guise de colle PVC toutefois, je brandis mon Sika. J'en enduis à la fois un côté de la rustine et tout le contour du trou qu'elle doit boucher en veillant à étaler la pâte de manière uniforme puis je mets en contact les deux éléments. Je plaque ensuite les deux morceaux de bois au-dessus et au-dessous de la réparation et je sécurise le tout avec les serre-joints. Je n'ai plus qu'à attendre que le tout sèche pendant 24 heures. Je recule et regarde mon œuvre satisfaite. Décidément, je me trouve pleine de ressources insoupçonnées.

Moi qui, d'habitude, me reposait sur Pat, je réalise que je suis capable de bricoler un peu tout de même. On verra bien demain matin, lorsque je gonflerai le dinghy, si ma réparation tient, mais je pense que ce n'est pas mal du tout…

Très satisfaite de moi, je rejoins Eureka. La ligne de flottaison[135] pique vers l'avant. Comme si le poids était plus important à la proue qu'à la poupe.

> *Pourtant, je n'ai pas modifié l'arrangement de la cabine avant.*
>
> *Si ? Non ! Bizarre, tout de même.*
>
> *C'est une impression ou bien ?*

De retour dans le carré, j'observe le fatras qui occupe l'espace avant.

> *Franchement, je ne comprends pas.*

Prise d'une intuition, je commence à me frayer un chemin jusqu'à la trappe du coffre placée sous la couchette de la pointe avant, disparue sous un amoncellement d'objets et d'équipements. J'ouvre et jette un coup d'œil à l'intérieur. De l'eau ! Plusieurs litres d'eau salée ! Assez pour modifier l'équilibre du bateau. Pas de pompe électrique : j'y vais au seau, au bol puis au verre jusqu'à assécher le fond ou presque. 25 litres environ. Qui proviennent, je m'en rends compte rapidement, du passe-coque du sondeur. Le choc dans la passe a dû être assez violent pour

---

[135] *Ligne de flottaison : ligne séparant la partie immergée de la coque d'un navire de celle qui est émergée.*

faire bouger le joint. En tout cas, ça suinte de là. Aucun risque de couler dans la journée, il a fallu quelques jours pour avoir cette quantité d'eau mais je ne vais quand même pas passer mon temps à surveiller la fuite ? A défaut d'une meilleure idée, j'assèche la zone comme je peux, sors mon papier à poncer, griffe un peu la surface autour du joint, nettoie à l'acétone et finit par une bonne dose de Sika tout autour pour réduire voire stopper la fuite. J'en mets autour, dessus, je bourre les coins et les recoins jusqu'à vider le tube. J'en ai assez de ces problèmes ! Vivement que ça s'arrête ! Mais bizarrement, aujourd'hui, pas de drame : j'agis mécaniquement. Y a plus qu'à laisser sécher et voir si de l'eau réapparaît à cet endroit. Hors de question de déplacer le voilier pour le moment…

Je ne peux m'empêcher de penser que c'est dommage de retarder ma découverte des environs. Non que j'aie un planning à respecter, mais gâcher une journée complète… Avec cet alizé qui s'est levé dans la matinée, la meilleure solution qui me vient à l'esprit, c'est de kiter. Je serais d'ailleurs nettement plus rapide qu'à la voile pour remonter au vent en tirant des bords.

Je suis gonflée à bloc par mon idée et sors tout le matériel ainsi qu'une corde et un mousqueton. Je rejoins la plage en kayak en veillant à ne rien perdre en chemin et trouve un beau rocher d'une forme idéale pour attacher ma corde. Aile gonflée, lignes déroulées, je connecte le tout et enfile mon harnais. Pas de partenaire de jeu pour m'aider à décoller, j'utilise donc le mousqueton pour relier ma barre au rocher pour déployer mon aile en bord de fenêtre[136]. C'est parti !

Mon inspection du lagon commence. J'ai dans l'idée de le traverser dans sa largeur plutôt que de suivre la côte en faisant des petits bords. Je trouverai peut-être de l'autre côté ce que je cherche ? Le ciel est dégagé, le vent semble stable, il ne devrait pas me faire défaut. Le bateau est de plus en plus petit lorsque je jette un coup d'œil par-dessus mon épaule. Confiante, j'avance au sein du lagon. J'y rencontre parfois des colonnes de corail, quasiment à fleur d'eau, sorties du bleu le plus intense, je ne vois pas le fond. Obstacles traîtres en voilier, j'ai bien fait de partir en kite.

Soudain, je vois comme une ombre brunâtre passer sous un clapot. Alertés, mes sens restent aux aguets. Là, encore un autre, il me semble. Et là ! Le reflet du soleil dans l'eau profonde ? Un requin ? Soudainement, je réalise à quel point je suis loin de la côte. Si le vent baisse drastiquement, je ne serai pas en mesure de rejoindre le rivage à la nage, je ne le vois même plus d'ailleurs. Et à traîner trop longtemps les pieds dans l'eau, est-ce que cela ne va pas attirer les requins ? Ce ne sont pas eux qui déjà me suivent dans les profondeurs du lagon et qui créent ces reflets si particuliers ?

---

[136] *Bord de fenêtre : l'aile de kite est placée à 90° par rapport à la direction du vent, angle maximum auquel l'aile peut prendre le vent et voler.*

J'ai besoin d'évacuer la trouille qui s'est emparée de moi. J'essaie de me raisonner. Au fond de moi, je me doute bien que ce ne sont pas des squales que je vois ainsi près de moi. Cela ne peut être que de simples reflets liés à la lumière, hein ? Et si ce n'est pas ça, ici, ce ne sont pas de grands blancs[137] susceptibles de foncer sur le premier humain barbotant dans le coin ! Non, ce sont essentiellement des gris et des pointes noires, plus intéressés par du poisson blessé ou mort que par un poisson frétillant et encore moins intéressés par un bipède pataugeant même des heures dans l'eau. Encore que, de nuit, je ne sais pas...

Quoiqu'il en soit, je ne me sens pas d'attaque pour continuer. Je fais demi-tour la queue entre les jambes pour rejoindre le bateau en milieu d'après-midi. J'ai bien fait d'ailleurs de revenir plus tôt que prévu car des nuages s'amoncellent à l'horizon. Et la pluie commence bientôt à tomber. Elle tombe d'ailleurs une bonne partie de la nuit. D'un côté, je suis heureuse de pouvoir récupérer un peu de pluie pour compléter mes réservoirs d'eau, de l'autre, déçue pour mon patch sikaté que je n'ai pas protégé des intempéries. Pas sûre que l'humidité lui fasse du bien...

---

[137] *Grand blanc : requin célèbre pour sa réputation de mangeur d'hommes (fausse heureusement) surtout liée au fameux film « Les Dents de la mer ».*

Chapitre 39
AVIS DE RECHERCHE

....

Une maison perdue au fin fond du Calvados - Le téléphone sonne au milieu de la nuit. Bourrue, une voix masculine se fait entendre :

- C'est quoi ce bordel ! Quel est le con qui appelle à cette heure-ci ?...

A tâtons, une main décroche le combiné d'un geste agacé :

- Allo, bonjour Monsieur, ici la brigade nautique de Papeete. Vous êtes bien le père de Rébecca Meynard ?
- Oui ?

Assis, droit comme un i dans son lit, il allume d'une main fébrile sa lampe de chevet éclairant son visage figé dans une expression de surprise. Encore allongée, sa femme, lève vers lui des yeux interrogatifs.

- Monsieur, un avis de recherche a été lancé pour votre fille. On est sans nouvelles d'elle depuis 48 heures.
- Comment ça ?
- Elle a quitté l'île de Toau à bord d'un voilier il y a deux jours et n'a jamais atteint sa destination.

- Mais… mais, ils sont deux sur le voilier d'après ce que j'ai compris, non ? C'est le voilier de son ami, voyons !

- D'après nos informations, elle était seule pour ce voyage. Nous n'avons pas encore pu contacter son compagnon. Savez-vous comment le joindre ?

- Euh… et bien non… Il s'appelle Patrick mais Patrick comment… Elle a dû me le dire, mais j'ai oublié… Nous n'avons pas encore eu l'occasion de le rencontrer. Ils sont tellement loin tous les deux…

- Ok, ok. Auriez-vous des détails à nous donner sur le voilier ?

Navigateur à ses heures perdus, il n'a aucune idée du nom de famille de Patrick, par contre il connait les caractéristiques du bateau :

- C'est un monocoque de 8,50 mètres, type Laurin Koster, quille longue, coque bleue. Je ne suis pas sûr qu'il batte pavillon français.

- Merci, ça va nous aider à lancer des recherches plus précises. Si vous avez des nouvelles, prévenez-nous Monsieur s'il vous plaît. Voici le numéro à contacter.

Il note les informations de son correspondant, raccroche et se tourne vers sa femme dont le regard est maintenant angoissé :

- C'est Rébecca…

Chapitre 40

REMISE EN CONFIANCE

Le lendemain matin, je sirote mon café en attendant de voir si les nuages se disperseront. Mon énorme joint au Sika autour du sondeur semble jouer son rôle. Quelques gouttes ont perlé mais pas de quoi écoper[138]. Tant mieux.

Je repense à mon expérience d'hier. J'ai ressenti comme une crise de panique au milieu du lagon. Je m'en veux de ces réactions incontrôlées, c'est insupportable de réaliser que je ne suis pas sans failles et sans peur comme j'aimerais l'être. C'est important pour mon amour-propre de me reprendre en main et d'arriver à dépasser cette trouille stupide. Si le large me fait peur, je n'ai qu'à rester à proximité du rivage. Je veux retenter l'expérience histoire de ne pas rester sur une défaite. De toute manière, avec l'humidité de la nuit précédente, je préfère laisser un peu plus de temps à ma rustine pour qu'elle adhère correctement.

Comme à l'écoute de mes réflexions, les nuages finissent par se disperser et le même vent qu'hier s'installe. Cette fois-ci, j'enchaîne les bords pour longer la côte et l'observer. Je recherche des traces de vie. Un bateau, une embarcation de

---

[138] *Ecoper : vider l'eau qui s'accumule au fond d'une embarcation à l'aide d'une écope (ou d'un cul de bouteille vide par exemple).*

pêche, un abri fabriqué par l'homme… Et je ne vois rien… Absolument rien. Par contre, je me sens à l'aise à surfer ainsi au-dessus de l'eau. Mon appréhension d'hier n'a pas refait surface et tant mieux. Je continue à voir des reflets mais cette fois-ci, j'arrive à les identifier précisément. Une ombre verte : un perroquet surpris par mon arrivée, une ombre grisâtre : un requin, sûrement un « pointe noire », dérangé dans sa course tranquille. J'apprécie cette longue balade. Je prends le temps de regarder la berge bien sûr mais pas seulement. J'admire les différentes teintes de bleu qu'offre le paysage à mes yeux. Le bleu transparent près du bord qui se fonce de plus en plus avec la profondeur de l'eau. Le bleu-vert autour des massifs de coraux affleurant à la surface de l'eau. Le bleu clair au milieu du bleu sombre signalant la présence de patates proches de la surface…

Certes, j'avance moins rapidement qu'avec l'annexe et son moteur mais ainsi je ne consomme pas d'essence et j'avance certainement plus vite qu'en voilier. C'est un bon compromis finalement tant que le vent dure et je trouve ça bien plus agréable que le dinghy.

Au bout de plusieurs heures, j'atteins les motus les plus à l'est de l'atoll. Cet endroit est parfait pour me protéger du clapot qui m'ennuie tout de même sur mon mouillage actuel. Dommage que ce soit si éloigné des trois passes sans quoi, j'aurais fait le déplacement avec Eureka sans craindre de rater l'arrivée d'un vaisseau quelconque. C'est également idéal pour le kite, d'ailleurs. Le vent est on-shore et autorise de longs bords en suivant la grève de corail dans une eau peu profonde quasiment

sans obstacles. Plan d'eau plat : un magnifique spot de kitesurf !
J'en oublie un instant ma mission pour prendre un peu de plaisir
à enchaîner quelques sauts. J'ai l'impression d'évoluer sur une
patinoire nouvellement damée. Ça glisse tout seul !

Je m'arrête un instant sur le bord pour me reposer, l'aile posée
en bord de fenêtre. C'est déjà le milieu de l'après-midi et je n'ai
toujours rien vu d'intéressant. Aucun voilier. Aucun bâtiment.
Rien d'extraordinaire, juste l'usuel paysage des motus
environnants. Il vaut mieux repartir au bateau avant que le vent
ne faiblisse.

Cette journée a été un succès. J'ai mené à bien l'objectif que je
m'étais fixé et me sens plus en confiance. Cette idée d'utiliser un
kite plutôt que l'annexe est excellente : j'économise ainsi
l'essence au cas où j'aurais besoin de rejoindre rapidement au
large un voilier qui passerait... car avec la vitesse de pointe que
peut atteindre Eureka, cela risquerait d'être une autre paire de
manches...

C'est décidé ! Demain, si ma réparation tient le coup, je rapatrie
l'annexe au bateau en remorque prête à servir au cas où. Et je
continue à utiliser tant que possible mon kite. Je m'endors un
sourire aux lèvres, soulagée de voir les idées se mettre
doucement en place dans mon esprit.

Le lendemain, je fonce en kayak voir ce que donne ma rustine.
M'approchant du boudin percé, j'observe le résultat de mon
travail. Pas mal du tout pour une première ! Le Sika semble
sceller parfaitement mon patch avec le reste. Je n'ai plus qu'à

tester maintenant ! Je retourne le dinghy coque rigide vers le bas et gonfle le boudin défectueux avec la pompe que j'ai pris soin d'emmener. Ensuite, c'est le test. Je mets l'annexe à l'eau, l'observe quelques minutes, tâte le boudin défectueux, tout semble ok : pas de bulles montrant de l'air s'en s'échapper. Par acquis de conscience, je l'enjambe comme un cheval et saute dessus comme si je voulais écraser une bestiole avec mes fesses : pas de perte de pression, ma réparation semble tenir !

Je remets donc tout le bordel habituel à l'intérieur : la nourrice d'essence, les rames, l'ancre et sa chaîne et j'y fixe le moteur qui m'attendait sagement sous son cocotier, une noix de coco près de lui. Levant la tête, je réalise qu'il y en a tout un lot juste au-dessus de la tête du moteur ! J'ai été chanceuse que celle qui est tombée ait raté sa cible !

> *Toujours regarder les cocotiers avant de passer dessous, Becca !!! Idem si tu veux déposer quelque chose de fragile à leur pied...*

Il démarre au quart de tour, sûrement heureux d'être de nouveau les pieds dans l'eau ! Le kayak en remorque, je retourne au bateau. Le dinghy paraît toujours parfaitement gonflé, néanmoins, je n'ai pas envie de le quitter trop longtemps des yeux, histoire d'être vraiment sûre que ma réparation tienne. Je préfère donc renoncer à ma balade du jour pour rester dans les environs. Si ce soir, j'ai toujours la même pression dans les boudins, je me sentirais plus sereine à l'idée de m'éloigner plusieurs heures.

Deux jours que je n'ai pas mangé de poisson donc ce sera chasse sous-marine au programme ! Comme la dernière fois, je me mets à l'eau en tirant le kayak et son seau derrière moi, à proximité du bateau et de l'annexe. Je barbote quelques temps prenant mon temps pour choisir mon prochain repas. Soudain, je vois une belle carangue se profiler à l'horizon. Je n'ai encore jamais réussi à en tirer une. C'était toujours Pat le « flingueur de carangues ». Elles sont vives mais curieuses : il leur arrive fréquemment de se précipiter sur un intrus avant de s'en éloigner rapidement.

Justement, la mienne s'approche de moi tout en respectant une distance raisonnable. C'est une carangue d'or à la robe argentée sur laquelle on distingue de pâles rayures verticales jaunes. Sa chair est délicieuse, je le sais. J'en ai déjà l'eau à la bouche. Je plonge donc doucement dans sa direction en veillant à ne pas la regarder en face et à ne pas faire trop de bulles en me déplaçant. Elle nage toujours tranquillement à proximité. J'allonge le bras et je tire, pleine d'espoir. Touchée ! Incroyable !

Je n'y croyais qu'à moitié, en vérité. De surprise, j'en avale de l'eau à travers mon tuba. Essayant de ne pas m'étouffer, j'essaie de tirer rapidement sur le fil pour remonter ma proie qui ne cesse de nager en cercles désordonnés. Je m'excite sur le fil. Une carangue blessée qui se débat au bout d'une flèche, il n'y a rien de mieux pour attirer les requins, je le sais. Justement, la mienne pousse de petits cris parfaitement audibles pour un squale à l'appétit aiguisé. Je réussis enfin à saisir la flèche et à brandir mon bras au-dessus de l'eau. Je palme ensuite, à la limite de l'essoufflement, jusqu'au kayak dans lequel je balance ma flèche et mon butin laissant mon harpon traîner dans l'eau. Je m'écarte rapidement. La carangue tape contre les parois du kayak sans pouvoir s'en échapper. Attirés par notre combat initial et ses bruits, plusieurs requins, agacés, virevoltent autour de lui.

Barbotant à distance, je les observe à travers mon masque tout en tentant de reprendre une respiration normale. Pourvu que ma proie n'arrive pas à sauter à l'eau ! Encore traversée par la flèche du harpon, je risquerais de perdre l'ensemble si un requin décidait de s'éloigner pour dévorer mon poisson ou, tout au moins, de récupérer une flèche tordue par la mâchoire de mon voleur. Heureusement, après plusieurs minutes de combat, le poisson finit par se faire silencieux. Les requins se calment et finissent par se disperser. Il n'y a plus qu'à découper les filets tranquillement sur la plage !

En fin d'après-midi, après une bonne sieste digestive, je contrôle la tension dans les boudins du dinghy. Pas de mauvaise surprise, le patch tient. J'ai donc le dinghy à ma disposition au cas où j'apercevrais quelque chose passer au large. J'en profite pour refaire un mélange huile-essence pour le plein de la nourrice. Finalement, pas tant de réserve d'essence que cela : c'est que ça consomme un 15 chevaux ! Et la prochaine station-service est hors de portée…

Chapitre 41
DANGEREUSE INTERACTION

J'ai chaud ce matin. Pas un souffle d'air. Un petit plongeon depuis le pont du bateau devrait me rafraîchir. Juste un saut rapide et je remonte à bord !

Je scrute le fond un instant avant de m'élancer. Pas un plongeon de pro, non, juste un saut basique, les pieds en avant, une main bouchant mon nez pour éviter les remontées intempestives d'eau dans les narines, très désagréables à mon goût et qui m'ont toujours donnée l'impression de me faire faire un lavement à haute pression.

Le bain frais me fait un bien fou ! Mais avant même de remonter à la surface, je ressens une brûlure au niveau de l'avant-bras. J'ai envie de crier mais je ne peux pas tant que je suis sous l'eau. Je tente de ne pas paniquer, le temps d'atteindre la surface. Sitôt la tête hors de l'eau, je lève mon bras en l'air pour voir ce qui se passe. Rejetant en arrière les cheveux qui masquent ma vue, je réalise que c'est une méduse qui m'a piquée. J'ai dû sauter tout près d'elle, sans la voir. On voit encore des morceaux de filaments.

Frénétiquement, je nage vers l'arrière du bateau pour m'y hisser, en veillant à ne pas rentrer une nouvelle fois en collision avec mon agresseur. Je veux me débarrasser de ce qu'elle a laissé sur ma peau mais je n'ose pas le faire sans protection, de peur de propager la blessure.

Malgré la douleur, tant bien que mal, je remonte à bord. Un chiffon ? Non, sûrement pas, je ne ferais que tout étaler... Une pince à épiler ! Où est-elle... Impossible de mettre la main dessus. Et j'ai si mal... Les objets les plus accessibles et les plus ressemblants sont les diverses pinces contenues dans la trousse à outils du bord. Tant pis, ça devra faire l'affaire. Je commence à nettoyer la surface de mon avant-bras. Heureusement, c'est le droit qui a été touché et je suis gauchère.

Elle aura au moins bien choisi son côté... La garce !

En même temps, je réfléchis à la suite des opérations. Ma peau vire au rouge là où elle a été touchée. Qu'est-ce qui pourrait me soulager ? Y a pas cette histoire de faire pipi sur une piqûre de méduse ? Ou alors c'est pour les oursins ? Méduse, oursin ? Bah, de toute manière, personne ne le saura. Si ça peut me faire du bien. Quoiqu'il arrive, seul mon amour-propre aura à en souffrir...

Une fois l'opération « pinces » terminée, celle de « se faire pipi dessus » prend la relève. Ok... Fait... Maintenant, euh... je dois rincer ? Si je rince, c'est comme si je n'avais rien fait, non ? Je décide donc de laisser sécher un peu... Peut-être, est-ce l'idée d'avoir dû me pisser sur le bras qui semble amoindrir la douleur, qui sait ?

Un quart d'heure après, la douleur n'a pas disparu. Je plonge mon avant-bras dans un seau d'eau de mer, espérant ainsi me soulager tout en me débarrassant ce qui reste de mon « remède maison ». Après plusieurs bains consécutifs, ça s'empire ! Ma peau est enflée et de petits boutons rouges apparaissent à l'endroit de la blessure. En désespoir de cause, j'enveloppe mon bras dans un linge imbibé d'eau douce et pars m'allonger. J'espère ne pas faire de réaction allergique…

* * * * * * * * * *

Pat est allongé sur son lit dans un doux état d'endormissement lorsqu'un bip discret se fait entendre.

Sûrement un message reçu par mon téléphone…

Revenant d'une belle plongée dans une des passes de Rangiroa avec plusieurs membres de l'équipage de Pangaroa, le yacht sur lequel il travaille, il n'a aucune envie de se lever pour aller voir ce que c'est. En son for intérieur, il maudit la personne qui vient de lui envoyer ce sms perturbateur. Soudain, un éclair lui traverse le cerveau et il bondit hors de son lit : c'est sans doute Rébecca.

Déjà plusieurs jours sans nouvelles… La dernière fois qu'ils se sont parlés, c'était pour s'embrouiller. Depuis qu'il a accepté ce job, elle se sent trop mise de côté. Pat, lui, ne voit aucun mal à cela : après tout, c'est juste pour un temps déterminé et il est suffisamment bien payé pour accepter de se rendre disponible dès que le propriétaire du yacht le souhaite. Il ne comprend absolument pas l'attitude de sa moitié.

Elle aurait fait la même chose à ma place, c'est certain et moi, je ne lui aurais pas fait la gueule. J'aurais compris, j'aurais été heureux pour elle. Quelle soupe au lait, celle-là…

Bref, depuis son départ de Fakarava, pas un contact malgré plusieurs tentatives de sa part. Elle faisait sa tête de cochon, c'est sûr… Si elle reprend contact aujourd'hui, ce n'est sans doute pas le moment de tarder à lui répondre. Il la connaît : elle risque de mal le prendre encore une fois et va continuer à faire la gueule. Il se met donc à la recherche de son téléphone portable.

Il a bien un message, oui, mais pas de Becca. Non, c'est Fakarava Yacht Services qui vient d'envoyer un sms, le même qu'à tous ces contacts. C'est un avis de recherche :

> « Bjr, ici faka yacht services. On recherche des nouvelles de Rébecca qui navigue sur un bateau bleu d'environ 9 mètres appelé Eureka. Elle est seule à bord. Elle devait atteindre Makemo il y a plusieurs jours et on n'a toujours aucune nouvelle. Merci. Yoann ».

Pat sent son coeur bondir dans sa cage thoracique. C'est de Becca, sa Becca dont il s'agit ! Et de son bateau aussi. Il se sent subitement coupable de ne pas avoir plus insisté pour la joindre. Lui qui pensait qu'elle faisait juste la gueule. Il a merdé là… Il tente de suite de la rappeler, sans succès : l'opérateur l'informe que son correspondant n'est pas disponible.

Qu'est-ce qui se passe ?

Où est-elle ?

Plusieurs scénarios possibles se bousculent dans son esprit. A cette époque de l'année, on peut croiser des baleines sur la route. Aurait-elle eu l'incroyable malchance d'en heurter une ? Le bateau a coulé ? Il repense au dinghy renversé au-dessus du radeau de survie pour une question de place à bord en navigation : plusieurs liens à couper au couteau, une coque d'une quarantaine de kilos à basculer sur le côté pour enfin accéder au radeau qui pèse lui-même le poids d'un âne mort. Est-ce qu'elle a eu besoin de s'en servir ? C'est vrai qu'il n'a pas pris le temps de parler avec elle de cette possibilité. Jamais il n'aurait imaginé qu'elle en aurait besoin... Ou alors, est-elle échouée quelque part sur un récif ? Elle a la VHF pourtant, il en aurait entendu parler. Et puis un bateau sur le récif, ça se repère quand même. Il y a toujours un pêcheur qui traîne dans le coin... Ou alors, aurait-elle démâté, dérivé et que personne n'entende ses appels à la VHF ?

Il ne se sent pas bien. Il s'inquiète pour elle, ainsi que pour son bateau. Il ressasse toutes les histoires qu'on lui a déjà contées... Celle du pêcheur qui a dérivé pendant des mois car son moteur était tombé en panne... Ou celle d'un skipper tombé à l'eau et dont le bateau avait été retrouvé plusieurs semaines après, vide... Il doit agir ! Si elle est vraiment en danger quelque part, il faut qu'il la retrouve, et si ce n'est pas le cas, et bien, elle risque de l'entendre pendant un bout de temps ! Tant pis, aussi rémunératrice qu'elle soit, sa mission doit s'arrêter ici. Il veut débarquer le plus vite possible et trouver un bateau qui l'aidera à faire ses propres recherches.

* * * * * * * * *

La peau de mon bras, gonflée comme une baudruche sur le point d'exploser, me fait terriblement souffrir. Ça démange tellement que j'ai commencé à me gratter jusqu'au sang. Pour peu, je la percerai au cutter pour en soulager la pression, mais je sais que cela ne servirait à rien. Pas de remède miracle dans la petite trousse à pharmacie du bord. Antiseptique, doliprane, pansements… Bref, pas grand-chose. Je n'ai qu'à espérer que cela passera au bout de quelques heures. Je transpire. Le stress ou la fièvre ?

Chapitre 42
PENDANT CE TEMPS-LA

....

Pat monte à l'étage du yacht réservé à la famille du propriétaire et toque à la porte du salon. Susanna, la maîtresse de maison, vient lui ouvrir, souriante. A voir sa mine déconfite, son sourire disparaît rapidement laissant place à une interrogation muette. Vite, il la met au courant. Elle l'invite à entrer et répète à John, son mari, ce qu'il vient de dire. Aussitôt, celui-ci propose d'utiliser son navire pour les recherches. Il comprend et partage l'inquiétude de Pat.

Il a lui-même perdu un être cher, l'année dernière : le navigateur Laurent Bourgnon. Tous deux partageaient une passion commune, la plongée sous-marine. Ce dernier, connu pour ses exploits dans le domaine de la course au large, avait embarqué depuis plusieurs années à bord d'un 70 Sunreef Power appelé Jumbo, un yacht à moteur fait sur mesure pour le voyage autour du monde. En Polynésie, il accueillait régulièrement des plongeurs en croisière privée pour leur faire découvrir les meilleurs spots de plongée du monde et c'est au cours d'une plongée à Toau qu'il a disparu, le 24 juin 2015. Le groupe de croisiéristes était parti de son côté avec un moniteur quand lui avait préféré plonger seul, comme il le faisait souvent. Il n'est jamais remonté. C'était pourtant un plongeur aguerri. Le JRCC de Polynésie avait lancé des recherches Son frère Yves, tout juste de retour de son tour du monde sur un catamaran de sport de 6,30 mètres, avait sauté dans le premier avion pour tenter de le retrouver. Peine perdue. Au bout d'une semaine, les recherches furent arrêtées, aucun être humain, même exceptionnel, ne pouvant survivre dans l'eau si longtemps. Personne ne sut jamais ce qu'il était devenu. John, aux États-Unis pour ses affaires à l'époque, n'avait pas pu participer aux secours même s'il en mourait d'envie. Cette fois-ci, s'il peut donner un coup de main, il ne passera pas à côté...

D'abord, d'où Rébecca est-elle partie ? Pat est sans nouvelles d'elle depuis qu'ils ont quitté Fakarava.

- Tu as appelé Fakarava Yacht Services ?

- Non, pas encore.

- Ok, appelle tout de suite.

Pat s'exécute. Yoann l'informe que le JRCC a déjà envoyé un avion de surveillance maritime Guardian [139] de la Marine Nationale sur la zone qui n'a relevé aucune trace de navire en difficulté malgré plusieurs survols à basse altitude. Un message SafetyNET[140] a également été émis avertissant tous les navires

---

[139] Guardian : avion biréacteur de Dassault. Actuellement, 5 sont encore en service (depuis 1984) au sein de la Flottille 25F. Ils sont officiellement stationnés sur la Base Aérienne 190 de Faa'a sur l'île de Tahiti.

[140] SafetyNET : les navires possédant un récepteur SafetyNET reçoivent automatiquement les messages en anglais d'appel de Détresse, d'Urgence, de Sécurité maritime, d'Avertissements de Navigation et Météo. Le système Safety NET repose sur les satellites Inmarsat (International Maritime Satellite

croisant dans les parages d'effectuer une veille attentive. Mais malgré tous les moyens mis en œuvre, aucune nouvelle depuis que Rébecca a quitté Toau où elle a passé quelques jours.

Pat répète à John ce qu'il vient d'entendre. Ce dernier sent son cœur se serrer. Toau… Pourvu que l'histoire ne se répète pas. Instinctivement, il se redresse et aboie :

> - Nous partons immédiatement pour Toau. Elle a peut-être parlé à quelqu'un avant de partir.

L'équipage est rapidement informé de ce qui se passe. Tous se veulent rassurants. Rébecca a peut-être changé d'avis pour Makemo et s'est arrêtée ailleurs sans penser que quelqu'un s'inquiéterait. Peut-être a-t-elle fait tomber son téléphone à l'eau, cela arrive à tous les skippers… Le yacht quitte Rangiroa au plus vite. Pat est heureux de pouvoir compter sur l'aide de tout le monde. Malgré tout, il a tout le cœur serré : les prochaines heures vont être longues.

Pangaroa lance un appel à la VHF sur le canal 16, le canal réservé aux appels de détresse et sur lequel tous les bateaux sont censés être en veille. Ce message, en anglais et en français, décrivant Eureka est ainsi régulièrement transmis par ce biais, à tous ceux qui sont à portée d'ondes. Il est demandé à quiconque ayant une information de contacter l'équipage immédiatement.

Organisation) géostationnaires + les relais de diffusion + les stations côtières.

La journée s'écoule lentement. Tous les bateaux à proximité de l'antenne VHF sont interpellés, sans succès. Le numéro de téléphone satellite du yacht est distribué à un nombre croissant de personnes au cas où une information importante serait collectée.

Toau ne sera atteint que tôt le lendemain matin. En attendant, Pat réfléchit avec l'aide d'Adam, le capitaine du yacht, et de Ted, son second, au meilleur schéma de recherche possible. Ils savent que Rébecca est partie par vent du nord et que depuis, le régime d'alizés d'Est/Nord-Est s'est réinstallé. Donc, si elle a dérivé, elle a pu atteindre Fakarava, Faaite, Tahanea, Motu Tunga, Tepoto, Tuanake ou encore Hiti, tous les atolls situés sous la route qu'elle suivait en direction de Makemo.

Ils dessinent sur une carte la trajectoire qu'elle aurait dû prendre. Décision est prise de faire faire au yacht de larges sinusoïdes entre cette route théorique et les différents atolls situés tout autour. A chaque fois qu'un nouvel atoll se présentera, le bateau de pêche stocké sur le pont du yacht sera mis à l'eau afin d'aller rapidement à terre pour interroger les locaux et observer la couronne corallienne de près en la longeant à la recherche d'éventuelles traces de naufrage. Chercher un voilier au cœur de l'archipel des Tuamotu, c'est comme chercher une aiguille dans une botte de foin. Tout le monde espère donc que la chance sera de leur côté…

Pendant ce temps-là, le JRCC continue d'émettre régulièrement le message. Les aéroports ont également été mis dans la boucle. Tout avion de ligne d'Air Tahiti, la compagnie aérienne locale, survolant la zone, porte une attention toute particulière à la zone survolée. Malheureusement, les vols concernés ne sont pas fréquents et il paraît peu probable qu'ils arrivent à identifier Eureka depuis le ciel, à moins qu'ils ne voient une épave échouée sur un récif ou encore un signal de détresse.

C'est donc une véritable chaîne de solidarité qui s'est mise en place. Ici, loin de tout, tout le monde met bénévolement la main à la pâte : plaisanciers, excursionnistes, pêcheurs, cargos. Le message est relayé de manière exponentielle maintenant. Dans tous les mouillages, dans tous les endroits fréquentés par les navigateurs, tous sont au courant ou presque.

Après une courte nuit de sommeil, l'équipage du Pangaroa atteint Toau. Sitôt l'ancre jetée, l'annexe principale est mise à l'eau. Ted et Pat se précipitent à terre espérant collecter quelques informations utiles. Heureusement pour eux, les polynésiens se lèvent tôt, très tôt même. A 5h30, le couple qui tient la pension est déjà au café-pain-beurre, le petit déjeuner traditionnel. Ils regardent d'un œil surpris ces deux étrangers qui débarquent, essoufflés, sur leur île.

- Iaaaa, du calme. Que se passe-t-il ?
- Bonjour, désolé de vous déranger. On recherche des infos sur une fille qui est passée par ici avec mon bateau. Petit bateau. Coque bleue. On a plus de nouvelles d'elle depuis plusieurs jours. Vous l'avez vue ?

- Rébecca, c'est ça ? Oui, elle a passé quelques jours ici. Il y a une semaine environ. Sa copine a téléphoné ici. Elle n'est toujours pas arrivée ?

- Non...

- Chérie, va chercher Tam s'il te plaît.

Pat et Ted voient arriver un grand gaillard, tatoué, aux cheveux longs, arborant seulement un bermuda de marque qui met en valeur son corps musclé. Pat ne peut s'empêcher de penser à une certaine conversation, un jour avec Rébecca, dans laquelle elle lui avouait toujours avoir eu un faible pour les demis dans son genre. Sans vraiment réaliser pourquoi, il se prend à jeter un coup d'œil à son propre short, neuf, bien à sa taille celui-ci, non pas comme ceux, tous pourris, qu'il porte généralement sur Eureka, des dons de stagiaires, toujours trop grands pour lui, qu'il porte avec une vieille corde en guise de ceinture quand il ne les roule pas sur eux-mêmes pour les faire tenir. Il sait que son côté rapiat la met hors d'elle parfois. Mais pourquoi acheter une fringue quand on peut en récupérer gratuitement ? Pour la mission yacht, toutefois, il s'était décidé à investir raisonnablement, son changement de garde-robe aurait plus à Becca, il en est sûr.

- Tam, ces messieurs sont à la recherche de Rébecca...

Tamatoa leur explique alors tout ce qu'il sait. Malheureusement pas grand-chose. Oui, elle est bien partie d'ici il y a une semaine et comptait se rendre directement à Makemo. Depuis, pas de nouvelles, à part sa copine qui a téléphoné. Espérant obtenir quelques informations, il a passé le message à tous les voiliers qui se sont arrêtés ici depuis mais sans succès. Une nana très sympa.

- Vous êtes des amis ?

- C'est ma petite amie.

- Ah, c'est toi son mari ?

- On n'est pas marié, c'est ma petite amie.

- T'en as de la chance, tu sais ? Tu ne devrais pas la laisser voyager toute seule, trop longtemps. On pourrait te la piquer…

Instantanément, Pat ne peut s'empêcher de ressentir un pincement de jalousie. De quoi se mêle-t-il ce gars… comme s'il la connaissait mieux que lui, non mais ?

De retour sur Pangaroa, John et Adam ont quadrillé la carte pour délimiter les différentes zones de recherches envisagées. Au fur et à mesure que le yacht avancera et que des informations seront collectées, celles-ci y seront annotées.

Prochaine étape : Fakarava à 15 milles nautiques de Toau. Longer l'île en faisant des bords rectangulaires entre les atolls plus au nord et la côte pour couvrir un maximum d'espace tant que le jour le permet. Deux membres d'équipage, régulièrement relayés, assureront une vigie permanente. Stop au sud de l'île pour la nuit. Reprise des recherches au petit matin.

Yoann de Fakarava Yacht Services est prévenu du début des recherches en pleine mer. Lui, de son côté, a passé le message à tous les plaisanciers côté lagon qu'il a rencontrés. Il s'est également assuré que tous les mouillages intérieurs en sont informés. Une chose est sûre, Rébecca n'est pas passée par ici. Elle ne peut être qu'en pleine mer ou sur un autre atoll.

Chapitre 43
INTROSPECTION

Le lendemain de ma rencontre avec la méduse, je vais mieux. J'ai passé la veille dans un état semi-comateux. Les phases de sommeil étant les seuls moments où mon bras acceptait de se faire oublier. Près de 24 heures après l'incident, il a recouvré un volume normal. Par contre, les boutons, eux, sont toujours présents mais la douleur est largement supportable aujourd'hui.

Tant mieux car, n'ayant rien mangé depuis la piqûre, je crève de faim. En guise de petit déjeuner, je me prépare donc une bonne plâtrée de riz histoire de me caler en attendant d'avoir le courage de remettre un pied dans l'eau. Il va bien le falloir si je veux garder le moral en mangeant autre chose que du riz. Ces foutues boîtes de corned-beef me font de l'œil... mais, vraiment en dernier recours !!!

Un peu plus tard, j'observe l'eau depuis le pont du bateau d'un regard soupçonneux. Nulle envie de retenter la même expérience qu'hier. Loin de là. Même si je ne vois rien, je n'arrive pas à me motiver à mettre un pied dans l'eau sans protection. Il me faut une armure anti-méduses !

Je retourne à l'intérieur, sors combinaison, chaussettes, masque, palmes et gants. Promis, aucun bout de peau ne dépassera cette fois-ci ! J'aurais eu une cagoule sous la main, je l'aurais mise, mais je n'en ai pas. Tant pis, je ferai attention à ne pas foncer tête la première dans des tentacules ennemis. Le plus dur est de glisser la manche de la combinaison sur mon bras douloureux. Je serre les dents un instant et finis de m'équiper.

Je saute dans le dinghy attaché à l'arrière du bateau. J'aurai toujours à sauter de moins haut pour aller pêcher autour de la coque. Je n'ai pas suffisamment la forme pour m'éloigner à perpet'.

Précautionneusement, armée de mon harpon, je me glisse dans l'eau en jetant un regard méfiant autour de moi. Pas de méduses. Juste de jolis poissons qui ne se méfient pas de moi. Je nage un peu, prenant de plus en plus confiance en moi. Après tout, depuis que je suis dans les Tuamotu, je n'ai vu qu'une seule méduse ! Enfin « vu », je n'ai « sauté » que sur une seule d'entre elles !

Peu farouche, un beau perroquet attire vite mon attention. Il est pour moi ! Ma flèche rate la tête pour venir se ficher dans son ventre.

Se tortillant autour de l'ardillon, trois requins venus de nulle part surgissent autour de lui. J'avais pourtant regardé autour de moi : ils devaient être dans mon dos… Durant quelques secondes de stupeur, nous nous regardons tous : moi, eux, notre proie. La scène semble comme figée, suspendue, avant qu'ils ne se jettent tous à l'unisson sur mon malheureux prisonnier.

De surprise et de peur également, je dois avouer, je préfère leur offrir mon festin plutôt que de tenter de le ramener à moi.

Lâchant tout, je m'écarte rapidement en essayant de ne pas les perdre de vue. Dès que j'atteins le dinghy, je saute à l'intérieur. L'eau bouillonne et soudain le fusil, qui flottait encore à la surface, sonde en profondeur.

Ahhhhh non… Ils ne vont quand même pas me l'embarquer !!!

Après plusieurs minutes de patience, le dernier bouillonnement ayant disparu, je refais timidement un plouf dans l'eau. Toujours pas de méduse. Les requins ont tous disparu. Mon perroquet aussi bien évidemment. Et mon fusil traîne un peu plus loin, entre deux eaux, la flèche totalement tordue. J'ai eu de la chance finalement ! Il est complet et j'en suis quitte pour une belle frayeur. Toutefois, c'est décidé, ce sera corned-beef ces prochains jours !

De retour à bord, je retire doucement ma combinaison pour éviter de faire souffrir mon bras blessé. De ma rencontre inattendue avec ces requins, j'en tremble encore ! Ces squales sont bien meilleurs que moi au jeu de cache-cache, d'où, quand on peut, l'importance de chasser à plusieurs. Pour le moment, je n'ai qu'à prendre mon mal en patience. Quelqu'un finira bien par débarquer dans les parages, nom de Dieu !

La bouteille d'huile de coco est encore presque pleine. J'en verse quelques gouttes sur ma peau cloquée, espérant que ça aidera à la guérison. De toute manière, je n'ai rien d'autre sous la main. Instantanément, s'en dégage un parfum qui me fait penser à Tamatoa, abandonné à Toau. Sympa ce gars, franchement. Un style différent de celui de Pat, mais très attirant également.

Allongée un instant sur la banquette, je laisse mes pensées divaguer. Sans contact avec la civilisation depuis déjà une semaine. Je le sais, car j'annote consciencieusement mon journal de bord. Mon aventure me fait penser au rôle de Tom Hanks dans le film « Seul au monde ». Je devrais peut-être me trouver mon Wilson ? Sans ballon de volley sous la main, une noix de coco devrait faire l'affaire, non ? Amusée par l'idée, je décide d'aller plus tard à terre me trouver mon compagnon d'infortune idéal. Comment l'appeler déjà ? Fille ou garçon ?

> *Garçon, je préfère. Je m'entends mieux avec les mecs.*
>
> *Wilson, c'est déjà pris. Vendredi aussi. C'est téléphoné... Coco ? Ça fait penser à un prénom de fille... Mac ? Mac !*

Adolescente, Mac Gyver était ma série préférée. Et, à l'époque, Richard Dean Anderson, l'acteur le plus sexy au monde à mes yeux. Même avec sa coupe de cheveux ringarde... C'est décidé. Ce soir, Mac viendra me rejoindre sur le bateau en espérant qu'il me porte chance. Après tout, capable de venir à bout de n'importe quelle situation à l'aide d'un simple bout de ficelle, c'est exactement, le genre de gars dont j'aurais besoin dans ma situation. Enthousiaste à l'idée d'avoir bientôt un nouveau « coéquipier » à bord, je glisse dans le sommeil.

Je m'enfonce maintenant dans une forêt de cocotiers à la recherche de Mac. Bizarrement, quand j'ai besoin de trouver un coco germé (c'est normal, Mac se doit d'avoir des cheveux et de ne pas être chauve), je n'en trouve aucune. A terre, il n'y a que des noix vides, rongées par les rats et nettoyées par les bernard l'hermite. Déterminée, je marche droit devant, le regard rivé au sol pour ne pas passer à côté de LA noix de coco.

Peu à peu, la luminosité diminue. Tout à ma quête, je ne sais plus depuis combien de temps je marche. Étrange de ne pas encore avoir fini de traverser cette forêt... Les cocotiers sont maintenant tellement serrés les uns aux autres qu'ils cachent toute la lumière. La chaleur du soleil n'atteignant plus ma peau, je me mets à frissonner ce qui me fait sortir de ma transe. Étrange, cet endroit. J'étais persuadée d'avoir exploré toute l'île mais je me rends compte que c'est la première fois que je mets les pieds ici. Je m'arrête un instant de marcher pour regarder attentivement autour de moi. Sur tout l'horizon, impossible de voir un rayon de lumière. Même le ciel est masqué par les palmes des cocotiers. Les rares trouées montrent un ciel gris sombre. Il faisait pourtant beau ce matin. N'aurais-je pas remarqué des nuages menaçants à l'horizon ? L'environnement me semble soudainement menaçant. Je devrais me dépêcher de rentrer...

Faisant demi-tour, je réalise que je me suis perdue. Impossible de savoir d'où je viens. Tout se ressemble tellement ! Aucune trace de mon récent passage. Pourquoi tout a pris cette teinte tellement sinistre ? Subitement, un mouvement dans les feuilles mortes me fait sursauter. Un rat s'en échappe.

Arghhh ! Je déteste ces rongeurs !

Je regarde un instant mes pieds : bonne idée de me rendre à terre pieds nus ! Et si je marchais sans le vouloir sur l'un d'eux et qu'il me morde ? J'aurai l'air fin. Avec toutes ces histoires de leptospirose… Prise de panique, je me mets à courir. Mais rapidement, mon pied roule sur une noix de coco évidée et je m'étale par terre, le nez à trois centimètres d'un bernard l'hermite qui lève sa pince d'une manière menaçante. Je ne prends qu'une seconde pour me relever. J'ai du mal à respirer. Mon souffle est court et rapide comme si mes poumons avaient diminué de moitié. Cette grosse boule au ventre, si familière est de retour. Comme lorsque la foudre est tombée sur le bateau. Et si finalement, personne ne venait à ma rencontre sur cette île ? Si je me blessais sérieusement ou si je tombais malade sans aucun moyen pour me soigner ? Si je décidais de repartir à l'aventure en pleine mer et que je finisse perdue au milieu du Pacifique, loin de toute île ou que je coule à cause de ce foutu sondeur qui a pris un mauvais coup ? Ce stress, que je contiens depuis plusieurs jours déjà, explose soudainement dans ma tête. Je me mets à pleurer…

Les larmes sur mes joues me réveillent au contact de mon bras qui tente maladroitement de les essuyer. Je me redresse subitement de ma couchette. Mon subconscient vient de me jouer un mauvais tour pendant mon sommeil. Moi si gaie, il y a peu encore, suis, de nouveau, rongée par l'anxiété.

Pat me manque. J'aimerai tellement sentir sa peau contre la mienne. Pouvoir me blottir dans ses bras et me sentir en sécurité. Malgré l'étroitesse et le manque de confort de la couchette que nous partagions, j'aimais ces moments de doux endormissement serrés telles des petites cuillères encastrées l'une dans l'autre. J'ai envie de sentir la douceur de ses caresses sur ma peau. J'ai envie de sentir l'étreinte forte et virile de ses bras autour de moi. J'ai besoin de me sentir protégée, entourée...

Depuis une semaine, je tente, tant bien que mal, de garder le moral. Me répétant qu'avec la technologie d'aujourd'hui, il est presque impossible de disparaître sans qu'aussitôt des recherches s'organisent. Mais une semaine à attendre les secours, ça me semble déjà trop long. Ok, l'endroit est paradisiaque mais vivre en ermite, ce n'est pas ma tasse de thé. J'ai besoin de parler, de partager avec quelqu'un. A l'heure actuelle, je réalise que c'est de Pat dont j'ai besoin.

Exit Tamatoa. C'est Pat que j'aime, je le sais. Malgré tous ses défauts. J'ai toujours rêvé du prince charmant façon Disney sans jamais le trouver. Normal, il n'existe pas ! De toute manière, franchement, qui voudrait être une princesse de conte de fée ? Être belle, vivre dans un château, faire des gosses et vivre heureuse avec tout plein de serviteurs autour de soi jusqu'à la fin de sa vie ? Le bonheur ne se crée qu'à condition de connaître le malheur et les difficultés pour mieux apprécier les phases où tout se passe bien, non ? Je préfère être une Fiona et tomber amoureuse d'un Shrek. Tant mieux si, au lieu d'être gros et vert, il est bien foutu et prof de kite, non ? Tant pis, qu'il pète sans s'en cacher et qu'il commente la taille de ses étrons lorsqu'il va « checker l'ancre » comme il le dit si joliment. Qu'il fasse passer ses passions avant les miennes. Autant en faire de même et se retrouver autour de moments choisis et partagés, sans qu'aucun de nous n'aie à s'effacer face à l'autre.

A travers cette expérience, je me dépasse comme jamais auparavant. A cet instant, je me sens plus vivante que jamais. Derrière mon bureau, je me demandais parfois à quoi tout cela rimait. Aller au boulot, recevoir sa paye à la fin du mois. Attendre un prince charmant avec qui j'aurais maison et enfants. Payer leurs études et les traites. Attendre la retraite patiemment pour pouvoir enfin en profiter à deux une fois les enfants indépendants. Désormais, j'ai tout envoyé balader et c'est sans regret... Bien sûr qui aurait imaginé finir sur une île sans âme qui vive au vingt-et-unième siècle ? Peut-être qu'en dessinant un message de détresse assez gros sur le sable, Google Earth permettra de retrouver ma trace un jour prochain ?

Je me mouche bruyamment et essuie rageusement les traces salées qu'ont laissé mes larmes sur mon visage. Ne pas se laisser aller, surtout.

Chapitre 44
LES RECHERCHES CONTINUENT

::

Les recherches au vent de l'île de Fakarava n'ont rien donné. Dès les premiers rayons du soleil, le yacht s'est remis en route, direction Faaite, toujours selon le même schéma d'action.

Huitième jour sans nouvelles de Rébecca. L'île est rapidement en vue. Les bras du treuil mettent à l'eau le bateau de pêche sur lequel Pat embarque avec Adam. Ted récupère momentanément le commandement du yacht et poursuit les recherches au large pendant que les deux autres comparses rejoignent le quai au bout de la passe de « Teporihoa ». Ils s'y amarrent le temps d'interroger les locaux qui, curieux, viennent voir qui vient d'arriver, leur embarcation détonnant dans le décor habituel. Ils reconnaissent rapidement Pat.

- C'est Pat ! T'as changé de bateau ? Et t'as changé de bord ou quoi ? dit l'un d'eux hilare en le voyant avec Adam.

- Haha, très drôle vraiment...

Pat leur explique ce qui se passe. L'histoire circule maintenant à vitesse grand V dans le village. Non, personne n'a vu Rébecca, ni même un voilier récemment. Oui, tous les pêcheurs des environs vont faire attention s'ils la voient. Et non, aucune information sur un naufrage ou un échouage tout proche.

Adam et Pat contactent le yacht et lui fixent un rendez-vous à un point GPS un peu plus éloigné afin de se laisser le loisir de longer le récif à la recherche de potentiels indices. Arrivés au point de rendez-vous, ils remontent à bord et le bateau de pêche est de nouveau treuillé. Le schéma de recherche est repris conformément au plan prévu. Ce n'est peut-être pas le meilleur mais sûrement pas le pire non plus... Malheureusement, il n'y a aucune recette miraculeuse qui marcherait à coup sûr pour rechercher un bateau perdu au milieu des îles du Pacifique... Et ça peut prendre beaucoup de temps. Heureusement, on dirait que ça excite John de participer à cette quête. Tant mieux d'un certain côté car il n'a pas l'air de s'inquiéter de la consommation de carburant engendrée par cette recherche que ni Pat, ni Rebecca n'auraient les moyens de payer... et la vitesse du déplacement du yacht comparée à celle d'un voilier permet de couvrir de plus grandes distances en un temps record.

John, soucieux, s'inquiète :

- Pat, ça va ? Crois-moi, on va la retrouver. Un bateau, ça ne peut pas disparaître comme ça. Je ferai ce qu'il faut pour t'aider.

- Merci, j'apprécie. Je ne comprends pas ce qui a pu se passer. Le bateau est en bon état. Rébecca est capable même si elle manque de confiance en elle. Je ne comprends pas...

Pat, d'habitude si insouciant, sent la peur lui ronger les entrailles. Et s'il ne la retrouvait jamais ? Même si c'est rare, les accidents de mer, ça arrive. Des voiliers subitement disparus avec tout leur équipage. Sans explication. Une voie d'eau. Du mauvais temps. Un OFNI[141]. Tellement de choses peuvent arriver en mer.

Il repense à tous les bons et mauvais moments partagés avec Rébecca. Leur rencontre inattendue. Le prolongement de leur idylle, lui qui était certain de n'être que de passage dans sa vie, le temps d'une étape sur Tahiti, sa décision de le suivre, les cours de voile, les coups de gueule sur le bateau à chaque frayeur qu'elle se faisait et tous les petits succès remportés. Une nana hors du commun…

> - Pat, crois-moi, si je peux faire quoi que ce soit, je le ferai. J'ai perdu un être cher sans pouvoir agir et crois-moi je ne répéterai pas la même erreur. Nous n'abandonnerons pas.

* * * * * * * * *

Je suis finalement descendue à terre pour aller chercher Mac, pour de vrai, cette fois-ci. Au pied d'un magnifique cocotier dont une palme, sur le point de tomber à terre, semblait m'indiquer où regarder, je l'ai trouvé : une noix de coco toute jolie qui commence juste à germer. Ayant eu la présence d'esprit d'amener un feutre à terre, j'ai pu dessiner, en m'appliquant, deux yeux rieurs et un beau sourire. De quoi me réconforter. Satisfaite de mon œuvre, je la pose un instant sur le sable et recule pour voir si j'ai la fibre artistique ou non. C'est sommaire mais au moins les yeux sont équilibrés et à la bonne hauteur.

---

[141] *OFNI : Objet Flottant Non Identifié.*

J'hésite à rajouter des dents au sourire mais j'ai peur d'en faire trop et de tout gâcher.

- Bienvenue à bord Mac ! lui dis-je à haute voix.

Un peu plus tard, confortablement installé à l'intérieur du bateau, bien calé dans un coin, mon compagnon d'infortune m'observe silencieusement.

Ces derniers jours ont été difficiles pour le moral. Sans doute à cause de mon immobilité sur le bateau. Il est temps de reprendre mes inspections de l'île... Déplacer le bateau loin de la passe principale me semble être une mauvaise idée. C'est l'endroit idéal pour être vu et voir aussi... Quant au dinghy, c'est mon joker si je vois quelque chose bouger au large et il faut économiser l'essence... Ce n'est pas comme si j'avais une station-service à proximité. La douleur de mon bras n'est plus si intense. Un bon lycra pour le protéger du soleil et je pourrai reprendre mon exploration en kite. Ça me changera les idées et me fera sûrement du bien !

Aussitôt dit, aussitôt fait. Matériel de kite chargé dans le kayak. Direction la plage. Un quart d'heure après, je pars à l'assaut du lagon déterminée à ne pas tomber dans le négatif. Aujourd'hui, promis, pas d'inquiétude à la vue de reflets indéterminés dans l'eau. Non, je ne tomberai sur une méduse ! Non, aucun barracuda ne sautera dans mon sillage pour s'attaquer à mon talon !

Peu à peu, je commence à me détendre et à prendre du plaisir à naviguer. Je longe la côte en remontant au vent. Si la montée est difficile, la descente n'en sera que plus facile, je le sais. Autour de moi, plages rocailleuses et cocotiers se succèdent à l'infini. L'espoir de trouver une trace de vie s'amenuise de jour en jour. Soyons réaliste, les secours ne pourront venir que de l'extérieur... Chaque chose en son temps. Alors, profitons-en !

Je m'offre une petite pause sur une plage. Le soleil commence à baisser. Il est temps de faire tranquillement demi-tour. Maintenant, je me sens détendue. L'activité physique me fait du bien. Ça nettoie le cerveau ! De retour au bateau, il sera temps d'élaborer un plan d'action. Je ne vais tout de même pas rester encore plusieurs semaines à attendre ici un hypothétique sauveteur...

La descente se déroule comme prévue. Le vent commence à faiblir alors que je me rapproche doucement du bateau. C'est bien ma veine ! L'important est, quoiqu'il arrive, de maintenir mon aile en l'air. Si elle touche l'eau, c'est la fin des haricots, je n'arriverai jamais à la relancer. Je n'aurais plus qu'à attendre que le vent veuille bien remonter tout en jouant au bouchon dans l'eau... Cette perspective ne me réjouit pas particulièrement. Au moins, un point positif, je vois le bateau !

L'aile monte et descend. A chaque mouvement, je l'envoie un peu plus fort mais sens bien qu'elle me résiste de moins en moins. Mauvais signe ! Et paf ! Elle finit par toucher délicatement l'eau tandis que je coule tranquillement à l'autre bout. Hé bien, comme dirait Pat : ça, c'est fait ! Deux alternatives : soit j'attends tranquillement, soit je roule mes lignes en me rapprochant de la voile pour m'en servir comme d'un radeau jusqu'à rejoindre le bord. J'attends cinq petites minutes espérant voir une petite risée éclairer la surface de l'eau. Rien… Bon… Bah ça va se finir en session nage, tout ça ! Décidément, je cumule pas mal en ce moment…

Je commence à enrouler les lignes autour de la barre jusqu'à atteindre mon kite que je retourne à l'envers, grimpe sur le bord d'attaque, agrippe l'extrémité du haut pour la rapprocher de l'autre, un peu comme un croissant qu'on voudrait aplatir. Grâce à cette bouée improvisée, la planche en travers, devant moi, je laisse le léger souffle d'air me rapprocher tranquillement du bord tout en m'aidant d'un battement de pieds. C'est lent mais ça marche ! Plutôt fière de moi à l'heure actuelle. Pas de panique, juste une bonne réaction face au problème. Décidément, je progresse !

Au bout d'une quarantaine de minutes, je finis par avoir pied. Ne reste plus qu'à rejoindre la terre ferme, plier le matos et finir ma route à pied. Ça aurait été une autre paire de manches si j'avais eu à traverser la passe à la nage avec tout mon paquetage pour rejoindre le bateau. Autant ne pas y penser.

De retour sur Eureka, j'ai à peine la force de me faire à manger. Cette baignade improvisée m'a fatiguée plus que je ne l'aurais imaginé. Le plan d'action sera pour demain matin. Ce n'est pas comme si j'avais un agenda à respecter! En me couchant, j'avise Mac qui me regarde, toujours souriant. Prise d'une impulsion, je le saisis et m'endors en le serrant dans mes bras.

Chapitre 45
UN ENDROIT PAS SI DESERT

Ce matin, après une bonne et longue nuit de sommeil, je me réveille en pleine forme. Le soleil est déjà levé depuis longtemps. Pour une fois, sa lumière ne m'a pas réveillée à l'aube. C'est peut-être grâce à Mac ? Le fait d'avoir le sentiment de ne plus être seule à bord ?

Je mets de l'eau à bouillir pour mon petit café du matin. Tant qu'il en reste. Mais ma réserve diminue de jour en jour, tout comme l'eau d'ailleurs. Il va être temps de récupérer de l'eau de pluie avant que le niveau soit trop bas… J'aurais dû y penser depuis longtemps… Cela dit, j'étais loin d'imaginer d'être encore ici à l'heure actuelle, seule…

Plongée dans mes réflexions, je scrute l'horizon. Et soudain, j'y discerne un mouvement. Dressée dans le cockpit, les yeux fixés vers le point que j'ai repéré. J'exulte : un bateau ! C'est un bateau ! Pas un voilier, non, une barque à moteur !!!

Il est temps de grimper dans l'annexe et de sacrifier l'essence que j'ai si précieusement économisée ! J'enfile rapidement un tee-shirt.

> *Où est le coupe-circuit ?*
>
> *Purée, mais c'est dingue ça ! Où je l'ai rangé ?*

Je réalise que, la dernière fois où j'ai utilisé le moteur, j'ai, comme d'habitude, retiré le coupe-circuit[142] au lieu de l'y laisser. Ici, me voler l'annexe, franchement ? Maintenant, je me retrouve à retourner le bateau à la recherche de ce maudit tortillon rouge. Je n'ai qu'une peur, c'est que la barcasse disparaisse de ma vue. Qui sait quand la recroiserai-je. Finalement, après avoir tout chamboulé, je finis par tomber dessus, coincé entre la paroi et le matelas.

Ben, voyons !

Je saute dans le dinghy, fixe le coupe-circuit, mets le starter et tire violemment sur le démarreur. Rien... Je recommence... Rien... Là, je commence à m'exciter. Bien sûr, j'aurais dû faire démarrer le moteur régulièrement ! Je pompe un peu d'essence, réessaye, toujours rien... Calme-toi ! Pas le droit de noyer le moteur ! Débrancher le tuyau d'arrivée d'essence. Tenter de démarrer le moteur pour évacuer le trop plein d'essence, avec et sans starter. Je ne sais plus quoi faire, ni dans quel ordre. Les gestes de Pat ne me reviennent pas en mémoire... Rebrancher. Pomper. Starter. Tirer d'un coup sec.

Vroooooooouummm ! Le moteur se met à rugir ! Je coupe le starter et mets un peu de gaz. Victoire ! Au loin, je vois encore la barque. Quelques secondes après, je me lance à sa poursuite. En m'approchant, je distingue de plus en plus de détails. Une

---

[142] *Coupe-circuit : le moteur hors-bord se coupe lorsqu'on retire du coupe-circuit une pince en plastique accrochée à un cordon rouge qui ressemble au cordon des téléphones d'antan. Pour démarrer, il faut donc avoir fixer cette pince sur le coupe-circuit.*

longue coque jaune et plate. Trois personnes à bord. Je fonce sur eux pour leur parler. Cette rencontre inopinée au milieu du lagon semble les surprendre autant que moi.

Ce ne sont pas des pêcheurs comme je l'aurais cru. Ce sont des coprahculteurs[143] de l'atoll de Faaite venus faire leur récolte sur les motus les plus riches en cocotiers. Ils sont arrivés par la passe par laquelle je suis moi-même rentrée le premier jour. C'est pour cela qu'on ne s'est pas croisé plus tôt. Je me présente et leur raconte d'une traite toutes mes mésaventures. Ils en rient avec moi. Et j'apprends qu'ils ont tous entendu parler de moi ! Il paraît qu'il y a une véritable chasse à l'homme - enfin à la femme je veux dire - lancée en ce moment pour me retrouver.

Cette nouvelle me fait un choc. Je ne pensais pas qu'on me recherchait si activement ! Je demande à leur emprunter un téléphone. Ils me regardent les yeux écarquillés. Ici, pas de réseau. Pas de VHF non plus. Mais ils ont une BLU[144] avec laquelle ils peuvent communiquer avec Faaite. Le problème c'est que ce n'est pas la mairie qui en possède une là-bas, c'est un particulier et son matériel est récemment tombé en panne. Il n'a pas encore eu le temps de l'envoyer à Papeete pour la faire réparer.

---

[143] *Coprahculteur : producteur de coprah, ce liquide blanc laiteux qu'on appelle eau de coco et qui se transforme en chair au fur et à mesure de la maturation du fruit.*

[144] *BLU : récepteurs ou émetteurs fonctionnant en HF (Hautes Fréquences) sur les ondes décamètriques entre 4 et 24 Mhz. BLU signifie « Bande Latérale Unique » (l'équivalent de SSB « Single Side Band » en anglais).*

C'est bien ma chance...

Je leur demande quand ils ont prévu de repartir sur Faaite.

- Pas avant quatre mois.

- Quatre mois ?!?

- Ben oui, on revient de deux semaines de vacances et maintenant on est là pour plusieurs mois. La prochaine équipe arrive dans quatre mois.

Ok... Maintenant j'ai des voisins certes, mais pas moyen d'avoir de taxi ou de prévenir quelqu'un...

En tout cas, rassérénée par leur présence, je leur demande s'ils auraient de quoi m'aider avec mon souci électrique sur le bateau.

- On va passer, t'inquiète pas !

Effectivement, quelques heures plus tard, je les vois arriver. Invités à bord pour partager un café, il s'avère rapidement qu'aucun d'entre eux n'a la moindre idée de ce qu'il faut faire dans mon cas de figure. J'apprends par contre que la goélette « Marie-Stella » passe en moyenne une fois par mois pour les ravitailler en vivres. Le prochain passage est prévu dans deux semaines. Je pourrai donc me servir de leur VHF et éventuellement monter à bord pour rejoindre un atoll habité et trouver enfin quelqu'un qui saura m'aider.

C'est toujours mieux que rien.

Au moins, maintenant j'ai des voisins sympas à quelques milles de là. Ils m'ont appris plein de choses sur Tahanea. Je pouvais toujours chercher un village : il n'y en a pas. C'est un atoll inhabité géré par les habitants de Faaite qui s'en servent de réserve naturelle pour la pêche et le coprah. C'est un peu leur chasse gardée. Il fait 48 km d'ouest en est pour 15 km de largeur et se compose d'une soixantaine de motus éparpillés ici et là. Les maisons que j'ai vues lors de mon arrivée à travers la petite passe sont bien les vestiges d'un ancien village en tôle situé sur le motu appelé Otao.

Ils ont été surpris de savoir que je n'avais croisé aucun voilier car même si ce n'est pas un coin très touristique, ils croisent régulièrement des plaisanciers qui s'y arrêtent quelques jours avant de continuer leur route. Il paraît que le chanteur Antoine y possède même un motu !

Le lendemain matin, je ne pars pas pêcher comme d'habitude. Non, je pars en kite rejoindre mes nouveaux amis sur la côte au vent où ils ont établi leur campement. Ils m'ont promis un bon crabe de cocotier - un « kaveu » comme on les appelle ici. J'ai emporté un sac étanche pour pouvoir le ramener avec moi. Ça me changera du poisson. Arrivée sur place, ils me montrent le crabe de cocotier qu'ils m'ont mis de côté. Celui-ci m'attend bien sagement, attaché au pied d'un arbre.

Ils m'invitent même à partager leur déjeuner avec eux. Du riz bien sûr et des têtes de poissons en bouillon pour arroser le tout. Ce n'est pas mauvais du tout même si je ne raffole pas des billes de couleur crème qu'on y trouve à l'intérieur, les yeux des poissons… Nous nous séparons après le café.

Je rentre au bateau avec dans mon sac à dos le crabe dont la pince a été attachée. Je le sens toutefois en train de gigoter près de mes reins, une sensation un peu désagréable. J'ai peur qu'il arrive à se débarrasser de son lien et qu'il en profite pour percer un trou dans mon sac pour s'échapper, voire qu'il cherche à se venger en me pinçant violemment… J'ai hâte de pouvoir me débarrasser de mon chargement.

En approchant du mouillage, je commence à distinguer de plus en plus clairement la présence d'un second voilier juste à côté d'Eureka. Fantastique ! Ils ont sûrement une VHF eux. C'est un catamaran avec un dessin sur chacun des côtés de ses coques avant « Ocean & Earth ». Je passe près d'eux en kitesurf les saluer. Ils n'en reviennent pas de me voir arriver ainsi de nulle part.

Je pose mon aile rapidement, la plie et saute dans mon kayak en laissant tout mon matériel à terre. J'emporte juste mon crabe de peur qu'il n'arrive à se carapater tout seul. Et je m'invite à bord de mon nouveau voisin. Décidément… Personne depuis plus d'une semaine et maintenant, tout le monde semble s'être donné rendez-vous ici…

Je me présente et raconte mon histoire. Eux aussi savent qui je suis. Eux aussi ont entendu l'avis de recherche ! Ils avaient bien vu Eureka en arrivant à la passe mais comme je n'étais pas à bord et que le nom n'apparaît pas sur la coque, ils n'étaient pas certains que ce soit le bon bateau. Ils passent un appel sur le canal 16 de la VHF avertissant qu'ils viennent de me retrouver à Tahanea.

Pangaroa est le premier bateau à répondre. Il est à une vingtaine de milles d'ici et vient de se détourner pour rallier la zone où je me trouve. Nous passons sur le canal 68 pour communiquer directement. J'entends enfin la voix de Pat qui commence par m'engueuler avant d'accepter de me laisser parler. Je lui explique tout ce qu'il s'était passé : la foudre, le problème électrique, ma prise de décision de rejoindre l'atoll de Tahanea. Je lui parle aussi de mon coup de cœur pour ce magnifique endroit.

Le luxueux bâtiment apparait quelques heures après à l'entrée de la passe où Eureka est ancré. Heureusement, celle-ci est suffisamment large et profonde pour le laisser passer. Il mouille rapidement un peu plus loin et je vois dans la foulée un zodiac se diriger vers moi. Je distingue tout de suite Pat à l'avant et John et Adam.

Dès que Pat arrive à portée de mes bras, je lui saute au cou. Je suis tellement heureuse de le revoir ! Je l'embrasse, il m'embrasse. Lui, généralement si discret devant les autres, m'enserre sans retenue. On croirait le générique de fin d'un film catastrophe dans lequel le héros vient de sauver la vie de sa femme !

Pour la première fois, je suis invitée à fouler les coursives du gigantesque yacht. Dans les appartements familiaux, je me retrouve face à toute la famille à raconter mes aventures. Mon récit suscite rires, excitation et parfois inquiétude dans les yeux de Susanna, la femme de John et de Cindy, leur fille. Elles semblent bien mieux me comprendre que les hommes qui, eux, prennent mes ressentis bien plus à la légère. Toutefois, me glissant à l'oreille que je me suis débrouillée comme une chef, Pat m'embrasse. Il est fier de sa petite rescapée des mers !

Hahaha... J'aimerai savoir ce que tu aurais fait, toi, mon chéri, dans ma situation !

Ensuite, lui et moi, nous descendons rejoindre l'équipage qui, lui aussi, est curieux de connaître mon histoire. Ted, avec l'accord de son patron, nous propose son aide pour remettre en état le réseau électrique du bateau et faire le point sur ce qu'il manque pour pouvoir repartir en toute sécurité. Dans la foulée, Pat et lui repartent sur Eureka pendant que j'ai droit, avec les autres femmes du bord, à un goûter royal composé de petits fours sucrés variés et de thés aromatisés. Elles ont encore des questions à me poser... J'ai même le droit d'utiliser le téléphone satellite du bord pour donner de mes nouvelles à mes parents.

- Allo, papa ?

Sans me laisser le temps de respirer, il enchaîne aussitôt :

- Becca, mon Dieu ! Tu nous as fait une de ces peurs ! Les flics nous ont appelé. Tu étais où ? Tout le monde te cherchait ! On a fait des pieds et des mains pour trouver un billet d'avion mais tous les vols étaient pleins. Ta mère s'est fait un sang d'encre ! Y a pas idée, partir comme ça sans prévenir personne ! Non, mais !

Souriant à sa manière maladroite de cacher à quel point il était lui-même inquiet, je me laisse tirer les oreilles pendant quelques minutes avant de lui rappeler que j'utilise un téléphone satellite qui coûte sûrement une blinde la minute de communication, le rassurer et lui promettre de tout lui expliquer en détail dès que j'aurais internet. Je raccroche heureuse d'avoir pu lui parler n'ayant pas soupçonné un seul instant qu'il avait été prévenu. Dans la foulée, j'appelle ma mère pour la rassurer de vive voix.

Le soir venu, Pat me rejoint pour un dîner convivial avec nos hôtes. La conversation dérive vite sur cet atoll que j'ai arpenté en long et en large. Je leur fais part du magnifique plan d'eau que j'ai découvert à l'est de l'île bien protégé du clapot alors que soufflent les alizés habituels à cette saison. Cindy, enthousiaste, soumet l'idée à son père d'y aller. Ce dernier avoue être séduit par l'idée. Tant qu'à avoir fait le trajet jusqu'à Tahanea, maintenant que tout est sous contrôle, autant en profiter !

Le lendemain, le yacht fait route vers l'est suivi par Eureka avec Pat et moi à son bord. Ils ont prévu de profiter des bonnes conditions météo. La mission de Pat continue, avec comme nouveauté, la présence de son assistante, en l'occurrence moi, pour l'aider à encadrer ses deux stagiaires. J'assure ainsi leur sécurité avec le dinghy si je les vois dériver un peu trop au large. Pat, lui, les coache en kitant sur leurs talons et en multipliant les démonstrations devant eux. Lorsqu'il a envie de faire une pause, il me rejoint et prend ma place pendant que moi, je prends son aile pour m'amuser un petit peu.

Pendant ce temps-là, Ted bosse sur Eureka avec l'aide d'autres membres de l'équipage. Nous leur avons promis, en échange, de leur enseigner le kite. Tout le monde y trouve ainsi son compte.

Chapitre 46
MISSION TERMINEE

Me voici attablée sur la terrasse extérieure de la pension de Tetamanu dans la passe Sud de Fakarava. J'y sirote une bière aux côtés de Pat. Sa mission est terminée et nous sommes repartis avec Eureka de Tahanea, notre réseau électrique refait à neuf et le passe-coque du sondeur rafistolé. L'ordinateur de bord qui a rendu l'âme a été remplacé par un iPad que John nous a généreusement offert pour que nous puissions bénéficier d'un instrument de navigation. Nous avons racheté un GPS portable à l'un des voiliers croisés par la suite là-bas. Pour le sondeur lui-même, nous n'avons rien pu faire pour le moment, nous naviguons donc à vue mais c'est un moindre mal. Nous venons de rejoindre l'atoll de Fakarava en début d'après-midi seulement et nous nous sommes arrêtés sur l'unique corps-mort de la passe. Le yacht est reparti en direction de Tahiti, la famille de John reprenant prochainement l'avion. Nous sommes invités quand nous le voulons, au choix, dans leur penthouse en plein centre de New York ou dans leur villa au bord de la baie de San Francisco. Nous nous sommes promis de garder contact. Nous verrons ce qu'il en sera dans l'avenir.

Soudain, un étranger s'assoit à notre table. Il prend un ton mystérieux et nous chuchote à l'oreille :

- Vous avez vu un petit bateau à la coque bleue et une nana à bord ? Paraît qu'elle a disparu depuis plusieurs semaines et qu'on n'a pas de nouvelles. Rébecca qu'elle s'appelle. On ne sait jamais, hein ! J'passe le mot.

Pat et moi, nous nous regardons un instant dans les yeux avant d'éclater de rire.

- C'est moi Rébecca. Et c'est lui, dans la passe, le petit bateau bleu...

- Oh, sans blague. C'est toi qu'on recherche partout ?

- Oui, c'est moi. Mais ne t'inquiète pas ! On m'a retrouvée il y a maintenant deux semaines. Radio cocotier fonctionne bien mais les nouvelles ne sont pas toujours fraiches, n'est-ce pas !

Plus tard, en revenant à bord, je consigne cette petite histoire dans le journal de bord que je tiens depuis mon arrivée à bord, et soudain, une idée me traverse la tête. Et si j'écrivais un livre pour raconter mon histoire ? Ce livre...

EPILOGUE

....

PLOUFFFFF !

Du catamaran, Thomas vient de se jeter à l'eau bientôt imité par sa femme et leurs enfants.

> - Le rêve ! Seuls dans un lagon magnifique ! A la Robinson Crusoé ! Pas de voisins, pas de téléphone et pas d'internet. Les enfants, ça c'est la vraie vie, moi je vous le dis !

Les deux adolescents s'échangent un regard contrit. C'est sympa les vacances en Polynésie mais ils ont tout de même hâte de retrouver leur petit confort parisien, leurs tablettes et leurs smartphones connectés H24. Déjà que c'est galère d'envoyer des nouvelles aux copains depuis le Wifi des pensions croisées sur la route mais ici, c'est mort !!! Heureusement, c'est poissonneux, ça va être gavage de pêche sous-marine. Et les plongées dans les passes sont prometteuses ! Pour des sportifs comme eux, ça compensera largement l'absence de réseau.

Quelques heures après, ils descendent tous à terre. A l'entrée de la passe, la famille a été intriguée par des sortes de statuettes dressées sur la côte au vent sur une vingtaine de mètres. Bientôt, ils arrivent au site en question. De petits monticules de coraux cassés. Des grands, des petits. L'un d'entre eux, à l'une des extrémités, attire leur attention. Deux colonnes de cailloux supportent une pierre plate sur laquelle repose une noix de coco germée sur laquelle on a dessiné deux yeux et un grand sourire. Elle regarde souriante les voiliers qui entrent dans la passe comme pour les saluer.

Thomas, goguenard, se retourne vers sa petite troupe :

- Vous avez vu ? On dirait Wilson !

GLOSSAIRE MARIN

Abattre : manœuvrer pour quitter sa route en s'éloignant du vent.

Aligner un moteur : opération consistant à aligner l'axe de sortie de l'inverseur, l'axe de l'arbre d'hélice, l'axe de la **bague hydrolube** et l'axe du **tube d'étambot**. Cela signifie centrer l'arbre d'hélice par rapport au tube d'étambot puis aligner le moteur par rapport à l'arbre indexé et balancer le moteur sur les 4 supports pour équilibrer le plan de portage.

Amarre : cordage utilisé pour immobiliser un bateau. Il existe de nombreux types et de nombreuses techniques d'amarrage selon qu'on choisit par exemple un quai, un ponton, l'anneau d'un corps-mort... avec une simple amarre, une aussière, une amarre en double, une garde... De même, des nœuds spécifiques serviront à l'amarrage à partir d'un taquet, d'une bitte. Filer une amarre signifie libérer une plus grande longueur de cordage.

Annexe : canot rigide ou pneumatique, à rames ou à moteur, utilisé par l'équipage d'un voilier au mouillage pour se rendre à terre ou à quai. En navigation, l'annexe est dégonflée, démontée ou solidement fixée sur le pont, sauf pour les courts trajets où elle est parfois remorquée. Aussi appelée dinghy (terme anglais).

Bâbord : partie située à gauche pour un observateur placé dans l'axe du bateau et regardant vers l'avant. Opposé à tribord (partie droite). On cite souvent le moyen utilisé par les débutants pour retenir les deux termes, à savoir un bateau vu de l'arrière et dont le nom est «batterie» : «ba» sur la gauche pour bâbord, «tterie» sur la droite pour tribord.

Bague hydroluble : bague assurant la lubrification au niveau de la chaise d'arbre

Baille à mouillage : endroit où on range l'ancre et sa chaîne. À l'origine, nom du baquet en bois servant à laver le pont et dans lequel on lavait et lovait (rangeait) les drisses et autres cordages. Par extension, est devenue baille l'endroit où est rangé un équipement spécifique: baille à mouillage, baille à spi...

Balancine : cordage soutenant un espar (bôme, tangon…). Sur les voiliers modernes, la balancine, manœuvrée du pont, est un cordage passant dans une poulie fixée en tête de mât ou à mi-mât.

Barre : pièce de commande du gouvernail, souvent en bois, soit prise directement sur la mèche du safran, soit remplacée par une roue (on parle de barre à roue) sur les voiliers imposants. Quoiqu'il en soit, l'expression usuelle lorsqu'on dirige le bateau est toujours « prendre la barre » ou « barrer ».

Bastingage : rempart autour du pont d'un bateau.

Bib : néologisme désignant familièrement le radeau de survie.

Bitte d'amarrage : pièce de bois ou métallique verticale solidement fixée autour de laquelle on tourne des cordages, notamment des amarres ou des aussières.

Bôme : espar perpendiculaire au mât qui tend le bord inférieur d'une grand-voile. D'autres voiles peuvent être bômées (foc, trinquette), facilitant ainsi les manœuvres de virement de bord ou débordant les voiles aux allures du vent portant, sans avoir à les tangonner.

Bon plein : allure pour remonter dans le vent (aller contre sa direction) moins proche du vent que le près serré. On dit quelquefois prés bon plein. Allure généralement plus confortable et plus rapide que le près serré.

Border une voile : reprendre de son écoute pour la raidir. Par conséquent, c'est modifier l'allure du voilier pour se rapprocher de l'axe du vent. Contraire : choquer (relâcher de son écoute pour relâcher la tension dans la voile).

Bosse de ris : cordage permettant de serrer la voile sur la bôme lorsqu'on prend un ris.

Bout (à prononcer « boute ») : tout morceau de cordage sans utilisation définie est un bout pour un marin. Sa fonction l'anoblit et il devient drisse, écoute, amarre…

Cape : méthode de sauvegarde d'un bateau dans le mauvais temps pour se protéger, réduire sa dérive ou tout simplement se reposer. Il en existe plusieurs variantes, avec voilure réduite et barre amarrée sous le vent (cape courante) ou sans voilure (cape sèche). On dit « prendre la cape ».

Capeler : faire une boucle avec un cordage pour entourer un espar ou une pièce (ex : capeler une amarre sur une bitte). Capeler peut aussi concerner un équipement qu'on enfile (capeler un ciré, capeler une brassière).

Capote : couverture amovible protégeant la descente du bateau des éclaboussures ou de la pluie. Fixée sur un support en inox.

Carré : lieu de réunion de l'équipage, à la fois salle à manger, salon et dortoir. C'est souvent le seul endroit du bord où l'on trouve une table et où l'on peut s'asseoir confortablement.

Choquer : relâcher la tension d'un cordage, soit petit à petit par à-coups, soit très largement ou d'un seul coup. Dans ce cas, on dit « choquer en grand ». Le contraire est border (une écoute) ou raidir (une amarre).

Cockpit : l'espace creux (sur l'arrière ou au centre du bateau) où se tient le barreur et d'où l'on peut effectuer un certain nombre de réglages de voiles.

Corps-mort : solide mouillage constitué soit d'une grosse ancre et d'une chaîne de fort diamètre, soit réalisé avec un bloc de béton ferraillé et chaîné. Le corps-mort est signalé en surface par une bouée qui sert à le « prendre» quand on veut s'y amarrer.

Coulisseaux : petites pièces reliées à la grand-voile qui s'introduisent dans le mât et qui permettent de la hisser.

Coupe-circuit : le moteur hors-bord se coupe lorsqu'on retire du coupe-circuit une pince en plastique accrochée à un cordon rouge qui ressemble au cordon des téléphones d'antan. Pour démarrer, il faut donc avoir fixer cette pince sur le coupe-circuit.

Délover : dérouler un cordage enroulé en cercle. Le contraire de lover.

Descente : les quelques marches permettant de passer du pont vers l'intérieur.

Dessalinisateur : équipement permettant de fabriquer de l'eau douce à partir de l'eau de mer en retirant à celle-ci le sel et quelques minéraux. Il peut être manuel (on pompe) ou électrique.

Dinghy : terme anglais désignant une annexe.

Drisse : cordage servant à hisser une voile. Chaque drisse porte le nom de sa voile (drisse de foc, de trinquette...).

Ecoper : vider l'eau qui s'accumule au fond d'une embarcation à l'aide d'une écope (ou d'un cul de bouteille vide par exemple).

Ecoute : cordage permettant le réglage d'une voile selon la direction du vent. L'écoute est frappée au point d'écoute (coin inférieur sur l'arrière d'une voile).

Empannage : manœuvre involontaire durant laquelle le bateau aux allures du vent portant reçoit brusquement le vent sur l'autre bord, ce qui fait basculer brutalement la bôme et les voiles d'un bord à l'autre. Très dangereux pour le gréement si non maîtrisée. Peut-être réalisé volontairement.

Enrouleur : système mécanique pivotant fixé autour de l'étai et permettant d'enrouler totalement un génois, un foc ou une trinquette (sur le bas-étai). En halant sur un cordage depuis le cockpit, on peut envoyer la surface exacte de voile désirée en fonction du temps et de l'allure.

Erre : inertie et vitesse conservées par le bateau une fois les voiles faseyantes ou le moteur coupé. D'où les expressions courir sur son erre, conserver son erre, casser son erre.

Etale de marée (ou renverse) : moment entre deux marées où le courant est nul. Ce phénomène, se produit plusieurs fois par jour : après la marée montante entre le flot et le jusant (étale de haute mer) ou après la marée descendante entre le jusant et le flot (étale de basse mer).

Etarquer : raidir la voile en la tendant le plus fortement possible. En étarquant la drisse qui a servi à la hisser, c'est-à-dire en raidissant autant que possible cette drisse (par exemple en utilisant un winch), on étarque également la voile.

Etouffoir : tirette qui permet d'arrêter le moteur en stoppant l'alimentation en gasoil.

Faseyer : flotter au vent (à prononcer « fasseyer »). Une voile faseye lorsqu'elle flotte parce qu'elle reçoit le vent sur ses deux faces. Ainsi, lors d'un virement de bord, les voiles faseyent quand, se trouvant face à la direction du vent, elles ne sont plus gonflées par celui-ci. Parfois, de mauvais réglages peuvent provoquer des turbulences aérodynamiques et des faseyements sur les voiles.

Filières : câble de protection ceinturant le périmètre du voilier, généralement à deux hauteurs, et servant de rambarde. Les filières passent dans les chandeliers qui les soutiennent et s'accrochent aux balcons avant et arrière.

Gaffe : perche d'une certaine longueur portant en son bout un croc et une pointe arrondie, idéale pour attraper la bouée d'un corps-mort lors d'un mouillage. Verbe : gaffer (crocheter avec une gaffe).

Génois : grande voile d'avant de forme triangulaire.

Gîter : pencher, s'incliner.

GPS : système de localisation par satellite permettant de déterminer les coordonnées géographiques d'un point. Signifie Global Positioning System en anglais.

Grand-voile : voile envoyée le long du mât.

Grand largue : allure précédant celle du vent arrière à laquelle le voilier reçoit le vent de trois-quarts arrière.

Grib : fichier de données météorologique conforme au format GRIB signifiant GRIdded Binary en anglais. Très léger et facile à télécharger. La force du vent et son orientation y sont représentées par des sortes de flèches au bout de laquelle des traits ou demi-traits représentent des tranches de 10 ou 5 nœuds qu'il faut ensuite additionner pour obtenir la force du vent attendu. Et le sens de la flèche indique la direction du vent. On peut donc y voir les phénomènes météorologiques attendus sur plusieurs jours en faisant défiler les informations. Une dépression, par exemple, sera identifiée par des flèches formant une forme concentrique tournant sur elle-même dans le sens inverse des aiguilles d'une montre (dans l'autre sens, il s'agira d'un anti-cyclone).

Jupe : prolongement de la voûte arrière du bateau au ras de l'eau. Outre son rôle dans les écoulements hydrodynamiques, la jupe est une structure supplémentaire. Elle forme, par exemple, un espace très commode pour remonter à bord après une baignade au mouillage.

Lamaneur : personne chargée des opérations d'amarrage ou d'appareillage des navires.

Ligne de flottaison : ligne séparant la partie immergée de la coque d'un navire de celle qui est émergée.

Lofer : action volontaire pour remonter dans le vent. Pour lofer, on agit sur la barre pour rapprocher l'axe du voilier vers le lit du vent. Contraire : abattre.

Lover : mettre en ordre un cordage en l'enroulant soigneusement dans le sens des aiguilles d'une montre (de gauche à droite). On le met ainsi en glène. Contraire : délover.

Manille : anneau métallique amovible permettant un assemblage. On ouvre ou ferme une manille par son manillon qui se visse ou se bloque. Les manilles sont un accessoire largement répandu à bord pour tous les usages. Elles sont de toutes tailles, de toutes formes et sont généralement en acier inoxydable.

Mascaret : vague déferlante produite par la rencontre du courant descendant du fleuve et du flot montant de la mer.

MAYDAY : message de détresse à utiliser si une vie humaine est en danger : homme à la mer, incendie à bord, voie d'eau, chavirage, échouement dangereux ou problème médical grave. Se prononce « M'aidez ».Message type :

> MAYDAY, MAYDAY, MAYDAY de *(Nom du navire), (Nom du navire), (Nom du navire)*
>
> MAYDAY (Nom du navire)
>
> Position (Latitude longitude ou position relative)
>
> Nature de la détresse
>
> Secours demandé
>
> Nombre de personnes à bord
>
> Intentions
>
> Tout renseignement supplémentaire qui pourrait être utile (caractéristiques du navire ...)

Noeud : unité de mesure de vitesse en navigation. Un nœud équivaut à un mille nautique (1,852 kilomètres) parcouru en une heure. Un bateau allant à 5 nœuds parcourt 5 milles dans l'heure, soit 5 * 1,852 = 9,26 kilomètres par heure !

OFNI : Objet Flottant Non Identifié.

Open CPN : logiciel libre de navigation (Open Chart Plotter Navigator) utilisé pour planifier une route et visualiser sa position en temps réel s'il est associé à un GPS.

PAN-PAN : message d'urgence à utiliser si une vie humaine n'est pas en danger mais qu'il y a un problème grave à bord. Par exemple : un problème moteur qui empêche le bateau de revenir au port par ses propres moyens, un démâtage, une casse de safran... Se prononce « Panne-Panne ». A répéter trois fois. Message type :

> PAN PAN, PAN PAN, PAN PAN de *(Nom du navire), (Nom du navire), (Nom du navire)*
>
> Position (Latitude longitude ou position relative)
>
> Nature de l'urgence
>
> Secours demandé
>
> Nombre de personnes à bord
>
> Intentions

Tout renseignement supplémentaire qui pourrait être utile (caractéristiques du navire ...)

Pare-battage : protection destinée à éviter que le voilier ne cogne contre un quai ou un autre bateau. Synonyme de défense.

Passavant : partie de pont latérale utilisable pour se déplacer le long du cockpit, du rouf et des panneaux.

Pétole : absence totale de vent.

Pilote automatique : système électrice permettant de gouverner automatiquement le voilier.

Pont : le plancher sur lequel on se déplace à l'extérieur du bateau et qui constitue aussi le plafond de la coque. Il est prévu pour être antidérapant lorsqu'il est mouillé.

Près : allure la plus rapprochée du vent. Un voilier au près fait route contre le vent, étrave pointée vers la direction du vent, avec un angle aussi faible que possible. On dit qu'il « remonte au vent ». Selon qu'il serre plus ou moins le lit du vent, on parle de « près serré » ou de « près bon plein ».

Prendre un ris : réduire la surface de la voile en la repliant en partie.

Quart : temps de veille durant lequel on est responsable de la bonne marche du bateau (manœuvres, sécurité). À l'origine, c'était une période qui durait quatre heures, d'où son nom. En réalité, sa durée est laissée à l'appréciation de chaque équipage et varie en fonction du nombre d'équipiers à bord, de leur expérience et des conditions météos.

Quille longue : la quille fait toute la longueur du bateau.

Régulateur d'allure : système permettant de gouvernant automatiquement le voilier grâce au vent sans recours à l'électricité.

Retenue de bôme : simple cordage permettant de bloquer la bôme pour parer à un empannage intempestif. Les retenues sont nombreuses à bord et souvent volantes (c'est-à-dire qu'on peut les frapper en différents points) pour retenir un équipement ou un espar.

Rouf : superstructure dépassant plus ou moins du pont, destinée à donner de la hauteur et du volume à l'intérieur du voilier. Le rouf est généralement équipé de hublots et d'un capot qui donne accès à la descente. De part et d'autre du rouf, on ménage des passavants pour circuler et manœuvrer aisément.

Rouler : être sujet au roulis.

Roulis : mouvement d'inclinaison transversale plus au moins prononcé d'un bord sur l'autre. Observé généralement aux allures portantes lorsque les voiles n'appuient plus latéralement le bateau.

Table à cartes : table réservée à la lecture des cartes marines.

Tangonner : utiliser un tangon (espar) monté transversalement au mât et destiné à déborder une voile (génois, spi). Le tangon est haubané par une balancine et un hale-bas.

Tanguer : balancement longitudinal du bateau, d'avant en arrière. Ce mouvement oscillatoire est dû à la mer mais, sur certains bateaux, il peut être accentué (mauvais chargement, voilure mal équilibrée...). On dit aussi que le voilier marsouine.

Taquet : pièce d'accastillage sur lequel on fixe un cordage pour le tenir sous tension. Sa forme, sa taille et son matériau dépendent de ses fonctions. Ainsi, certains taquets peuvent être coinceurs ou bloqueurs sans qu'on ait à tourner le cordage autour.

Tirant d'eau : hauteur entre la flottaison et le point le plus bas de la quille. Le tirant d'eau caractérise la partie immergée de la coque du bateau (carène). C'est une donnée technique du voilier essentielle à connaître.

Toile anti-roulis : fixée à la couchette, elle empêche le dormeur d'en tomber en navigation.

Tube d'étambot : système permettant de faire traverser la coque à l'arbre d'hélice tout en concevant un maximum d'étanchéité.

Tribord : partie située à droite pour un observateur placé dans l'axe du bateau et regardant vers l'avant. Opposé à bâbord (partie gauche). On cite souvent le moyen utilisé par les débutants pour retenir les deux termes, à savoir un bateau vu de l'arrière et dont le nom est «batterie» : «ba» sur la gauche pour bâbord, «tterie» sur la droite pour tribord.

Vent arrière : allure à laquelle le voilier reçoit le vent sur son arrière. C'est l'allure portante extrême, difficile à tenir pour le voilier et le barreur.

VHF : appareil permettant de facilement communiquer en phonie mais à courtes distances. Abréviation de Very High Frequency (ondes de 155 à 165 mHz).

Winch : sorte de treuil comportant une seule poupée pour étarquer différents cordages à bord, notamment les écoutes et les drisses. Il existe des winches de toutes tailles, de toutes démultiplications, manuels, électriques, hydrauliques.

Sources :

http://www.lepetitherboriste.net/sailing/memento/vocabulaire.html

https://www.wikipedia.org/

REMERCIEMENTS

Merci à Frédéric MIQUET (dit Fred), relecteur assidu et prodigueur des meilleurs conseils, sans qui ce bouquin n'aurait sûrement jamais pris vie dans sa forme actuelle.

Merci à Roland C. (dit Tonton) qui m'a présenté Fred sur Saint-Martin alors même que cela faisait deux ans que mon livre végétait ne trouvant pas de bonne âme éclairée pour m'aider dans sa réécriture.

Merci à Mélanie S. (dite Mél), connue à Tahiti et revue à Saint-Martin, qui m'a présenté Roland lorsque je tentais de trouver des personnes susceptibles d'avoir côtoyé mon oncle skipper dans les Caraïbes au début des années 90.

Merci à toute l'équipe de « Bruno's Place » à Marigot - Saint-Martin qui m'a gentiment et patiemment accueillie pendant des heures à l'une de leurs tables pour me permettre de corriger mes épreuves avec l'aide de Fred.

Merci également à tous ceux dont j'ai croisé la route aux Tuamotu et qui m'ont inspiré des personnages ainsi que des anecdotes de ce roman : Adri, Ariel, Carole, Patu, Pierre et Céline ainsi que leurs deux enfants Ti Yan et Marguerite et tous les autres que je n'ai pas cité.

TABLE DES MATIERES

Made in the USA
Columbia, SC
11 October 2024